外国语言文学与文化研究文库
WAIGUO YUYAN WENXUE YU
WENHUA YANJIU WENKU

ON FICTIONS OF DOUGLAS COUPLAND

道格拉斯·库普兰德小说研究

⊙ 张东芹/著

DAOGELASI KUPULANDE
XIAOSHUO YANJIU

首都经济贸易大学出版社
·北京·

图书在版编目(CIP)数据

道格拉斯·库普兰德小说研究/张东芹著．－－北京：首都经济贸易大学出版社，2018.10

ISBN 978－7－5638－2843－2

Ⅰ.①道… Ⅱ.①张… Ⅲ.①道格拉斯·库普兰德—小说研究 Ⅳ.①I712.074

中国版本图书馆 CIP 数据核字(2018)第 190471 号

道格拉斯·库普兰德小说研究
张东芹 著

责任编辑	陈 侃
封面设计	小 尘
出版发行	首都经济贸易大学出版社
地 址	北京市朝阳区红庙(邮编100026)
电 话	(010)65976483 65065761 65071505(传真)
网 址	http://www.sjmcb.com
E－mail	publish@cueb.edu.cn
经 销	全国新华书店
照 排	北京砚祥志远激光照排技术有限公司
印 刷	北京九州迅驰传媒文化有限公司
开 本	710 毫米×1000 毫米 1/16
字 数	167 千字
印 张	9.5
版 次	2018 年 10 月第 1 版 2018 年 10 月第 1 次印刷
书 号	ISBN 978－7－5638－2843－2/I·59
定 价	43.00 元

图书印装若有质量问题,本社负责调换
版权所有 侵权必究

目 录

绪论 ·· 1
  0.1 道格拉斯·库普兰德创作概况 ·································· 1
  0.2 国内外研究现状 ·· 8
  0.3 反讽与后现代反讽 ·· 9
  0.4 研究方法 ·· 16

第1章 后现代文化景观的散漫性 ·· 20
  1.1 消费文化 ·· 21
    1.1.1 消费文化与技术理性 ·· 22
    1.1.2 消费文化与快感狂欢 ·· 25
    1.1.3 消费文化与资本帝国 ·· 30
  1.2 媒介政治 ·· 34
    1.2.1 媒介与拟像 ·· 35
    1.2.2 媒介与政治 ·· 38
    1.2.3 媒介与历史 ·· 41
  1.3 历史虚无 ·· 44
    1.3.1 去历史化 ··· 44
    1.3.2 消费历史 ··· 47
    1.3.3 历史与个人记忆 ·· 49

第2章 后现代宗教信仰的或然性 ·· 54
  2.1 信仰世俗化 ··· 56
    2.1.1 宗教体验衰微 ··· 56
    2.1.2 宗教功能异化 ··· 59
  2.2 危机亦转机 ··· 61
    2.2.1 失落与追寻 ·· 62

  2.2.2 天启与救赎 …………………………………………… 66
 2.3 后现代宗教走向 ………………………………………………… 71
  2.3.1 后现代宗教状况 ………………………………………… 72
  2.3.2 宗教返魅可能性 ………………………………………… 75

第3章 后现代空间体验的多重性 …………………………………… 83
 3.1 实体空间 ………………………………………………………… 84
  3.1.1 都市空间 ………………………………………………… 85
  3.1.2 道路空间 ………………………………………………… 88
  3.1.3 边缘空间 ………………………………………………… 92
 3.2 虚拟空间 ………………………………………………………… 95
  3.2.1 赛博空间和极客文化 …………………………………… 97
  3.2.2 真实身体和智能机器 ……………………………………100
 3.3 文本空间 …………………………………………………………104
  3.3.1 零散叙事 …………………………………………………105
  3.3.2 文本迷宫 …………………………………………………108
  3.3.3 复调结构 …………………………………………………110

第4章 后现代历史文本的荒诞性 ……………………………………115
 4.1 历史话语 …………………………………………………………116
  4.1.1 历史小说化 ………………………………………………117
  4.1.2 小说政治化 ………………………………………………120
 4.2 末世情怀 …………………………………………………………123
  4.2.1 战争幽灵 …………………………………………………124
  4.2.2 灾难意象 …………………………………………………126
 4.3 未来寓言 …………………………………………………………128
  4.3.1 美学化政治与自由幻象 …………………………………129
  4.3.2 灾难性未来与现实观照 …………………………………132

结语 …………………………………………………………………………136

参考文献 ……………………………………………………………………139

绪　　论

随着2013年度诺贝尔文学奖授予加拿大女作家爱丽丝·门罗(Alice Munro),文学评论界开始将目光再次投向北美大陆,仔细打量这片被美国政治、经济、文化的光辉遮蔽太久的广袤土地,搜寻加拿大文学界值得关注的人物。道格拉斯·库普兰德(Douglas Coupland)就是值得文学界关注的加拿大作家之一。库普兰德成长于现代主义退却、后现代主义大行其道之时,作为"X一代"作家群的代表人物而被大家所熟知,并曾分别于2006年和2010年入围加拿大吉勒文学奖,2009年荣获罗杰斯作家联合会小说奖,2011年获得休伯特·埃文斯非小说奖的提名奖,被誉为"当今北美大众文化写作的最有天赋的诠释者""一个伟大的消费主义讽刺作家",《时代》杂志赞扬他是今日小说中发出最新鲜、最动人声音的作家之一。

0.1　道格拉斯·库普兰德创作概况

道格拉斯·库普兰德,加拿大小说家,视觉艺术和电影工作者,1961年12月30日出生于加拿大驻西德贝登索林根的空军军事基地。父亲道格拉斯·查尔斯·托马斯·库普兰德(Douglas Charles Thomas Coupland)为加拿大皇家空军医疗人员,母亲珍妮特·库普兰德(C. Janet Coupland)为家庭主妇,毕业于麦吉尔大学比较宗教专业。1965年,父亲托马斯兵役期满,全家移居西温哥华,在那里开办私人诊所。库普兰德在温哥华长大,至今仍在那里定居。

1979年,库普兰德从西温哥华的哨兵(或圣地诺)中学毕业,进入麦吉尔大学学习,专业为物理学。年底,他便退学,转读温哥华的艾米丽·卡尔艺术与设计学院。1984年,他毕业后前往意大利米兰的欧洲设计学院和日本札幌的北海道艺术与设计学院继续深造。1986年,他在日本完成了商业科学、艺术和工业设计的学业并留日工作,后因不适应东京的夏季气候而不得不返回温哥华,在杂志社做着一份自称为"食物链最底层"的工作。他这些丰富的经历为后来的小说创作打下了基础。1989至1990年,库普兰德受圣马丁出版社约稿,在加利福尼亚棕榈泉撰写关于婴儿潮下一代人的纪实文学,最后他却完成了自己的第一部小说《X一代:在加速文化中失重的故事》(Generation X: Tales for an Accelerated Culture)。然而,加拿大出版商却并不看好这部小说,《X一代》在出版过程中屡次碰壁,最终于1991年在美国出版,并出乎意料地引起了美国评论界的广泛关注和讨论。库普兰德的首部小说最终凭借对"X一代"生存状态的生动描述赢得了大批读者,小说中很多原创性的词语已经进入了人们的日常交际中,库普兰德也因此成为了"X一代"的代言人。尽管他在采访中明确表示"我只代表我自己,而不是一代人"①,他至今仍然难以摆脱"X一代"代言人的标签。尽管人们对"X一代"的年代界定存有争议,但普遍同意"X"意指无法被标签、无以为名的一代,是二战后婴儿潮的下一代,是媒体影响甚大的一代。"Generation X"一词最早出现在战地记者罗伯特·卡帕(Robert Capa)的摄影集中,并非库普兰德首创,但因小说《X一代》的畅销而被广泛使用,并成为20世纪90年代初的流行词语之一。"Generation X"随后又派生出一些新词,包括"Gen X""X'er""Generation Y"和"Generation Z",以及百事可乐广告词"Generation Next"。"X一代"这一称谓也受到评论界的青睐,美国文学评论界将生于20世纪50年代末60年代初的后现代主义作家称为"X一代"作家群。目前比较公认的"X一代"作家群代表人物除了道格拉斯·库普兰德以外,还有凯瑟琳·克列默(Cathryn Kramer,1957年出生)、理查德·鲍威尔斯(Richard Powers,1957年出生)、威廉·沃尔曼(William Vollmann,1959年出生)、尼尔·斯蒂芬森(Neal Stephenson,1959年出生)和大卫·福斯特·华莱士(David Foster Wallace,1962年出生)等五位青年作家②。这些作家的创作具有鲜明的时代特色,为美国后现代文学的发展注入了新鲜血液。

库普兰德是位高产的作家,其文学创作始于20世纪90年代初,至今已出版小说14部(其中一部为日语小说《上帝恨日本》),短篇故事集2本(《上帝之后》《青年不宜的故事》),摄影作品集3本(《玻璃之城》《加拿大的纪念品1》和《加拿大的纪念品2》),纪实性作品集1本(《死者的宝丽来相片》),以及一些戏剧作品和电影电视剧本。他曾分别于2006年和2010年入围加拿大吉勒文

---

① SNIDER M. The X-man Douglas Coupland: From "Generation X" to Spiritual Regeneration: Ironic Voice Softened by Need for Faith[N]. USA Today,1994 – 03 – 07(D2).
② 甘文平. 美国文坛新崛起的"X一代"作家群:杨仁敬教授访谈录[J]外国文学研究,2007(1):3。

学奖,2009年荣获罗杰斯作家联合会小说奖,2011年获得休伯特·埃文斯非小说奖的提名奖,被誉为"当今北美大众文化写作的最有天赋的诠释者"①和"一个伟大的消费主义讽刺作家"②。

自第一部小说《X一代》于1991年出版以来,库普兰德的作品接连问世,北美文学评论界纷纷关注这个加拿大籍作家及作品,形成了一个小规模的热潮。库普兰德对于当代北美文化的敏锐观察力成为其小说最大的特点,尼古拉斯·伯林克(Nicholas Blincoe)指出,库普兰德作品不是源于文学传统,而是来自当代文化本身③。库普兰德则认为自己的作品实质上是"一个大的思想的细胞质爆炸了,人物就从这些脏东西里走出来"④。总体来说,库普兰德的作品主要聚焦当代北美社会的青年体验,创作主题涉及青年亚文化、网络空间、信仰危机和历史书写四大类型。

库普兰德的早期小说《X一代》和《香波星球》(*Shampoo Planet*)是典型的青年亚文化文本,生动地展现了当代青年生存环境的窘迫、压抑和焦虑。《X一代》讲述主人公安迪(Andy)、戴戈(Dag)和克莱尔(Claire)在年近三十时,选择逃离都市生活,辞掉工作,告别过去,剪断所有羁绊来到沙漠中寻求生活的意义,面对现实的无奈,宁愿活在记忆的碎片中,以讲睡前故事消耗自己的生命。这部小说生动而真实地描绘了这被遗忘的一代。他们是都市的失落者,面对工作压力、环境污染、亲情爱情的淡漠,选择逃离;虽然关于存在的探讨加深了他们的忧患意识和末日情结,但他们并没有绝望,乌托邦的梦想使他们感到丝丝希望与温情,继续上路游走在社会的边缘,寻找心灵的家园。这部小说因作者对北美青年生存状态的准确描述以及其独创性语言和图片受到广大读者的青睐。1992年,他的第二部小说《香波星球》出版,聚焦"X一代"的下一代人,即第一本书中所谓的"全球化青少年",如今又被定义为"Y一代"。这一代人缺乏存在感,试图在被高科技和物质享受操纵的生活中寻找意义。维克多·德维尔(Victor Dwyer)认为《香波星球》"展现了一位日趋成熟的作家巧妙地激发了

---

① ELEK J. When Ronald McDonald did dirty deeds[N/OL]. The Guardian(London),Sunday 21 May,2006 - 05 - 21. http://archive.is/0WVc.

② KING E. Generation A by Douglas Coupland: Review[N/OL]. The Daily Telegraph(London),2009 - 09 - 20. http://www.telegraph.co.uk/culture/books/6201326/Generation - A - by - Douglas - Coupland - review.html.

③ BLINCOE N. A modern master: Review of All Families Are Psychotic[J]. New Statesman,2001,130(4554):53.

④ HUNTER J W. Contemporary Literary Criticism: Volume 133[M]. Farmington Hills, MI: Gale Group, 2001:1.

毫无希望和梦想的一代人"①。《香波星球》出版后,他被评论界称为"后冷战时代的凯鲁亚克"②,却未因此获得商业成功或名气。此后,库普兰德公开表示拒绝评论界赋予他的"X 一代代言人"的称谓,小说创作主题也逐渐发生变化。2000 年,他出版了小说《怀俄明小姐》(Miss Wyoming),讲述女演员和制片人重新上路追寻自我的故事。直至 2009 年,他重拾世代小说的写作风格,出版《A 一代》(Generation A),小说讲述了在不远的未来,蜜蜂灭绝之后,来自不同国家的五个人因被蜜蜂蛰而联系在一起的故事。这部小说无论在书名还是叙述结构上都延续了《X 一代》的创作风格,有所不同的是,小说不仅关注北美文化体验,而且在全球化背景下探讨了如何抵御数字世界对感官不断轰炸的问题。

对青年亚文化的探讨自然少不了网络空间这一主题,库普兰德于 1994 年开始在新开办的《连线》杂志工作,同时撰写关于微软公司职员的短篇故事,这段短暂的工作经历为下一部小说《微软奴隶》(Microserfs)创造了灵感。为了体验小说中所描述的生活,库普兰德搬到加利福尼亚州的帕罗奥多(Palo Alto)生活,使自己融入硅谷文化。这部小说讲述了微软公司编程员辞职独立创业的故事,部分篇幅用电脑编程语言格式进行叙述。巧合的是,在《微软奴隶》出版的同一周里,微软发布了 Windows 95 操作系统。时隔十年,小说《J 氏游戏设计师》(Jpod)以《微软奴隶》续篇的面目出现。此书被称为"谷歌时代的微软奴隶",是其首部新互联网技术小说③,给读者带来全新的在线阅读体验,广受欢迎。这部小说主要讲述了一群年轻、冒失、孤僻的游戏软件设计师们试图重新设计一种电脑游戏以满足市场需求的故事,后被改编为电视剧本,在加拿大电视台(CBC)播出。

对当代信仰危机的关注是库普兰德继世代小说之后的另一创作主题。库普兰德对宗教信仰的关注始于 1994 年的短篇故事集《上帝之后》(Life After God),这本书专注于对宗教信仰的探索。1998 年,以加拿大为背景的小说《昏迷的女友》(Girlfriend in a Coma)出版,故事以主人公昏迷 17 年醒来后预言世界将面临毁灭的命运展开,描述世界祛魅导致信仰失真、贬值,漠视宗教导致经济和科学拜物教的境况,展现一群青年人在危机中自我救赎的过程,富有天启

---

① GIROUX C. Contemporary Literary Criticism: Volume 85[M]. Detroit, MI: Gale Research Inc. ,1995.
② HUNTER J W. Contemporary Literary Criticism: Volume 133[M]. Farmington Hills, MI: Gale Group,2001.
③ ELEK J. When Ronald McDonald did dirty deeds[N/OL]. The Guardian (London), 2006 - 05 - 21. http://archive.is/0WVc.

文学的神秘色彩。2003年,小说《嘿,预言者!》(Hey Nostradamus!)出版,描述了一场高中校园枪击案,情节取材于1999年的哥伦拜恩高中枪击事件,只不过将事件的地点移到了加拿大的北温哥华。这部长篇小说借助了短篇小说的形式,尽可能控制或减少"全知"的叙事声音,对同一件事情的叙述采用不同的叙述视角,以多声部独白展现主人公面对恐怖、暴力和创伤时对现代宗教的新理解。

自"9·11"事件发生和向恐怖主义宣战以来,库普兰德的写作风格逐步转向对人类历史和未来的思考,其作品基调也变得阴郁,战争、死亡、暴力、悲伤成为其小说不断再现的主题。库普兰德对战争的关注在其早期小说《X一代》和《香波星球》中已初见端倪,多次提及青年一代对越战和海湾战争的记忆。"9·11"事件发生之时,库普兰德正在为其第六部小说《所有家庭都是神经病》(All Families Are Psychotic)进行巡回宣传,这部小说讲述了一个破碎家庭因从温哥华到佛罗里达看望即将执行载人航天任务的女儿萨拉而重聚的故事,涉及太空开发、国家身份认同、贫穷与自由等政治性主题。"9·11"事件发生后,库普兰德立即为英国斯特拉特福的皇家莎士比亚剧团撰写名为《9月10日》的话剧剧本并参与排演。他将2001年9月10日视为20世纪的最后一天,认为新世纪仍未真正开始。2004年,小说《埃莉诺·里格比》(Eleanor Rigby)出版,书名取自披头士乐队的同名歌曲,以秘密国度和社会隐秘性为主题,首次以女性视角讲述孤寂的中年人面对私生子患病离世的痛苦和无奈。这部小说深入探讨了面对死亡、信仰和未来的压力与恐惧,获得极大好评,被认为是库普兰德更为成熟的作品,阿里·史密斯曾就此在《卫报》发表书评。同年,库普兰德出版日语小说《上帝恨日本》,反响并不大。2007年出版的小说《口香糖小偷》(The Gum Thief)是库普兰德第一部书信体小说,以多层次叙事为特色,追求小说形式的复调效果。2010年,库普兰德应邀参加梅西讲座,但他独辟蹊径,以小说《一号玩家——我们发生了什么:五个小时的小说》(Player One—What Is to Become of Us:A Novel in Five Hours)作为演讲材料。这部小说共五章,每章可作为时长一小时的演讲稿,曾在加拿大广播电台播出。2010年9月20日,库普兰德凭借这一作品入围2010年加拿大丰业银行吉勒文学奖。这是他继2006年《J氏游戏设计师》后的第二次入围。这部小说讲述了在一场全球性灾难中,身份各不相同的五人困于机场酒吧的故事,以更广阔的视角审视思想、灵魂、身体、未来、永恒、技术和媒体。被困的五人分别为:凯伦(Karen),等待网友约会的单身母亲;里克(Rick),运气不佳的机场酒吧酒保;卢克(Luke),忙个不停的牧师;瑞秋(Rachel),有交往障碍的希区柯克式的金发女郎;以及最后一个被称为一号玩家的神秘声音。随着故事的发展,每个人都在世界即将终结之时认清自己。库普兰德后期小说明显借鉴了库尔特·冯内古特(Kurt Vonnegut)和詹姆斯·格雷厄姆·巴拉德(James Grcham Ballard)的写作风格,深入探讨身份认同、社会、宗教和来世等现代危机,揭示人类社会正处在一个新的阶段,已经没有回头路可走。

从库普兰德小说创作总体情况来看,其小说创作主题和风格逐渐发生变化:其早期作品从大众消费文化入手,关注北美当代青年的后现代生活体验,小说创作日渐成熟,探讨主题逐渐由消费文化转向宗教领域;"9·11"事件发生后,小说语言风格由诙谐幽默变得深沉阴郁,小说主题转向对人类历史和未来走向的探讨,危机意识加深,末日情怀凸显;2006年开始,其作品有意摆脱传统小说的叙事结构,大胆采用文本迷宫、零散叙事和复调结构折射后现代世界碎片化的文化图景和生存状态,追求小说结构和形式的创新;2009年之后出版的两部小说《A一代》和《一号玩家》转向了全球性灾难和人类未来走向的探讨。

除了小说作品以外,库普兰德还创作出版了2本短篇故事集,1本纪实性作品集,3本摄影作品集,以及一些戏剧作品和电影电视剧本。1994年,库普兰德完成第一部短篇故事集《上帝之后》(*Life After God*),但这本书出版初期文学批评家对其褒贬不一,最后才作为具有先锋感受力的先驱性文本显露出来,费迪南德·芒特(Ferdinand Mount)将其称为"基督徒的后基督教"[①]。威尔·布莱斯(Will Blythe)甚至将《上帝之后》称为"迄今为止,库普兰德最好的一部作品"[②]。1996年,库普兰德出版了纪实性作品集《死者的宝丽来相片》(*Polaroids from the Dead*),这部作品集由各种不同题材的故事和散文组成,包括:感恩而死音乐会,哈罗德[电影《哈罗德和莫德》(*Harold and Maude*)]中的人物]式的死亡迷恋,科特·科本之死,德国记者的访问,写于辛普森谋杀案和玛丽莲·梦露逝世周年纪念日的关于加州布伦特伍德的综合文章。库普兰德二十多岁时就怀着全球化的思维寻找最好的城市,最后恍然大悟发现温哥华就是最好的去处。1996年,他出版了温哥华的摄影赞歌《玻璃之城》(*City of Glass*),这本摄影集主要取材于温哥华外景和生活,辅之以当地报纸档案中的资料镜头,似乎是

---

① MOUNT F. The downfall of a pessimist[EB/OL]. (2008-03-05). http://www.spectator.co.uk/books/539756/the-downfall-of-a-pessimist/.

② GIROUX C. Contemporary Literary Criticism: Volume 85[M]. Detroit, MI: Gale Research Inc., 1995:30.

将《上帝之后》和《死者的宝丽来相片》中的文字描述转化成了视觉叙述。2002年,他将其早期的摄影集《玻璃之城》扩展到整个加拿大的范围,出版了《加拿大的纪念品》(Souvenir of Canada),这一影集共有两册,似乎在向世界展示加拿大的非凡之处。2005年,沿袭《玻璃之城》和《加拿大的纪念品》的风格,库普兰德为特里·福克斯基金会出版了《特里——加拿大人特里·福克斯的人生》(Terry)一书,以照片形式回顾了特里·福克斯的一生。在编写过程中,库普兰德竭尽全力研究特里·福克斯档案,包括福克斯在单腿横穿加拿大时,人们写给他的数千封信。2011年,库普兰德又与艺术家格雷汉姆·鲁密欧(Graham Roumieu)合著了第二部短篇故事集《青年不宜的故事》(Highly Inappropriate Tales for Young People),共收录库普兰德的七个短篇故事,格雷汉姆·鲁密欧则负责为图书加入插图,出版商将这本书描述为"七个忍俊不禁的有趣故事,七个不得不爱的邪恶人物"。

库普兰德的小说主要聚焦当代北美社会的青年体验,密切关注大众文化和社会问题,内容涉及电视传媒、互联网技术、消费文化、现代宗教、战争、恐怖主义、核威胁、全球化以及大众文化的方方面面,并将文化批判与人物塑造完美地结合在一起,为我们描绘了一幅世纪之交的北美社会的全景图。同时,他深受后现代主义影响,其小说充满了黑色幽默、尖刻的反讽和奇特的文字游戏。值得关注的是,尽管库普兰德为加拿大人,但其小说创作手法并非遵循加拿大文学传统,而是源于北美当代文化本身,他认为称自己为"西海岸"的人更为恰当①。此外,由于其作品大多以美国为背景并在美国出版发行,加拿大文学评论界对他的关注度远不如美国,以至于大多数评论家将其列为美国后现代主义小说家。库普兰德的作品没有被加拿大小说选集收录,反而被收录进了《诺顿美国后现代小说选集》(Postmodern American Fiction: A Norton Anthology),与品钦、德里罗和莫里森等被列为美国后现代主义小说家。

本书涉及的作品截止到2010年的《一号玩家》,但库普兰德的第十四部小说《最糟糕的·人·曾经》(Worst·Person·Ever.)已于2013年10月在加拿大和英国出版,2014年4月在美国发行。这部小说主要讲述主人公从伦敦出发,经由洛杉矶到达基里巴斯小岛的旅程,涉及对现今电视真人秀节目的价值判断和反思,很值得广大读者关注。

---

① MCGill R. The sublime simulacrum: Vancouver in Douglas Coupland's geography of apocalypse[J]. Essays on Canadian Writing, 2000,(70):252.

0.2 国内外研究现状

道格拉斯·库普兰德的文学创作始于20世纪90年代初,至今出版英文小说14部,是出生于二十世纪五六十年代的中青年后现代主义作家,即"X一代"作家群代表人物之一,备受北美评论界关注。1991年,库普兰德第一部小说《X一代》出版,北美评论家就开始对其作品进行分析与批评,形成了一个小规模的热潮。二十多年以来,库普兰德作品接连问世,以小说、散文、戏剧、电影、雕塑等艺术形式深刻思考了当代北美的政治、历史、宗教、文化和社会问题,其作品日益受到文学界与学术界的重视。但迄今为止,对库普兰德作品的研究仍然主要集中在北美地区,国内对道格拉斯·库普兰德的研究始于对"X一代"作家群的推介和关注,仍处于探索阶段。

国外对于库普兰德作品的评论文章包括书评、期刊论文、硕士论文和学术专著,绝大多数评论文章集中于对其早期单部作品的探讨,关注较多的作品为前四部小说:《X一代》(1991年)、《香波星球》(1992年)、《微软奴隶》(1995年)和《昏迷的女友》(1998年)。2007年,安德烈·泰特(Andrew Tate)出版专著《道格拉斯·库普兰德:当代美国和加拿大小说家》(*Contemporary American and Canadian Writers Mup*),从叙述形式、大众文化、空间艺术、宗教信仰等角度对其前9部小说、2本散文集和3本摄影集进行了文本分析,是目前库普兰德小说研究最为全面的专著。国外对库普兰德小说的研究主要集中在四个方面:一是叙事技巧研究。库普兰德小说往往以多声部取代传统小说中的独白,并不认定某人的叙述比其他人更正确,使得权威叙事、客观叙事逐渐消失。同时,库普兰德深受后现代主义的影响,其小说充满了黑色幽默、尖刻的反讽和奇特的文字游戏。如他在小说《X一代》中自创了很多词汇,在页面旁白处加入讽刺性插图和标语,在《微软奴隶》中用电脑编程语言进行叙述。二是宗教信仰研究。评论家从当代宗教信仰世俗化出发,探究当代北美青年宗教信仰的缺失,集中于对作品《上帝之后》《昏迷的女友》和《嘿,预言者!》的分析。三是文化研究,集中于大众传媒、消费文化对青年的影响。四是政治因素研究,致力于发掘其作品中隐含的政治指向和现实意义。在过去二十年里,对库普兰德小说的研究已发展到诸如后现代性、宗教、技术、文化、政治等不同的主题。但大部分人都集中在对早期作品的研究,很少关注2007年之后的作品,研究也多停留在单部作品的后现代叙事技巧、社会状况、人类命运的探讨上,缺乏对他整个创作生涯一以贯之的后现代反讽叙事手法的系统化梳理。

国内对道格拉斯·库普兰德的研究始于对"X一代"作家群的推介和关注。2007年,《外国文学研究》第一期刊登了甘文平对杨仁敬教授的采访《〈美国文坛新崛起的"X一代"作家群〉——杨仁敬教授访谈录》,其中,杨教授系统介绍和评论了出生于20世纪50、60年代,崛起于80年代末和90年代的"X一代"作家群及其代表作,其中简要介绍了道格拉斯·库普兰德独特的艺术风格和写作特色。从此,国内逐渐开始关注X一代作家。2009年,作家出版社出版了张颖的译著《X一代:在加速文化中失重的故事》,首次将道格拉斯·库普兰德的作品介绍到中国,至今仍为库普兰德唯一译成汉语的作品。但是,近几年来随着国内学者对"X一代"作家群研究的深入,个人博客、豆瓣小组和购书网站上逐渐有越来越多人关注道格拉斯·库普兰德的作品。

0.3　反讽与后现代反讽

反讽是西方美学史上的重要美学范畴之一,同时也是后现代主义艺术的显著表征。反讽以悖论和对立的方式展现一种独特的思维方式和哲学思考,凝聚着人类的自我反思,记录着意识形态的变迁。在历史的流变中,反讽逐渐由古希腊喜剧中的角色称谓衍变为一种表现生活的艺术手法、文学审美化的关照和哲学的态度。反讽随着时代的变化不断表现出灵活性和多变性。后现代小说中的反讽并非简单自明的概念或纯美学的文体试验。

在传统意义上,通常将反讽视为写作技巧或策略,有一种次要、引申的意味。韦恩·布斯(Wayne C. Booth)在《反讽修辞》中采用静态的研究方式,将反讽视为有意为之的、隐秘的、无限的技巧性修辞,在提到现今时只是提到了"不稳定性",似乎是对反讽的客气辩护,而非反讽研究[1]。D.C. 米克(D. C. Muecke)将反讽看成对世界的想象方式,其局限性在于将反讽定义为现实和表象的对照,在论证反讽反复无常和难以捉摸的特性的合法性方面没有突破[2]。何塞·奥尔特加·伊·加塞特(José Ortegay Gasset)将反讽与现代主义策略和理论相联系,认为反讽是现代小说的基本要素之一[3]。厄内斯特·伯勒(Ernst Behler)在其论文《反讽与现代性话语》(*Irony and the Discourse of*

---

[1] BOOTH W. C. A rhetoric of irony[M]. Chicago and London: The University of Chicago Press, 1974.
[2] MUECKE D. C. The compass of irony[M]. London: Methuen, 1969.
[3] 奥尔特加·伊·加塞特. 艺术的去人性化[M]. 莫娅妮,译. 南京:译林出版社,2010.

Modernity)中,把反讽叙述作为现代主义文学最为重要的症候详加分析,称其为文学现代性的重要标志①。伊哈布·哈桑(Ihab Hassan)则将反讽视为后现代性的重要特征。哈桑认为,按照肯尼思·伯克(Kenneth Burke)的观点,反讽亦可称为"透视",它已不再是传统美学意义上的反讽,内容已被置换,仅剩下一个名目的空壳罢了②。反讽不只是为讽刺技巧而服务的,而是成为了理解世界的特殊方式。

从形态学上来说,反讽表现了深层含义(文字、心理学、道德伦理)和表层含义的差异;而从自我意识来看,反讽的不统一性不只暗示世界的荒诞,而是通过语言、行为、姿态表达意识的创造和救赎力。在《一致的视界:现代主义、后现代主义和反讽想象》一书中,艾伦·王尔德明确了反讽想象的演变过程和形式,指出后现代反讽独特的艺术取向。他根据不同历史时期提出了反讽概念的三种模式:中介反讽(mediate irony),转折反讽(disjunctive irony),中断反讽(suspensive irony),这三种模式分别对应于前现代阶段、现代阶段和后现代阶段。王尔德指出,反讽随着时代的变化不断表现出灵活性和多变性,他同时提出后现代反讽除了具有荒诞性(absurdity)以外,还表现为散漫性(randomness)、或然性(contingency)和多重性(multiplicity)③,指向充满散漫、或然、多重和荒诞性的后现代社会境况。

中介反讽,即传统反讽,对应于前现代主义阶段,其核心是讽刺,在叙事上主要表现为修辞论意义上的反讽,仅仅作为一种微观的叙事技巧。中介反讽不对社会做直接批判,而是以一种迂回的、游戏性的方式间接走向批判的核心,间接达到讽刺的目的。王尔德认为前现代社会是"一个背离了规范却又可以重获规范的世界"。中介反讽代表着一种背离,一种检验标准和一种在场,它暗指哲学和宗教秩序的存在;它回首伊甸园或憧憬天堂以寻找规范和标准。中介反讽认为哪里有破碎、混乱、下降和愚蠢,哪里就会有统一、秩序、上升和智慧。人们可能陷于堕落的状态,但"仍然可以重获和谐、融合和连贯性",中介反讽在此过程中发挥的是辅助性作用④。E. M. 福斯特(E. M. Forster)的作品如《看得见

---

① BEHLER E. Irony and the discourse of modernity[M]. Seattle:University of Washington Press,1990.
② 陈世丹. 从《白雪公主》看后现代主义重构趋势[J]. 辽宁大学学报,1999(4):95-96.
③ WILDE A. Horizons of assent: modernism, postmodernism and the ironic imagination[M]. Philadelphia: University of Pennsylvania Press,1987:45,131.
④ WILDE A. Horizons of assent: modernism, postmodernism and the ironic imagination[M]. Philadelphia: University of Pennsylvania Press,1987:28.

风景的房间》(A Room with a View)就是一个中介反讽的例子,作者在对意大利的自由无拘和英国的压抑虚伪的强烈对照中,讽刺和批判英国社会。

在现代主义阶段,表象和现实的矛盾成为世界的主要特点,反讽面对一个断裂和支离破碎的世界,不得不认可这种断裂和破碎并试图掌握控制权,因此,反讽在现代主义阶段表现为转折反讽模式。在现代主义危机中,自我和世界的分离无所不在,转折反讽则与现代主义的英雄气概紧密联系起来,逐渐适应了在碎片中找寻意义。反讽不再是嘲讽的工具,而是具有了自主性,创造了遥远和超然的态度,成为一种不介入、幻灭或防御策略。这种转折性反讽不能帮助我们重获伊甸园,但可以重塑碎片,使之从"反面达到同样的平衡",以此来替代失衡社会中的美学整体性[1]。换句话说,当人的欲念无法在现存的生产和消费模式下得到满足时,转折反讽能够通过模拟的方式使人达到替代性满足。现代主义发展而来的"转折反讽"断定没有伊甸园、没有天堂,却是用反讽在破碎混乱的世界中重建秩序。转折反讽试图在文学中恢复世界的完整性。这种反讽达到顶峰时就成为"绝对"反讽,即现代主义全盛时期的反讽;而当反讽达到这一临界点时,也就意味着进入了下一个阶段:后现代中断反讽。

与后现代思想和哲学状况相对应的是后现代中断反讽,即一种充斥着多重性、散漫性、或然性甚至是荒诞性特征的暧昧态度,潜含着对世界和人生根本易变性的后现代式宽容。现代反讽以不连贯、转折为特征,而后现代对反讽的理解则更为激进,以散漫、多重、或然性代替,简言之,一个可以修复的世界早已被不可修复的世界所取代[2]。面对世界的散漫和多样性,中断反讽的态度暗示了对事物和意义不确定性的容忍。与中介反讽和转折反讽相比,中断反讽更为激进,完全放弃了对伊甸园的追寻,欣然接受世界的杂乱无序,彻底丧失了反讽的稳定性。中断反讽是绝对反讽的一种新形式,是对生活瞬间无序性的真实感受,没有缓解现代主义世界的破碎感,而是参与到世界中,寻找享受"小乐趣"的方式[3]。后现代中断反讽彻底放弃了现代主义转折反讽对世界整体性的渴望和试图恢复世界整体性的努力,人们坦然面对并接受世界的破碎与偶然性。后

---

[1] WASSON R. Horizons of Assent:Modernism,Postmodernism and the Ironic Imagination by Alan Wilde[J]. Criticism:A Quarterly for Literature and the Arts,1982,24(2):198.

[2] WILDE A. Horizons of assent:modernism, postmodernism and the ironic imagination [M]. Philadelphia: University of Pennsylvania Press,1987:131.

[3] WILDE A. Horizons of assent:modernism, postmodernism and the ironic imagination [M]. Philadelphia: University of Pennsylvania Press,1987:199.

现代社会中,日常生活中的真实,无论政治、社会、历史等都结合了超真实的拟像维度,真实与现实的鸿沟逐渐拉大,而漂浮感和断裂性成为常态。后现代反讽试图逃离与各种学派的联系,将自身重塑为新的不可预测的模式,同时保持原有的特性,作为一种形式化的分类,不断扩散增生,在各种失衡状态中共存。在缺乏统一性、凝聚力的世界中,反讽作为一种意识模式,是对世界的感知和反映。中断反讽拒绝传统,反讽中的歧义和悖论在后现代无法修复的破碎世界中纷纷退场,多重性、散漫性、或然性和荒诞性则成为后现代人存在的真实体验。中断反讽在所有可以想象的层面上接受混乱,其接受模式遍布所有可能的范围。创作主体戏谑、调侃式的狂欢以及精神分裂症等都是当前反讽呈现的后现代性叙事征候。美国后现代作家唐纳德·巴塞尔姆(Donald Barthelme)就擅长以充满调侃和戏谑的中断式反讽技巧描绘出一个杂乱喧嚣的后现代社会和滑稽无奈的众生相。后现代主义小说家愈来愈多地采取这种反讽模式,藉此遮掩自我对世界和人生悬而未决的荒诞感。

王尔德认为反讽的根源在于感知和身体,指出"我们和世界,我们和身体之间有一个出生协议"[1]。他将反讽植入身体,不只使它成为前批评或前感受的反映,而是开始发展一种反讽的唯物主义理论。反讽是身体对双重性、破碎性的感受,这种反应使得后现代反讽进入世界。王尔德还指出,后现代主义不过是将难以理解的碎片强加给非模式化的现实,同时轻视现代主义"渴望恢复原初整体性的愿望",近乎重复世纪初的美学主义[2]。

将这些反讽分类就是要探寻反讽主义者如何意识到并接受无序的现实。王尔德声称自己不是在构建一个目的论或死板的批评分类学,之所以进行分类只是因为欣赏这种方式,但事实上每种反讽模式都会在所有文本和作家身上有所体现,在不断变化的排列和结构中表现得尤为明显。尽管王尔德在书中并没有明确提到如此划分的根源,但他对反讽模式的划分方式非常类似于西方马克思主义批评家杰姆逊(Fredric Jameson)对现实主义、现代主义和后现代主义的划分。杰姆逊根据马克思主义经济基础决定上层建筑的基本原理,将作为上层建筑的文化意识形态与资本主义经济基础联系起来,认为国家资本主义阶段、

---

[1] WILDE A. Horizons of assent: modernism, postmodernism and the ironic imagination [M]. Philadelphia: University of Pennsylvania Press, 1987.

[2] WILDE A. Horizons of assent: modernism, postmodernism and the ironic imagination [M]. Philadelphia: University of Pennsylvania Press, 1987.

垄断资本主义阶段和跨国资本主义阶段在文化上分别表现为现实主义、现代主义和后现代主义[①]。杰姆逊这种将文化分析变成意识形态分析,再从经济基础的变化来考察文化形态演变的分析方法,使得他的观点深刻有力且富有科学性。本书在对库普兰德小说中后现代中断性反讽特征进行探讨时,也将沿袭杰姆逊从经济基础的变化上分析文化形态的分析方法。后现代小说反映的是经济全球化语境下的社会现实。全球化是后现代性的经济基础,而后现代性在很大程度上是全球化的上层建筑。任何对后现代的理解都必须以经济为中心。需要明确的是,后现代主义阶段出现的中断性反讽同样是特定经济的派生物,也是由经济全球化决定的。因此,笔者认为后现代反讽是后现代社会状况的产物。后现代社会状况已经将后现代反讽从语言修辞扩大到整个文化和历史的范畴,使其不再局限于个别语句和符号的表意,而是成为文学作品、文化场景,甚至历史阶段意义的行为,使得后现代反讽超越了浅层次的表意符号,幽默意味也随之减弱,逐渐进入人们对人生和世界的理解,化为人们看待世界的方式,即世界观。

社会发展的主要过程和结构是匿名的,社会和文学语言的关系仍然令人迷惑。现代主义修辞是为了描述这个混乱、碎片化、无序的世界。这种修辞群以最直白的形式暗示不只宇宙和自然是偶然、随意的,社会过程也是难以解释、无法改变的。现代主义作品站在世界的对立面上,试图在混乱之上建立反讽,而后现代主义作品的碎片化则试图减少其与艺术相区别的标记。现代主义的洞察力有时基于对近来科学理论的理解,有时基于对社会及其激进运动的令人失望的解读。不论怎样,现代主义作家和支持现代主义的批评家都高度评价反讽神话符号的有序性,因为它们能彻底探究个体深度,通常将人们吸纳入自反的审美语言模式。后现代主义作品对现代主义反讽的疏远表明现代主义感受性上的失败。后现代文学及其批评对现代主义最猛烈的攻击在于重新定义文学形式和秩序的本质,文学和世界的关系,个体或主体与他者的关系。后现代文学和批评按照现代主义对世界的感知,表现为碎片、随意、偶然、无序和混乱,其结果导致个人感到与他者的彻底疏离,社会丧失共同的或公共的价值和信仰。后现代主义蔑视现代主义渴望恢复原初整体性的愿望,只是将难以理解的碎片强加给非模式化的现实。后现代反讽和后现代艺术都声称自己是一种表层艺术,拒绝现代主义的深度哲学和心理学。盲目接受这种修辞风格就剥夺了世界

---

① [美]杰姆逊. 后现代主义与文化理论[M]. 唐小兵,译. 北京:北京大学出版社,1997:6-7.

和社会的意义,进一步孤立了自我。在这种关系中,叙事风格或反讽姿态就变得重要起来。如果后现代主义要想推动这个世界向前发展,就不能只给我们罗兰·巴特意义上的神话,而必须面对文学语言和讨论社会、政治、经济过程的语言之间的关系。这就是后现代主义批评想要达到的目的。修辞手段随着社会阶段的发展而变化。从描述世界的修辞手段入手,探究文学语言的现实指向才是最终目标。

库普兰德深受后现代主义思潮的影响,其小说充满了黑色幽默、尖刻的讽刺和奇特的文字游戏。兰斯博瑞(G. P. Lainsbury)在对其小说《X一代》进行评论时,声称"反讽"是库普兰德小说的"主导模式"[1],库普兰德本人也曾经表示"反讽是我最有力的书写工具"[2]。此后,大多数北美文学评论家便给库普兰德作品贴上了反讽的标签,但是却无人具体阐释库普兰德小说创作中对于反讽的运用。事实上,这些评论家大多只看到其早期作品扉页、旁白、插图和封底大量出现的讽刺性标语、图片甚至是一语双关的旧词新用,便在较浅层面上有了先入为主的印象,并没有进一步深入探讨这些现象出现的根本原因。实际上,库普兰德对于反讽的运用不同于传统语言修辞意义上的反讽,而是已经将反讽内化为一种看待世界的思维方式,融入其全部文学创作中,展现的是一种独具魅力的后现代反讽。那么,这种后现代反讽是如何出现和发展起来的呢?库普兰德小说创作与后现代反讽又是一种什么样的关系呢?难道库普兰德以后现代反讽思维方式进行文学创作的目的仅仅是为了充分展示后现代反讽这种叙事技巧和策略吗?这三个疑问便是本书所要探讨和解决的难题。

作为西方美学史上一个重要的美学范畴,反讽以悖论和对立的方式展现一种独特的思维方式和哲学思考,凝聚着人类的自我反思,记录着意识形态的变迁。在历史的流变中,反讽逐渐由古希腊喜剧中的角色称谓演变为一种表现生活的艺术手法、文学审美化的关照和哲学的态度,并随着时代的变化不断表现出灵活性和多变性。后现代社会状况的特殊性决定了后现代反讽不再是传统美学意义上的反讽,内容已被置换,仅剩下一个名目的空壳罢了。这种反讽是一种泯灭了基本原则和叙事范式的反讽,呈现为一种离开了制约的彻底自由,

---

[1] LAINSBURY G P. Generation X and the end of history[J]. Essays on Canadian Writing,1996,58:237.
[2] SNIDER M. The X-man Douglas Coupland:from "Generation X" to spiritual regeneration:ironicvoice softened by need for faith[N]. USA Today,1994 - 03 - 07(D1).

是一种没有重量的、不可承受的轻飘①。反讽不只是为讽刺技巧而服务的,它成为了理解世界的特殊方式。由此,我们得出了第一个问题的答案,即后现代反讽是后现代社会状况的产物。

那么,库普兰德小说创作与后现代反讽又是一种什么样的关系呢?库普兰德以对后现代社会状况的敏锐洞察力著称,其作品植根于这个时代以及对这个时代的批判中,贯穿始终的是他对人类命运和当代社会的深切关注,对社会、政治、经济和文化的深刻反思。他将当代北美青年亚文化置于文化、政治和经济的大历史语境中,全方位地展示了北美后现代社会的方方面面:后现代文化景观的散漫性、后现代宗教的或然性、后现代空间体验的多重性和后现代历史书写的荒诞性。由于后现代社会状况已经将后现代反讽从语言修辞扩大到整个文化和历史的范畴,使其不再局限于个别语句和符号的表意,而是成为文学作品、文化场景,甚至历史阶段的意义行为,这就使得后现代反讽超越了浅层次的表意符号,幽默意味也随之减弱,逐渐进入人们对人生和世界的理解,化为人们看待世界的方式,即世界观。库普兰德对后现代社会状况之所以有如此敏锐的观察力,其根源在于他已经将后现代反讽这种后现代状况的独特产物内化为一种看待世界的思维方式,融入其全部文学创作中,使得其作品充满了后现代气质,抓住了后现代社会状况的关键。归根结底,后现代状况决定了库普兰德具有后现代反讽性思维方式;库普兰德将后现代反讽内化后,又充分将其融入自己的小说创作中,准确把握了后现代社会状况的本质。正是因为库普兰德对后现代状况的准确把握和对后现代反讽思维的内化,其作品与后现代反讽问题的探讨具有极高的契合度,是本书选取库普兰德小说作品来探讨后现代反讽产生的社会语境以及后现代反讽在小说中的运用的重要原因。

从马克思主义经济基础决定上层建筑,上层建筑反作用于经济基础的历史唯物主义哲学来看,后现代小说反映的是后现代状况,即经济全球化语境下的社会现实。全球化是后现代性的经济基础,而后现代性在很大程度上是全球化的上层建筑。任何对后现代的理解都必须以经济为中心。后现代主义小说中的后现代反讽同样是特定经济的派生物,也是由经济全球化决定的。因此,后现代主义小说并非仅仅展示这些后现代叙事技巧和策略,而是通过叙事技巧和策略对后现代社会现实进行深刻反思和批判。

---

① 王岳川. 后现代主义文化研究[M]. 北京:北京大学出版社,1992:259.

这就是第三个问题的答案:库普兰德以后现代反讽思维方式进行文学创作的目的并非为了单纯展示后现代反讽这种叙事技巧和策略。按照社会存在决定思想意识,即物质决定精神的辩证唯物主义原理,库普兰德小说中的后现代反讽,并非简单的文字游戏或纯美学的文体试验,其背后挺立的是作者后现代的文化哲学意识。因此,对后现代主义反讽特征的探讨绝不仅仅是为了展示这种后现代叙事技巧和策略,而是通过叙事技巧和策略对后现代社会现实进行深入的反思和批判。库普兰德通过后现代反讽视角触及世纪之交北美社会文化、政治、经济、宗教背后的政治意识形态,真实地展现了北美社会后现代生存状态的窘迫、压抑和焦虑,使库普兰德对后现代人类生存状态的反思和对晚期资本主义社会的批判达到了新的高度。同时,其作品对历史和现实的关注体现了后现代主义小说在解构之后重构世界的努力,这也正是马克思主义意识反作用于物质观的应有之义。库普兰德的后现代反讽写作密切关注历史和现实,拓展了后现代主义小说研究议题的深度和广度,丰富了后现代主义小说研究的思想主题。

综上所述,后现代社会状况决定了库普兰德后现代反讽叙事的产生,库普兰德将后现代反讽内化为看待世界的思维方式,使其准确把握了后现代社会状况的本质,他的创作主旨并不是对后现代反讽这种叙事技巧和策略的展示,而是将其作为深入反思和批判后现代社会现实的工具。因此,对库普兰德小说中的后现代反讽研究的最终落脚点在于揭示文本背后隐藏的晚期资本主义文化逻辑和现实意义。

0.4 研究方法

后现代主义思潮诞生于20世纪50、60年代,是资本主义后工业化、信息化、全球化的产物。它否定现代主义的单一性、封闭性、中心性、整一性,强调世界的多元性、开放性、无中心性和断裂性,提倡重新界定和建构。第三次科技浪潮使得资本主义市场经济在全球范围内迅速扩张,成为占据主导地位的全球化叙事话语。伴随着资本的全球化流动,美国消费主义文化蔓延到世界各地,成为晚期资本主义文化的主要特征。在这样一个社会,精英艺术与日常生活没有了界限,高雅文化与通俗文化没有了差别,人们沉迷于折中主义与符码混合的繁杂风格中,赝品、东拼西凑的大杂烩、反讽、戏谑充斥于市,无深度、平面化、无历史感的、重复与过剩的消费文化盛行①。库普兰德在考察纷繁复杂的后现代社会文化景观时，对符号、影像和欲望的生产给予了高度关注，揭示身处其中的人类所面临的种种困境和反应。库普兰德对于后现代状况具有敏锐的观察力，其作品生动地展现了后现代百态的生活体验，从文化、宗教、空间和历史书写中表征了后现代反讽的散漫性、或然性、多重性和荒诞性。库普兰德的小说如同是对这个充满荒诞和不可知的后现代世界的寓言，触碰到了当代人的本质处境，可以隐隐听到作者反讽的笑声。作为一名具有深刻洞察力的作家，库普兰德后期的小说不仅仅是通过文本关注人类生存境况，追溯历史根源，还充满了对未来社会预言式的描述，暗示所谓民主社会对公民自由和权利的侵犯与迫害，揭示大国强权政治和霸权主义在全球范围内的延伸。

将库普兰德小说的研究视域置于后现代主义历史语境之下，可以发现库普兰德小说创作的主题按时间顺序依次为文化、宗教、空间和历史，是一幅围绕世纪之交的青年亚文化展开的关于北美当代社会的历史画卷，从北美青年文化的内部视角展现了北美后工业化社会的种种现象。因此，本书首先按照其创作主题出现的顺序安排本书章节，详细探讨其作品中呈现的后现代反讽特征。其次进行横向研究。库普兰德的小说是历史、文化、政治与现实的混合体，因此，在进行文本细读时，需要着力在作品的字里行间读出作者在创作上的思想凝结点，并结合相关文学理论力求对其小说展开全方位的审美探析，探寻叙事技巧和策略背后的现实指向。对北美后现代主义文学的探讨也是对北美当代社会问题根源的探寻。探讨库普兰德小说中四种后现代反讽模式及其表现对象的目的在于揭示文本背后隐藏的晚期资本主义文化逻辑和现实意义。因此，本书从后现代文化景观、后现代宗教信仰危机、后现代空间体验和后现代历史书写四个方面，探讨库普兰德后现代小说以反讽手法对后现代社会和历史现实的表现和批判，分为以下四个章节：

第一章主要探讨库普兰德在早期小说《X一代》和《香波星球》中运用后现代散漫性反讽手法描述的后现代文化景观。对后现代纷繁复杂的文化景观的关注是库普兰德小说创作的一贯主题，尤其是他早期小说主要聚焦当代北美社会的青年体验，涉及消费、媒介、经济、政治、历史以及大众文化的方方面面，为我们描绘了一幅世纪之交的北美后现代文化景观的全景图。在其早期作品中，库普兰德运用无序而杂多的后现代反讽表征了后现代文化杂陈并置的本真面

---

① [英]迈克·费瑟斯通. 后现代主义与消费文化[M]. 刘精明，译. 南京：译林出版社，2000：11.

目,凸显了后现代反讽的散漫性特征,并揭示了后现代社会消费文化、媒介政治、历史和现实关系背后错综复杂的逻辑:消费文化作为晚期资本主义社会的典型特征不断挑逗人们的欲望,与工具理性、快感狂欢和资本帝国之间千丝万缕的联系;媒介与拟像、政治、历史的关系盘根错节,政治意义通过表面无害的消遣方式展现给公众,试图掩盖现代媒介政治的运作逻辑;后现代消费文化和大众传媒大肆宣扬无深度的现实体验,导致人们丧失了历史的深度,加深了历史虚无感,使后现代社会陷入历史虚无的窘境。

第二章主要关注库普兰德以后现代或然性反讽不断探寻后现代宗教的未来走向。将库普兰德二十年间的文学创作作为一个整体来考察,就会发现他从未停止过对宗教世界的追问与探寻。库普兰德宗教主题小说聚焦20世纪末到21世纪初宗教世俗化与宗教神秘性之间此消彼长的较量,实际上反映的是消费社会人们内心的挣扎,是面对物质诱惑和精神空虚状态的心灵博弈。面对宗教世俗化和信仰危机,人们在推翻宗教成规、自我否定、再次转向宗教的庇护之间循环往复,对待宗教信仰的态度也在坚信和质疑之间摇摆不定,不断在质疑中前行,在否定中寻找各种可能性。个体生命在经历了突如其来的各种偶然事件和命运的转变之后,对宗教的认知由最初的失落与迷茫,到宗教意识的觉醒并最终重返宗教的自我救赎之路。库普兰德以充满了偶然性和可能性的后现代或然性反讽探讨了宗教返魅的可能性和后现代宗教的新视野。《X一代》和《香波星球》展现了现代人面对宗教缺失进入自我封闭的疏离状态,饱受失落与孤寂的折磨;《上帝之后》以信仰危机为背景讲述人类生存的窘境,唤起人们宗教意识的觉醒;《昏迷的女友》以极端的末世框架再现信仰问题的紧迫性,在天启式灾难中完成了精神的救赎;《嘿,预言者!》和《埃莉诺·里格比》以一种永恒的不确定性来实现后现代文化中宗教意义和精神家园的回归,昭示后现代宗教重新返魅的可能性。

第三章集中探究库普兰德以后现代多重性反讽展现的后现代空间体验。随着后现代社会全球化的发展和跨国资本的流动,空间的距离感逐渐弱化,认知地图变得非常脆弱,地域间的界限变得异常模糊,空间表现为后现代文化的一个基本特征,在后现代社会的建构中发挥着至关重要的作用。从现代到后现代的转变可以视为空间对时间取得了绝对的优势,空间无处不在,而时间只存在于此刻。后现代文化的空间化是资本流动和后工业化的副产品,使得资本、空间和文化交织在一起,形成独特的空间体验。库普兰德作品不只是线性的时间展开,更多地是借助后现代多重性反讽展现对后现代空间的想象。其作品从实体空间、虚拟空间和叙事空间三个层面上展现了后现代独特的多层空间体验:《香波星球》《怀俄明小姐》《昏迷的女友》和《所有家庭都是神经病》展示了都市、道路和边缘空间的后现代生活体验,这些实体空间承载着历史的积淀和文化的传承,表现了地域的个性和人文精神的差异;数字化生存和网络虚拟空间成为后现代社会不可或缺的空间体验,《微软奴隶》和《J氏游戏设计师》为深入了解后现代赛博空间和极客文化打开了出口;纷繁复杂的文本叙事空间与后现代社会生存体验密切相关,《J氏游戏设计师》的零散叙事,《口香糖小偷》的文本迷宫,《A 一代》和《一号玩家》的复调结构,折射出的是迷宫式的世界文化图景和后现代碎片化的生存状态。库普兰德以后现代反讽的多重性指出空间不是社会的反映,而是社会的表达,这意味着空间不是社会的复制品,而是社会本身。

第四章重点关注库普兰德以后现代反讽的荒诞性表现历史的文本性和虚构性。文学是一种政治吁请,与意识形态密不可分,库普兰德借助后现代反讽的荒诞性从历史话语、末世情怀和未来寓言三方面讲述过去、理解现实、聚焦未来,不断探究后现代社会潜在的历史走向。人物、灾难和存在的荒诞性构成了库普兰德小说的主要内容,与之紧密相关的政治、文化和历史往往以荒谬、虚构、模糊、断裂的面目出现。充满碎片化、元叙事的后现代小说从未放弃对历史的关注和书写,而是在符合历史逻辑的语境中重建虚拟小说与现实和历史的联系。《所有家庭都是神经病》并非具体历史事件的重现,但却符合历史、人伦和情感逻辑,在虚构与真实之间找到了切入历史和社会的裂隙,影射和诠释了外太空探索的实质是资本主义霸权在空间领域不断延伸的残酷现实。库普兰德的创作具有浓郁的末世论色彩,战争话题和灾难意象如幽灵般在小说文本中闪现和穿梭,显露出独特的地理文化和社会心理特征。此外,库普兰德将其对当代现实的关注裹在厚厚的未来的色彩里,《A 一代》和《一号玩家》就以虚构想象的戏剧化手法强化了未来人类世界的危机和矛盾,以崩溃的未来景象唤起对现实世界的反思,具有强烈的现实指向和意义。库普兰德的后现代历史书写以后现代反讽的荒诞性为特征,其作品如同是对这个充满荒诞和不可知的后现代世界的寓言,触碰到了现代人的本质处境,可以隐隐听到作者反讽的笑声。

本书以库普兰德整体的创作历程为研究对象,以后现代反讽视角探究其作品的文学审美维度,彰显后现代主义小说对现实和历史的思考,揭示文本背后的文化逻辑和现实指向,拓宽后现代主义小说的研究议题,同时也使我们能够在全球化的形势下,更好地思考相应的文化策略。

第1章 后现代文化景观的散漫性

  对于后现代纷繁复杂的文化景观的关注是库普兰德小说创作的一贯主题,其作品主要聚焦当代北美社会的青年体验,涉及消费、媒介、经济、政治、历史和大众文化的方方面面,为我们描绘了一幅世纪之交的北美后现代文化景观的全景图。二十世纪五六十年代,后现代文化思潮以其开放性结构、自由游戏的思维方式逐渐挑战与冲击现代文化传统,在现代主义看来,后现代主义是西方理性主义文化传统的反动,是一种文化失序的征兆,后现代社会俨然成为一个众声喧哗、多种文化纷杂并置之所在。后现代社会无序而杂多的文化景观成为晚期资本主义社会的典型特征。后现代文化是时代特性的反映,虽孕育于西方现代文化的母胎,却最终与现代主义文明彻底决裂,注定会对约定俗成的权威话语发起挑战甚至是颠覆,其兼容与开放的文化状态使得文化无所不包,呈现出无序且杂多的文化景观。后现代文化景观中,消费文化作为后现代社会的动力不断在全球范围内蔓延与弥散,成为人们不得不关注的焦点,该文化以后现代全球化经济状况为基础,以高度商品化为标志,是一种以满足大众消费欲望来营利的新兴文化。商品化的形式在文化、艺术、无意识等领域是无处不在的,资本和资本的逻辑已经影响到人们的思维,后现代主义文化完全渗透人们的日常生活,成为消费品。作为文化产业的大众传媒进一步与消费文化合流,以感性叙事无限扩张商品的符号价值,也不可避免地要打上后现代主义的烙印。现代传媒产业所带来的视觉盛宴不断冲击着人们的眼球,把消费者带入一个充满仿真和超现实视像的世界;媒介文化与权威意识形态合谋,政治简化为形象、展览和故事,政治意义通过表面无害的消遣方式展现给广大观众,娱乐和消费的多样选择掩盖了政治选择的不足;媒介制造的超真实的影视和影像代替了历史,以娱乐的方式篡改甚至抹去历史,模糊历史与虚构的界限。在后现代消费文化和大众传媒大肆宣扬的欲望和感官刺激下,人们逐渐处于琐碎、荒唐、边缘、恐惧和焦虑的状态中,导致一种缺乏深度的全新感觉,这种无深度感便是历史感的丧失。后现代社会不断制造混乱,整个世界都处于多元、无序的状态,其纷繁复杂的文化景观为反讽向着无序而杂多的散漫性方向发展提供了温床,成为后现代反讽散漫性特征出现的根本原因。正如克尔凯郭尔(Soren Aabye Kierkegaard)所说,"恰如哲学起始于疑问,一种真正的、名副其实的人的生活起始于反讽。"①库普兰德不仅以后现代散漫性反讽为工具揭示了后现代社会消费文化、媒介政治、历史和现实关系背后错综复杂的逻辑,而且试图借助反讽的力量达到反对和颠覆权威观念的目的。

库普兰德早期小说以后现代反讽手法展现了文化景观杂陈并置的散漫性:消费主义不断挑逗人们的欲望,大众传媒与政治经济合谋,无深度的现实体验加深了历史虚无感。在后现代社会纷繁复杂的文化语境下,现代意义上的秩序和规范纷纷退场,散漫性成为后现代人存在的真实体验。散漫性(randomness)指向各个领域,通常意味着缺乏活动模式或可预测性,《牛津英语词典》将其定义为"没有明确的目标或目的;不向特定方向发送或引导;没有方法或无意识的选择做,完成,发生等等;杂乱无章",意味着一个非顺序的或不相干的符号或步骤的序列,无清晰的模式或组合方式②。因此,散漫性反讽强调的是无序、杂而多的状态。库普兰德早期小说《X一代》和《香波星球》以散漫性反讽手法展现了全球化语境下无序而杂多的后现代文化景观,揭示了工具理性、快感狂欢和资本帝国之间千丝万缕的联系,再现了现代媒介政治的运作逻辑,展现了后现代社会历史虚无的窘境。

1.1 消费文化

如今,商业活动渗入到生活的各个领域,消费已经成为消费社会中所有人的日常生活方式,消费文化以狂热和无节制的消费欲望取代明确的需求,消费发展为生活的重心,使得资本的势力彻底延伸到人们存在的全部领域。在消费社会中,消费已经不仅是对传统的有形商品的消费,人们对物品的符号性追求也远远超过了对物品本身的功能性需求。消费逐渐成为一种观念行为和一种符号,同时借助无处不在的广告潜移默化地影响着每个人,由此,消费主义和广告媒介建构了一个操控人们消费的欲望、形塑人们生活模式的符号体系,逐渐渗透到生活的方方面面。可以说,看似个人化的消费行为都沾染上了对商品符

---

① [丹]索伦·奥碧·克尔凯郭尔. 论反讽概念[M]. 汤晨溪,译. 北京:中国社会科学出版社,2005:2.
② http://en.wikipedia.org/wiki/Randomness.

号价值的追求。身处后工业化时代的人们已经脱离了物质世界的存在,生活在一个由商品符号主宰的世界中,只有沉浸在疯狂的消费行为中,才能获得身体的快感,才能摆脱心灵的空虚,确认个体的存在。以符号与影像为主要特征的后现代消费文化以市场原则为导向,目的是要攫取利润,文化只是起到了粉饰作用,本能地追踪大众的文化消费心理、迎合大众的消费口味,不断以感官刺激引导消费者追逐眼前的快感。快感成了消费文化资本运作的不竭源泉和驱动力量。消费文化依靠与后工业时代大工业生产的相互推动,不断在全球范围内蔓延。后工业时代以技术理性至上原则为基础,不断推动现代科技的快速发展,实现了商品的大批量生产,满足了消费主义的物质需求,但一味追求理性的结果却往往令人失望。消费文化与资本帝国同样存在着千丝万缕的联系,资本利益的驱动才是消费文化兴盛的根本原因。技术理性和官僚政治及资本集团相结合形成了强大的异化力量,牢牢地掌控着社会生活的方方面面。库普兰德对后现代消费文化具有敏锐的洞察力,其早期作品将消费文化与技术理性、身体快感和资本帝国之间的关系清晰地展现在读者面前,成为探讨消费文化的突破口。库普兰德以后现代散漫性反讽叙事手法直击消费社会的本质:技术理性以物质享乐的方式完成对人的奴役,感官诱惑成为刺激消费的有效策略,跨国资本化身为文化入侵的有力武器。

1.1.1 消费文化与技术理性

道格拉斯·库普兰德的成名作《X一代》真实生动地展现了"X一代"(生于20世纪50年代末60年代初的一代人)的生存状态,自出版之日起就引起了评论界的关注。"X一代"在美国最动荡的年代成长起来,经历了石油危机、通货膨胀、政治腐败、核战威胁、性解放、毒品泛滥和传统家庭观念的解体。社会变革、文化变迁以及价值观念的转换使得"X一代"们内心充满了对现实的恐惧、对未来的担忧和对命运的无力,因此,他们试图以无节制的物质享受来缓解内心的焦虑并以购物来证明自身的存在感,成为消费主义思潮的热捧者。消费文化以狂热和漫无节制的消费欲望取代明确的需求,使得消费发展为生活的重心。消费文化依靠与后工业时代大工业生产的相互推动,不断在全球范围内蔓延。后工业时代以工具理性至上原则为基础,不断推动现代科技的快速发展,实现了商品的大批量生产,满足了消费主义的物质需求。技术的进步虽然给生活带来了诸多便利,但消费者却在享受先进技术成果的同时逐渐成为技术的奴隶。晚期资本主义文化中,技术理性往往以享乐和消费的形式实现对人的奴役。消费文化为我们提供了切入晚期资本主义社会的独特视角,"X一代"的中产阶级生活就是商品化社会的一个缩影。《X一代》中,库普兰德从技术理性的角度出发,描绘了消费主义的运行机制,展现了消费主义社会中的阴暗图景。

消费文化使物和金钱的欲望加速膨胀,占据了人的精神空间,为了盈利人们疯狂掠夺自然空间,使得人类所及之处无不深深打上消费主义的烙印。消费社会中,现代技术对自然世界的影响不同于早期工业化时代,它不再单纯是对自然之物的改造,而是完全占有并进而取代它们的位置,人与自然的和谐关系为社会所剥夺和遮蔽。消费社会起主导作用的媒介形象和符号不断抹杀自然物与人造物的差别。利益的诱惑使得房地产大行其道,不断摧残自然的原始。戴戈故事中的主人公奥蒂斯(Otis)偶然发现了住宅简直是"伪装的购物中心":"厨房变成了食品部;客厅是娱乐中心;浴室是水上乐园"[1]。人们对消费的痴迷竟使得住宅的功能与购物中心如出一辙。开发商对自然空间的抢夺近乎疯狂,"每栋楼之间只有一英寸的距离,离高速公路也只有三英尺"[2]。房地产大亨纷纷斥巨资打造各式各样的高档社区,因为消费社会中,住宅已不只是居住之所,也是消费品,成为象征社会地位的符号。戴戈的故事虽然夸张,却一针见血地道出人们对消费的痴迷,完全置技术对自然和资源的掠夺和摧残于不顾,后现代碎片化的城市生活逐渐拉大了人类与自然的距离,人们不得不在钢筋水泥的森林中穿梭,丧失了简朴的精神生活状态。小说中提到,20世纪50年代,"巴迪·哈科特、祖伊·毕什和一大群拉斯维加斯娱乐圈的著名演员"都加入投资房地产的项目中,他们本想在这个名为西棕榈泉村的小镇"大捞一笔",该项目却最终被一个重量级的投资商"搞得乱七八糟"[3],小镇成了"到处是空房"的人造废墟[4]。人们对最大利润的疯狂追逐,一方面导致人造物质日益过剩;另一方面,使得自然物质日益匮乏,自然和绿色竟成为昂贵而需要重新争夺的资源。"克莱尔注意到那些富人会雇佣穷人拔掉他们仙人掌上的刺",安迪"也发现他们更愿意扔掉家养的植物,而不是精心照料他们"[5]。技术理性使日常生活裂为碎片,人们陷身于工具理性及规戒性技术之中并为其所塑造,人们终将失真或"消亡",成为大批丧失自我主体的"消费人"。城市周围自然资源的过度消耗,

---

[1] COUPLAND D. Generation X: tales for an accelerated culture[M]. London: Abacus, 1996: 80.
[2] COUPLAND D. Generation X: tales for an accelerated culture[M]. London: Abacus, 1996: 80.
[3] COUPLAND D. Generation X: tales for an accelerated culture[M]. London: Abacus, 1996: 17.
[4] COUPLAND D. Generation X: tales for an accelerated culture[M]. London: Abacus, 1996: 18.
[5] COUPLAND D. Generation X: tales for an accelerated culture[M]. London: Abacus, 1996: 12.

只有富人才有足够的金钱购买专属的花园和草地,小说的主人公们只能在被作者戏称为"地狱"的废墟中进行野餐,感受自然。

消费文化以狂热和漫无节制的消费欲望取代明确的需求,使得人们不是基于自身的需要而消费,而是出于资本家设定的欲望或需要而消费。在铺天盖地的广告宣传下,资本家成功将所谓高科技含量的生活用品、时尚的家居理念和健康的生活方式推销给消费者。这些融合了现代科技的商品给日常生活带来了诸多便利,但消费者在享受先进技术成果的同时也逐渐沦为技术的奴隶。作者在小说中不厌其烦地记录了日常生活中的无尽烦恼,揭示了后现代社会技术入侵带来的虚假繁荣和浮躁,反映了当代人类生存环境的"癌变"。生活在科技理性高度现代化的城市,在自己家里也难以求得宁静,难以逃离工业化的影响。早上起来就不得不面对"嘈杂吵闹的家","椅子的玻璃纤维弄的人浑身瘙痒","不知不觉就会吸进空心砖的毒气"[①]。"微波炉发出哗哗的响声",把经高科技配方改进的爆米花放进微波炉,不像是在"往里面放吃的",倒更像是"把燃料棒塞进核反应堆里"[②]。科技高度发达,交通运输便利,冷藏保鲜技术的成熟,打破了食品的地域和季节局限性,带来了食品的多样化,而人们对经济效益的过度追求导致各类激素、化肥、农药的滥用,也宣告了"激素食品时代"的来临。现代人在享受便利生活的同时却在每天"大口大口地吃着打了抗生素、激素,天晓得还打了什么东西的肉块,配着小山似的土豆泥,咕咚咕咚喝着威士忌"[③]。安迪的父亲直到中风之后才意识到健康生活方式的重要性,终于摆脱"历经几世纪由铁路工人、牧牛人、石化和制药公司联手打造的食谱的控制",如今"只吃鸡肉和蔬菜,还成了一家健康食品店的常客,厨房里新添了一个专放维生素的架子"[④],并且不断提醒安迪不要使用铝制炊具,避免患上阿尔兹海默症。实际上,技术理性对人的奴役往往表现为无节制的享受和消费。消费文化为人们制造需求和欲望,一旦人们进入这个消费文化、资本运营和现代技术共同构筑的符号体系,必然会失去自主性,使得其消费行为不知不觉中受到资本家意识形态的操控。

极度商品化的消费社会,意义和重要性已从人类转移到商品中,沉溺于消

---

① COUPLAND D. Generation X: tales for an accelerated culture[M]. London: Abacus, 1996: 36.
② COUPLAND D. Generation X: tales for an accelerated culture[M]. London: Abacus, 1996: 138.
③ COUPLAND D. Generation X: tales for an accelerated culture[M]. London: Abacus, 1996: 165.
④ COUPLAND D. Generation X: tales for an accelerated culture[M]. London: Abacus, 1996: 165.

费文化的"X一代"们将任何物品都看做商品,习惯性地给其贴上价值的标签,同时,在技术理性影响下,一切行为都由追求功利的动机所驱使,并借助理性达到自己的预期目的,他们往往单纯考虑效果的最大化,而漠视人的情感和精神价值。当浪漫爱情等同于9.95美元一百支的玫瑰时,克莱尔对爱情的憧憬瞬间破碎,克莱尔和托拜厄斯(Tobias)的短暂交往也仅止于生理的欲望。戴戈则直言自己需要靠镇定和抗抑郁的药品来抵抗消极情绪,丧失了爱的能力,"出于对爱的渴望,对被抛弃的恐惧",戴戈对爱情持排斥态度,"开始怀疑性只是人类为了更深地了解其同类而找的借口。"[1]在疯狂的消费背后,人们往往逐渐走向物化、工具化,精神世界的日益萎缩,折射出后现代人类精神层面的隔膜、孤独和异化的状态。

1.1.2 消费文化与快感狂欢

以符号与影像为主要特征的后现代消费文化以市场原则为导向,目的是攫取利润;文化只是起到了粉饰作用,本能地追踪大众的文化消费心理、迎合大众的消费口味,不断以感官刺激引导消费者追逐眼前的快感。最大限度地调动人们的感官欲望,便成了消费文化诱导人们深陷其中的最有效策略。换句话说,快感成为消费文化资本运作的不竭源泉和驱动力量。在后现代消费文化语境下,对新事物的渴望导致了难以满足的欲望,一向被精英文化压抑的快感瞬间突显出来,这种快感形态不仅仅是一种个人的情感体验,更多的是一种普遍的社会行为,大众对快感的狂热追求与宣泄上演了一场快感的狂欢。表面上看来,在消费文化充斥着感官欲望的世界,快感似乎替代了人们情感化的个性追求,其实这不过是将人对物质和身体的欲望扩大化,却将生命的丰富内涵逼仄到最狭小的范围内。消费文化以视觉形象制造欲望与快感的策略掩盖不了其资本运作的终极旨归,库普兰德小说以当代北美青年群体的生活体验展现了后现代消费文化与快感狂欢的审美理念,引发读者对后现代消费文化快感的追逐进行更加深入的质询与思索。

后现代语境下,消费文化无深度、平面化、碎片式的视觉影像充满了物欲和感官诱惑,使得疯狂购物成为大众宣泄迷茫与紧张,获取瞬间快感与满足的方式。当购物成为人们日常生活中必不可少的一部分时,消费就开始成为一种无意识的行为。按照鲍德里亚的观点,在消费社会中,人们看中的并非商品极具

---

[1] COUPLAND D. Genertion X: tales fur an accelerated culture [M]. London: Abacus, 1996: 44.

功能性的使用价值,而是附加在商品上的符号价值①。因此,"法式晚餐"和"依云矿泉水"俨然成了高品质生活的代名词②,看似个人化的消费行为都沾染上了对商品符号价值的追求。身处后工业化时代的人们已经脱离了物质世界的存在,生活在一个由商品符号主宰的世界中,只有沉浸在超市购物的集体消费行为中,才能肯定和确认个体的存在,摆脱心灵的空虚。超市作为资本主义市场经济发展的产物,是美国消费文化最集中的体现,同样也是光怪陆离的后工业化社会症候的演绎场。购物者似乎"把每样物品都放一件"③在手推车里,尽管牛奶瓶上并没有价钱,却还在自言自语道"如今牛奶的价钱可真便宜啊",无人订阅的杂志也因为廉价而"充满了诱惑"。④在琳琅满目的商品中穿梭的人们逐渐受到物的挤压而被边缘化了,物成了生活的中心,统治着人,从而剥夺了人的主体性。人被物所包围和控制,迷失了生活中精神之维的目标,最终沦为物的奴隶。消费主义文化对人潜意识的渗透已经常态化,而且造成人和物的错位。当克莱尔看到烤鸡店里"摆放方式很诱人""很可爱"的鸡就想得到它,但却不得不承认自己并不需要这些鸡,得到后就会"立刻盘算该把它'处理'到什么地方去"⑤。作为后工业社会的美国,物质文明高度发达,消费文化以最大限度攫取财富为目的,不断为大众制造新的欲望需要。铺天盖地的广播、电视、报刊、广告宣传悄无声息地将人们塑造成没有思想、没有判断力,甚至没有个体感官经验的消费者,盲目购买并非出于自身真实需要的商品。

如果说《X一代》是青年人为逃避消费文化而逃离都市,《香波星球》则展示了一个大众被动接受消费文化的过程。主人公泰勒(Tyler)和朋友们表面上标榜自己是环保主义者,却对消费冲动毫无抵抗力,对无深度的视像文化充满期待。泰勒对于购物,尤其是收集洗发香波近乎于疯狂,以至于卫生间成为洗发护发产品的大本营,他同样会因卧室中的新潮家具和娱乐图腾而感到骄傲。尽管如此,泰勒并未意识到自己已经被消费文化的视觉和快感策略所俘获,甚至对沉迷于消费文化的小镇居民表示不屑,殊不知消费文化早就以广告视像的自然方式潜入每个个体,无处不在。泰勒在翻看自己去欧洲旅行的照片时意外发现每张照片中都含有各种公司的商标或广告标语,"我注意到自己在那里时

---

① [法]让·鲍德里亚. 消费社会[M]. 刘成富,全志钢,译. 南京:南京大学出版社,2001.
② COUPLAND D. Generation X: tales for an accelerated culture[M]. London: Abacus, 1996: 6.
③ COUPLAND D. Generation X: tales for an accelerated culture[M]. London: Abacus, 1996: 69.
④ COUPLAND D. Generation X: tales for an accelerated culture[M]. London: Abacus, 1996: 70.
⑤ COUPLAND D. Generation X: tales for an accelerated culture[M]. London: Abacus, 1996: 7.

并未发现的趋势。那就是公司的商标悄悄潜入我的记忆……奇怪的是我在那里时竟从未注意过这些商标,但我回家之后却无法将它们从记忆中剔除。"①图像硬是挤进社会生活的肌理之中,它们采用能够产生震撼效果的手法,争夺人们的注意力。泰勒这才意识到广告的催眠力,承认自己是广告渗透的对象。尽管不易察觉,但广告的确在规训个体行为中发挥了巨大作用,悄然潜入个体意识,影响个体接受世界的模式,使得个人记忆、身份与广告相联系。广告而不是产品锻造了消费者的思想,营销力不断侵占个体的头脑和记忆。广告在商品销售过程中产生了一种光晕和意识形态。尽管意识到广告对他的干扰作用,但泰勒也不得不承认自己信赖广告大力宣传的产品,甚至将公司商标和"毒针"相提并论,指出被广告洗脑的个体就像是吸毒成瘾者一样,被动地将广告灌输的价值体系内在化,个体在以消费方式获得快感的同时也被自己渴望的事物摧毁,极具讽刺性。

消费时代的大众视觉狂欢带给人们空前的审美快感,对视觉快感的痴迷则不断推动审美的异化。追求美的身体便是一个例子,于是,我们看到现代舞蹈、瘦身美容广告、时装模特、艺术写真等各种以身体造型为主题的视觉影像得以展现,刺激着人们的眼球,满足了人们的窥视欲。被压抑的、被忽视的、被沉默的身体在视觉时代开始被唤起,欲望化的身体成为现今消费快感最好的视觉注脚,身体快感成为图像时代的权力媒介。身体作为商品符号充斥在电视广告、时尚杂志、新闻报道中,现代城市中各种明星光彩照人的玉照已经成为视觉文化的主题,整个社会无处不弥漫着对身体及其快感的宣扬。同时,消费文化把身体与自我认同联系起来,个体可以依据明星标准打造美丽的身体来建构良好的自我感觉。科技的进步推动生物技术、外科整形技术、运动科学的飞速发展,提高了人们控制自己身体的能力,赋予身体强大的可选性、可塑性,使得身体不再被认为是纯生理的现象。消费文化和技术理性同时作用于身体,使得身体不仅成为消费社会中最引人注目、最富寓意的商品,而且已经成为消费主义欲望的主要载体。化妆、健身、整容、塑形等打着科学的旗号,幻化为对青春、活力、时尚、健康和美貌的追求。为了拥有美的身体,人们不惜付出金钱甚至牺牲健康的代价,铤而走险尝试各种方法,用"真空抽脂机解决肚子上的赘肉"②早已不是什么新鲜事。消费社会中,一切物品都变成了符号,除了金钱、资本对人的

---

① COUPLAND D. Shampoo Planet[M]. London:Simon &Schuster,1993:97.
② COUPLAND D. Generation X:tales for an accelerated culture[M]. London:Abacus,1996:26.

奴役,身体也被打上了商品的烙印,依靠冰冷的机器重塑身体就丧失了身体的真实,这就是消费主义文化对审美的异化,对身体的异化。

如火如荼的电视娱乐节目更是审美消费的集大成者,它以消遣性、消费性和娱乐性来颠覆以理性为内核的高雅文本,不断制造电视狂欢,对身体快感的宣扬起到了推波助澜的作用,成为了青年男女体验人生的行动指南。1955年玛丽莲·梦露(Marilyn Monroe)主演的影片《七年之痒》以中产阶级家庭为背景,成为20世纪50年代中产阶级生活方式的真实写照,该剧的火爆使她成为流行文化的代表性人物和影迷心中永远的性感符号。梦露性感形象的出现恰逢旷日已久的战争结束、物质逐步繁荣的时代转折点上,当时经历了长期惨烈战争的人们迫切需要一个代表他们最直接欲望的性感女神。梦露在地铁口捂住被风吹起的白色连衣裙的一幕已经定格为电影史上的经典镜头之一。然而随着审美趣味逐渐异化,人们对身体快感的狂热追求最终并未填补精神空虚,反而走向低俗,迷失了自我。小说《X一代》中,安迪的老板高道先生(Mr. Takamichi)认为自己拥有的最具价值的东西竟然是玛丽莲·梦露的一张露底照。高道先生将这种狗仔队偷拍的龌龊之物视若珍宝,小心翼翼地珍藏于保险箱内,甚至想邀请安迪一起欣赏。高道先生断定这一低级趣味的照片必定会因稀少而成为价值连城的艺术品,而并不在乎其是否有艺术价值。消费文化中,疯狂追求快感而丧失自我和判断力的高道先生"错把保险箱里梦露的照片当成自己心中的符号"[1],他在自我异化的过程中,将所有事物都看成一件待价而沽的商品,完全以市场价格来衡量自身和他者。正如弗洛姆(Erich Fromm)对西方工业社会中人的全面异化的感叹:"19世纪的问题是上帝死了,20世纪的问题是人类死了。在19世纪,不人道意味着残酷;在20世纪,不人道系指分裂对立的自我异化。"[2]当安迪意识到自己也逐渐深陷消费文化的怪圈时落荒而逃,试图听从自己内心的声音,开始自我追寻的旅程。后现代消费社会中,高雅与通俗的界限早已模糊,色情图片竟也跻身于艺术品的行列,着实令人震惊。

消费文化以肤浅和感性的审美形式取代了责任和义务等精神内在,使人们沉溺于虚假的幻象和奇妙的体验中。无休止地寻找快感体验是后现代人,尤其是青年人的典型特征。但当个体沉溺于广告、电影或电视提供的感官快乐时,就会不知不觉地屈从于消费文化的认知暴力,逐渐丧失自我的判断力。面对这

---

[1] COUPLAND D. Generation X:tales for an accelerated culture[M]. London:Abacus,1996:65.
[2] [美]E. 弗洛姆. 健全的社会[M]. 孙恺详,译. 贵阳:贵州人民出版社,1994:355.

种丧失自我的风险,青年群体则试图逃离大众传媒、消费文化等对他们的控制,逐渐由被动的接受者和消费者转变为主动的创造者,从对社会意识形态的冒犯中得到快感。这种冒犯性快感往往表现为过度的身体行为,如观看比赛时大呼小叫,随着震耳欲聋的摇滚音乐疯狂摇摆,大量饮酒,街头打闹,进行破坏性行为甚至自我伤害,以冒犯社会普遍的审美趣味和规范来寻找表达的空间。这样看来,快感不是被动接受或简单逃避,而是以狂欢的行为对新的意义的探索和诠释。摇滚音乐流行拼凑的创作方法,包含多种风格、媒介和地域特色,真正的个人风格难得一见,为后现代主义的碎片化美学提供了最佳范例。摇滚乐展现的紧张性、超越性和越轨行为恰恰与后现代消费主义倡导的快感体验相切合。摇滚音乐的张力来自控制局面的欲望和在狂舞中迷失自我的欲望之间的矛盾。《昏迷的女友》的故事就是从1979年夜晚一群十几岁的青年人的聚会开始,真实展现了青年人寻求快感的破坏性狂欢。主人公理查德·道兰德(Richard Doorland)还未进入聚会现场,就听到"兴奋的叫喊声和瓶子破碎的声音从四面八方传来",他直接将这次聚会定义为"房屋破坏者"的聚会。这些年轻人吼叫、打闹、酗酒,喝醉后"像质子一样倚靠在雪松树篱和云杉灌木上,胳膊下紧紧夹着啤酒瓶,牛仔夹克在臂膀处拧成一团"①。屋内的暴力情景更是令人触目惊心,"一棵被连根拔起无花果树放在台球桌上,六号球躺在泥土和啤酒的混合泥浆中;玻璃滑门被击打出一个拳头大的洞,鲜血一直流到地毯上;电视墙上到处是靴子踢出的洞和凹痕,像达尔马提亚斑点一样;剩下的台球都被投向这些洞,碎在露台上。厕所溢水达到最难以想象的程度;呕吐物随处可见"②。开放与包容的聚会空间为压抑的青年群体提供了宣泄狂欢的机会。孤独、失落、迷茫与空虚的青年人一无所有,唯一可以把握的就是身体了,因此,他们以肆意破坏的行为寻得身体上的快感。然而,集体狂欢和瞬间的快感却无法填补内心的空虚,仍需依靠各种抗抑郁和抗忧虑的精神药物缓解压力,凯伦·麦克尼尔(Karen McNeil)就因空腹吞服镇静剂再大量饮用烈酒伏特加而陷入昏迷17年,这一事件成为贯穿小说的主线。表面上看,似乎是当今这样一个使人精神高度紧张、心灵极端痛苦的社会导致青年人对精神药物的依赖;实际上,库普兰德对这一事件的安排是另有所指的,其目的在于指出精神药品的依赖源于西方崇尚和迷信药物的药品文化。西方社会,医生往往将人视为化学构成物,把精神问

---

① COUPLAND D. Girlfriend in a coma[M]. London:Flamingo,1998:8.
② COUPLAND D. Girlfriend in a coma[M]. London:Flamingo,1998:10.

题归结为化学问题,普遍采取以化学药品治疗精神疾病的做法。人们期待用现代科学技术手段制造的化学药物来控制情绪,舒缓压力,医治心灵创伤,已经成了很流行很自然的事情。这种药品价值观实质是近代西方科学主义在生理医学领域的具体体现,是技术理性主宰下的工业文明发展的必然结果。长期服用这些精神药物会上瘾,轻则使人出现幻觉,重则可以使人发疯,陷入严重的焦虑和忧郁,引起慢性精神病和自杀。然而,在后现代快感文化影响下,人们为这种上瘾的迷幻状态所痴迷,波普艺术和欧普艺术等与迷幻结合的视觉艺术大受欢迎。

快感文化强调快感的无目的性与不可规划性,实际上不过是将人对物质和身体的欲望扩大化,却将生命的丰富内涵逼仄到最狭小的范围内,使个体深陷自我感受的欲望中而不能自拔。人们只顾在狂欢中体验快感,在感官愉悦中丧失清醒与道德,失去对神性的敬畏和追求,甚至无视生命的庄严与严肃。消费文化对快感的疯狂追求并非快感的真正解放;恰恰相反,个性与自由被大大削弱,快感被规训,甚至完全丧失了反抗的意识。人们只能成为文化工业的支配者,被异化为"单向度的人"。消费主义引导的快感文化是后现代社会不可避免的现象,杰姆逊(Fredric Jameson)认为,后现代文化对感官欲望和快感需求的狂热追求就是精神病理学中所谓的精神分裂症,他将这种后现代社会的精神分裂病症视为晚期资本主义大众文化的美学表征[①]。杰姆逊对后现代文化的精神病理诊断,为思考当代审美文化的快感化提供了有价值的思想资源。

1.1.3　消费文化与资本帝国

有评论家认为库普兰德对大众文化的批评不够彻底,具有认可美国消费主义的可怕倾向,但实际上他对美国单一化文化的扩张持批判态度,只不过表述稍显暧昧。如果将库普兰德的早期作品看成一个文本的话,那就是一部关于美国消费文化扩张的编年史,从中可以清楚地看到他对待消费主义态度的变化。作为一个加拿大作家,他的作品集中了加拿大流行小说对美国文化最一针见血的分析,关注美国资本主义借文化输出向全球范围内灌输资本的逻辑,以看似戏谑的方式直击跨国资本和文化渗透的合谋,暗示文化入侵成了极权统治的有力武器。库普兰德小说中人物的消费理念和职业规划等与跨国公司有着千丝万缕的联系,其中对克莱尔继父垄断电话按键生产和泰勒梦想售卖垃圾的描述

---

① [美]詹明信. 晚期资本主义的文化逻辑[M]. 北京:生活·读书·新知三联书店,2003:474.

看似轻描淡写,实则反讽意味十足,以散漫性的反讽揭示了消费文化和资本帝国的关系。库普兰德对消费文化的探讨逐渐由个人消费行为转向跨国资本的运营模式,揭示跨国资本主义无国界或跨国界的商业行为已经悄然构成了一种新型的政治疆域,不断介入庞大的传媒体系和全球经济形态,甚至左右着全球的政治走向。

《X一代》展现了两名美国青年安迪和克莱尔,以及一名加拿大青年戴戈共同以逃避方式抵抗消费文化侵蚀的故事,生动描述了后现代社会是一个物质过剩的时代,一个醉心于购买和消耗的时代。尽管主人公分别来自加拿大和美国,面临的社会文化却几乎无差别,显然戴戈也并未意识到美国消费文化对加拿大社会的影响到底有多大。加拿大在脱离英美统治后,很难在媒体主导的全球化社会中占有一席之地,讲英语的中产阶级很难使身份脱离美国。现在情况变得愈发可怕,加拿大媒体早已被美国好莱坞同化,毫无自己的特色,好莱坞的垃圾影片和加拿大高品质的电影似乎难以区分。《香波星球》则一改首部作品对消费文化一概拒绝和逃避的态度,既然人们面对美国的消费文化束手无策,不如欣然接受。主人公泰勒清楚地明白消费文化的危害,声称自己是环保主义者,对于消费文化造成的浪费和污染嗤之以鼻,也曾为自己成为消费文化渗透的对象懊恼不已。然而,他为在社会中寻求自己的位置,为了适应社会以获得事业上的成功,逐渐融入并接受了消费文化的逻辑,甚至为了进入大型跨国公司工作费尽心思,他依据消费文化的逻辑写出了将垃圾填埋场改建为历史主题公园的策划案,向消费文化逻辑屈膝谄媚。从这两部小说来看,显然消费文化的侵入程度越来越深。《上帝之后》和《微软奴隶》则开始在青年人对消费文化的焦虑之外寻找新的东西,对物质的追求使得他们在新教伦理和自我成就感之间痛苦纠结。《上帝之后》讲述年轻人经历坎坷成为真正成年人的过程中遭遇的经济、文化和传统宗教实践的冲突。当人们抛弃生活中原有的宗教信仰,并以消费主义崇尚的商品拜物教取而代之后,便遭遇了种种心灵的折磨,最后又不得不重新开始对信仰的追寻。这一作品中的潜在反讽在于:国家是原教旨主义的,而公民不是;精神追求和商业的界限模糊不清。《微软奴隶》看似是技术宅男们的个人创业旅程,实则是探讨以商品拜物教取代传统宗教信仰后,科技在文化中的作用问题。至此,库普兰德小说中消费文化对个体的入侵由坚决抵制,到被动接受,再到代替信仰,展现了消费文化逻辑对意识形态控制程度的逐渐加深。《昏迷的女友》以20世纪80、90年代为背景,集中前面所有小说的主题元素,描述了美国文化输出造成的毁灭性后果。如果说此前的作品描述的是美国商业文化不可逃避的感官支配带来的个体焦虑的话,这部小说则描述了青年一代缺乏文化、政治和精神中心,展现了消费文化背景下个体的无望。小说以凯伦的沉睡这一中心事件为线索,凯伦陷入昏迷却孕育着新生命的身体成为承载着一代人甚至加拿大整个国家的希望和梦想的隐喻。小说中,一群缺乏责任感的危险少年,在消费文化的浸染下成长为有自我意识却无能为力的中年人,甚至在面临世界毁灭的时刻仍自我放纵。他们虽然在生活中找到了新意义,却仍不了解人类状况。但这部小说并非只是对后现代社会沉沦个体的探讨,而是将文化作为整体进行考察。库普兰德试图使人物在社会危机、环境灾难中找到精神中心,切实意识到在文化入侵过程中,文化主权逐渐削弱,最后通过被动共谋而淘汰。作者借凯伦的眼睛见证了温哥华的美国化,长此以往,美国的消费文化必将同化整个世界。17年的时间跨度使得这一过程表现得更为明显。库普兰德正是以世界毁灭这样的极端例子警示读者为避免各国私有文化框架死亡,必须拒绝美国文化的入侵。从这几部作品就可以明显看出库普兰德对待美国消费文化的态度以及美国文化入侵的逐步深入。

　　后现代社会经历了由生产社会到消费社会的转变,符号逐渐走向社会场景的核心,最终成为消费社会主宰一切的统治者。商品化的符号无处不在,文化、美学、无意识等领域完全被资本和资本的逻辑所渗透。归根结底,消费文化的根源在于资本利益的驱动。在消费文化历史里没有时间的流逝,而是填满了资本主义生产的步伐。消费文化输出成为资本主义扩张的一种更加隐蔽、更具欺骗性的形式。这样看来,消费文化在全球范围内蔓延,直接因美国的军事与经济力量的不断扩张而形成,它导致一种霸权的成立,笼罩着世界上的所有文化。跨国公司是全球化发展的第一个迹象,它作为美国经济文化扩张的先行军,通常将产品生产活动转移到不发达国家和地区,雇用廉价劳动力,最后这些制成品再销往这些加工国,以此牟利。一旦他们的产品在该国市场上饱和之后就会通过所谓的"竞争"产生自由市场资本主义,这时垄断价格就发挥了作用。这不是个人、种族、阶级或文化歧视问题,而是单纯的经济问题:追求经济利益最大化。这就必然导致所谓"物质过剩"的相对性,西方发达国家居民在物质高度发达的社会尽情享受购物的快感,掩盖了第二三世界劳动人民贫苦的生活状况。

　　《香波星球》中泰勒梦寐以求的理想工作单位就是大型跨国公司贝克托尔(Bechtol),该公司前身为军事工厂,后来采取多样化经营策略,降低包括"死亡射线和其他高科技物品"在内的军事产品的生产比例,在世界各地经营豪华酒店,开办家禽渔业养殖,开采铬矿,生产服装,进行遗传学研究和许多其他盈利的经营项目。当一个军工企业涉足餐饮、食品、矿产开发和遗传学研究时,人们不得不对其动机提高警惕。为了实现利益的最大化,像"陶氏化学、联合碳化物和美国通用动力这样的大公司,表面上为了人类的和平和快乐在努力,暗地却为美国的军队贡献着军火和能源"[1]。后工业时代看似对于商品的选择提供了更多可能性,但留心观察就会发现,当这些跨国公司的大批产品源源不断流入世界时,很快就会挤占吞并其他小公司生产的同类产品,产品种类看似丰富起来,但却都控制在几个大型跨国公司手中。当消费者无论如何选择都只限于这几个品牌的范围时,人们就不得不质疑自由选择的概念。科学技术的发展推动高科技产品的诞生,进而促进消费市场的繁荣和发展。同时对"技术理性"的盲目崇拜又不断推动技术的升级改造和产品的升级换代。高科技跨国公司必然会垄断全球的产品生产,成为消费市场唯一的主宰。因此说,即便克莱尔的继父只是"拥有了按钮式电话机上'＊'和'0'那两个小按钮的市场销售权",但那就"好比是拥有了对月球的销售权"[2]。泰勒为了引起贝克托尔公司的关注,主动给该公司总裁写信详细描述在垃圾填埋场上建立历史主题公园的商业构想,以求得进入该公司工作的机会。该主题公园为消费者提供在垃圾堆里探寻历史的机会,以娱乐形式售卖垃圾实际上是在打包和售卖历史,将历史视为可消费和拥有的物品。该设想看似荒谬,却涉及了资源循环利用、增加就业机会、连锁店和主题公园资本化等问题。售卖历史的过程首先将游客定位为考古学家和历史学家,前军事生产公司可以摇身一变成为环保和娱乐领域的带头人,不仅能使该公司以环保面目示人,而且可以使利润最大化,并且抢占历史和文化符号性生产的市场。泰勒的设想瞄准的是人们对娱乐信息咨询的渴望,使历史转化为可售卖的商品并最终受私人公司掌控。贝克托尔公司靠控制过去和进行遗传学研究控制未来,主题公园则赋予这个公司控制大众对历史和未来接受的权力。公司表面上提高就业和提倡环保的善举之下潜藏的是控制历史和遗传学的极权冲动,其目的在于提高公司利益,控制历史和历史问题的生产。贝克托尔的军工生产背景与泰勒的历史主题公园构想的关联并非纯属巧合,库普兰德这一情节设计正是以反讽方式和看似戏谑的语言直击跨国资本和文化渗透的合谋,暗示文化入侵成了极权统治的有力武器。

---

[1] COUPLAND D. Shampoo Planet[M]. London:Simon &Schuster,1993:158.
[2] COUPLAND D. Generation X:tales for an accelerated culture[M]. London:Abacus,1996:177.

跨国公司产品在世界各地的销售潜移默化地调动着人们的消费欲望,影响着人们的生活观念和消费意识,促进了消费文化在全球范围内的渗透。因此,在商品生产和销售的意义上,经济变成了一个文化问题。同时,后现代消费文化的大范围蔓延又为跨国资本生产提供了生产动力和开拓了商品销售市场;换句话说,控制全球经济的跨国公司为了增加经济收入而控制了国家文化,经济、文化和政治的不同层面之间的汇聚融合成了全球化的基本特征。消费文化和跨国资本的合谋最终将导致跨国资本控制全球尤其是不发达地区经济政治命脉的后果。美国文化输出背后尽是充满血腥、杀戮和死亡的弱肉强食的恐怖世界:占据第三世界国家的领土,开发自然资源,重构本土经济,开拓本土的劳动力市场等等,这些往往都对当地环境造成极大的破坏,且在条件不允许的情况下仍不善罢甘休。此外,跨国公司把自己的生产活动转到拥有廉价劳动力的海外,破坏了本国的劳动力市场,减少了本国人们的就业机会。晚期资本主义社会,各种跨国公司利用新型资金流动模式、生产和消费模式建构起一个庞大的商业网络系统,将一切个人零碎的消费行为收纳其中,这种无国界或跨国界的商业行为似乎构成了一种新型的政治疆域,对所有消费领域进行积极的介入和控制。这些跨国资本为了获取更大的利润想尽办法利用无所不在的大众传媒,以不同的方式不断对人们进行洗脑,操控其消费和思维模式。跨国资本为了介入和操控庞大的传媒体系,必然涉足更具有影响力的政治体系,使其商业活动合法化,这样一来,晚期资本主义的跨国资本不只控制着全球的经济形态,也左右着全球的政治走向。因此,对美国消费文化蔓延的探讨不应该仅仅停留在文化层次上,而要把目光投向提供原材料的第三世界国家的境况,投向在生命线上苦苦挣扎的贫苦农民和流水线工人,只有这样才能从根本上看清消费文化和资本帝国的合谋关系。

1.2 媒介政治

后现代社会浸染着市场化逻辑,以欲望生产和消费文化为典型特征,作为文化产业的大众传媒不断与大众文化合流,也不可避免地打上了后现代主义的烙印。一方面,现代传媒活动竭力迎合大众消费文化,以最大限度抢占市场份额,谋取经济利益,使得集团资本在全球范围内消长;另一方面,大众文化为现代传媒的散播开拓了多种渠道,保证了传媒活动的有效进行,促进消费社会的蔓延和消费符号的全球化复制。日新月异的现代科技为大众传媒的高速发展注入活力。然而,传媒技术的进步和突破给人们带来便利的同时,也将带来思想意识上的束缚。传媒成为了现实生活的延伸,人们不自觉地生活其中,被以文字、声音、图像等符号表达权利的媒介话语的主流意识所牵引,形成了传媒无意识。在媒体话语的引导下,公众的意识形态和价值取向逐渐趋同,形成具有一致公共价值的群体,继而巩固媒体对人群的操控,易于形成大众受媒介话语操纵的怪圈。

库普兰德小说对媒介政治的探讨从媒介与拟像、政治和历史三者的关系入手,以后现代反讽形式生动再现了现代媒介政治的运作逻辑:现代传媒产业带来的视觉盛宴不断冲击着人们的眼球,把消费者带入一个充满仿真和超现实视像的世界;媒介文化与权威意识形态合谋,政治简约为形象、展览和故事,政治意义通过表面无害的消遣方式展现给广大观众;媒介制造的超真实的影视和影像代替了历史,以娱乐的方式篡改甚至抹去历史。

1.2.1 媒介与拟像

以现代数码技术为依托的电影、电视、摄影、互联网等媒介用机械性复制手段完成商品化生产,正在营造着一个视像时代"读图"的氛围,并促成当代社会审美文化消费的蓬勃发展。现代媒介,凭借着科技的进步与经济的飞速发展,为大众带来前所未有的视觉冲击,人们的目光被电视电影、报刊杂志、巨幅广告招贴画和海报栏上一个又一个转瞬即逝的图像所吸引。铺天盖地的广播、电视、报刊、广告宣传悄无声息地将人们塑造成没有思想、没有判断力、甚至丧失个体感官经验的消费者。在这个图像充斥、信息横流的时代,大众并非依据客观的现实存在对外界做出反应,而是被动接受大众媒介以技术手段对现实世界的拟态投射,这些经过刻意加工的图像形态成了人们竞相模仿的对象。让·鲍德里亚(Jean Baudrillard)将这种通过现代媒介向千家万户复制传播的视觉影像称为拟像,大家就生活在这种拟像化的文化境遇里。

现代媒介技术的发达带来一个模糊了现实和幻想的界限,让人无从分辨虚实的时代,人们体验到的不是过去那种可怕的孤独和焦虑,而是一种浮于表面的非真实感。可以说,后现代世界是一个媒介和拟像建构的超真实的世界。超真实的领域比真实更真实,虚拟体验比真实生活更具诱惑力。《X一代》中,克莱尔兴奋地告诉安迪"纽约除了有更好的发型和纪念品以外,就像是一个迪斯尼主题乐园"[①]。从此可见,在人们心中迪斯尼乐园成了现实生活的范例,不是

[①] COUPLAND D. Generation X: tales for an accelerated culture[M]. London: Abacus, 1996: 178.

迪斯尼乐园在模仿真实生活,而是真实生活在模仿迪斯尼乐园,并最终超过迪斯尼乐园。正如鲍德里亚所说:"迪斯尼乐园的存在就是为了隐藏这一事实:'真实的'国家,'真实的'美国才是迪斯尼乐园……迪斯尼乐园被呈现为想象世界,为的是使我们相信其余世界是真实的。"①迪斯尼乐园是仿真序列里最完美的样板。它是一个微缩的世界,通过各种模拟造就了人们想象中的景观,体现着美国安定和平的价值观。那些非真实的人造景观影响着真实的美国,成为人们改造现实世界的蓝本。这种仿真起到了掩盖美国价值缺场的作用,并恰恰通过这种掩盖来证明美国价值观念。鲍德里亚一针见血地指出:"迪斯尼乐园不是真假的问题,它是一个延宕机器,试图以逆反的形式恢复虚构现实的活力。"②实际上,迪斯尼乐园这个公开的文化工业掩饰了美国这个模仿文化工业的国家的真实面貌。主题公园可以代替旅行、探索真实文化或是了解他人的需要。主题公园作为一种心理技术,与媒介时代相联系,含蓄地隔离甚至明确地抹去虚假与真实的界限,逐渐导致大众的去社会化和疏离感。在这一点上,库普兰德在《香波星球》中借泰勒之口讽刺性的用"法定"(legislated)这样的字眼来形容对迪斯尼的印象,用"迪斯尼乐园的法定记忆"③来展示主题公园的强制性作用,强调了媒介时代中拟像世界强加给人们的历史记忆。当泰勒表示要去欧洲旅行的时候,他的朋友哈默尼(Harmony)很是吃惊:"欧洲?我不明白……我们已经在佛罗里达艾波卡特中心(Epcot)主题公园建立了一个很完美的欧洲啊。是不够好吗?还是其他什么原因?"④迪斯尼乐园提供了空间游戏世界的一个虚幻之旅。它把世界各地的其他地方适当净化和神化后,聚集在了这个包含多重空间秩序的纯粹幻觉的地方,藉此消除真实旅行的麻烦。它仅仅以一种纯粹的、净化的和非历史化的形式使商品文化和专业技巧的拜物教永久化。在这里,模型再一次超过了真实世界:在迪斯尼乐园的乌托邦世界里已经包含了几乎所有东西,为什么还要去见证欧洲衰败呢?迪斯尼不是以那里为基础建立起来的吗?哈默尼的态度生动地表现了后现代媒介社会的文化惰性,相信迪斯尼乐园的绝对表征,相信历史和地缘政治可以被包装和再生产,而拒绝探索真实历史的行动;认为历史是用来消费的,可以通过技术手段满足任何苛刻的消

---

① BAUDRILLARD J. Simulations[M]. FOSS P,PATTON P,BEITCHMAN P,trans. New York:Semiotext(e),1983:25.
② BAUDRILLARD J. Selected Writings Stanford,California:Stanford University Press,1988:172.
③ COUPLAND D. Shampoo Planet[M]. London:Simon &Schuster,1993:5.
④ COUPLAND D. Shampoo Planet[M]. London:Simon &Schuster,1993:96.

费者。他对迪斯尼的偏爱展示了后现代社会生活的刻板,真实的生活被视为想象的、非物质的、令人不满意的,媒介传播中虚拟的幻想才是真实可信的。人们对媒介技术及拟像世界的信任和依赖暗示了后现代世界是一个符号和形式加速增长的虚无世界,存在着一种不断加速的内爆和惰性,一切都是可见、明晰、透明的,但又是高度不稳定的。

遍及全球的美式连锁店成为以美国化为主导的全球资本主义的文化使者,在全球范围内传递着西方现代性的理念和美国文化价值观,成为大众文化的代表性符码。连锁店的广告和宣传噱头宣扬的是美国价值观、家庭亲情和享乐主义,把消费者带入了一个神话般的超现实世界,仿真的逻辑决定了个体看待自身、他者和世界的方式。这类连锁店已成为美国价值的典范,比美国社会更能体现出美国人的价值观。消费者在购物的过程中也在消费其"符号价值",即对其所表征的文化的认可,获得了西方现代性的消费体验,获得了社会归属感。换句话说,消费者被带入一个充满仿真和超现实视像的世界,同时依靠购物场所构建了个人的文化身份。泰勒远离家乡独自在欧洲旅行时倍感孤单,想到自己无望的未来更是无奈与沮丧。令人吃惊的是,泰勒的孤独和无助感在进入OK便利店(Circle K)时一扫而光,便利店就如同一面镜子一样确定了泰勒在消费社会中的地位,他瞬间感到"一种归属于某一团体的自豪",便利店的广告词"便利:新秩序的经济发动机"①在夜晚发出刺眼的光,似乎为困于荒野的泰勒指出了未来的出路。他的自豪感并不是建立在某种精神理想或是政治原因上,而是来源于普通的便利店。消费社会中,人们通过购物获得自我意识和自尊身份,熟悉的产品和专卖店的激增给个人提供了安全感和国家认同。在泰勒看来,OK便利店象征着荒原中的文明和安全感,是矗立着自由雕像的舒适的大众聚会场所,可以瞬间填补内心的空虚,甚至可以代替他所抛弃的亲情、友情和爱情。OK便利店这一文化符号,帮泰勒缓解了焦虑,使他体会到自己属于便利社会一份子的自豪感。随后他最初的解脱感又被自己对商店非人性化设计的哀叹打破,长时间的停留使他意识到这里是"一个存放薯片,巧克力棒、爆米花和汽车杂志的宽敞的仓库,仅此而已"②。这个形式巨大的商店只能为身体和精神提供垃圾食品,其内容上的空虚和微不足道令泰勒的舒适感消失殆尽。更为夸张的是,为了避免商店内的强光直射,店员带着太阳镜,泰勒也必须注意保护

---

① COUPLAND D. Shampoo Planet[M]. London:Simon & Schuster,1993:206.
② COUPLAND D. Shampoo Planet[M]. London:Simon & Schuster,1993:206.

"令人头痛的眼睛",他最终带着头痛离开了这个盲目的"灯光和技术"之地①,这也曾经是吸引他来这个地方的原因。商店虽然如仓库般宽敞,但可供选择的产品却不断减少,"就像不断减少的物种一样"②,暗示了单一文化的衰落。"不断减少的物种"不仅指土地扩张破坏环境危害动物等,也指连锁店激增扼杀了个性使得公众消费、思考和行为都出奇的一致,就像店里流水线上统一加工复制的商品一样。个人的自主和自由选择最终成了追求便利的牺牲品。泰勒自以为自己占有主动权和选择权,可以依个人喜好选择商品,依靠广告和商品形象建构一个自以为完美的个体,最终却被受政治经济控制的广告和商品所左右。泰勒以商场的状态评价文化进步和稳定性,倾向于回到"没有商场和历史的过去"③。这一句法结构再次暴露了他的观点:商场和历史同时出现,商场甚至早于历史。以消费为基础的文化带有强烈的"宿命论"和"历史虚无感",泰勒认为自己生活在便利的无历史的世界很幸运,被动接受自己,因为深感无力改变生活,只能用新型的改进的"广告大力宣传"的产品安慰自己,掩饰自己的无力感和虚假的社会进步,颇具讽刺意味。

我们现在正处在一个充满形象的媒介社会,一个仿真的"超真实"时代。现代媒介和拟像构建的世界是围绕着仿真以及形象与符号的运用组织起来的,在这个现实缺乏的社会,人们逐渐失去个性而趋同,周围环境出奇类似,克隆式的连锁店遍布全球。这种商店特许权侵蚀了个体与物质来源和历史的关系,成为了滋生单一文化的空间。商场中,人们追求越现代越好,越方便越好,却忘却了过去,只关注虚无缥缈的未来。现代传媒产业所带来的视觉盛宴不断冲击着人们的眼球,使个体深陷于一个充满仿真和超现实视像的世界。

1.2.2 媒介与政治

库普兰德对当代青年意识形态形塑的探讨揭开了后现代媒介文化与权威意识形态的合谋关系,切入了晚期资本主义媒介政治的实质。随着媒体和数字技术的发展,政治操控手段也变得更加隐蔽。广告和电视等现代媒介不再围绕着一般意义上的告知或宣传的观念来建构,而是通过各种形象来操纵各种欲望和思想。《香波星球》中,在证明自己是真正的现代人的个人必备的化学类用

---

① COUPLAND D. Shampoo Planet[M]. London:Simon & Schuster,1993:206.
② COUPLAND D. Shampoo Planet[M]. London:Simon & Schuster,1993:206.
③ COUPLAND D. Shampoo Planet[M]. London:Simon & Schuster,1993:141.

品清单中出现了音乐电视(MTV)的项目,"音乐电视"成为了危险的复合词①,直接讽刺了以电视为代表的大众媒介的危害性。媒介文化与权威意识形态合谋,将政治简约为形象、展览和故事,将大众意识禁锢在电视、电影、音乐等娱乐活动中,以达到操控公民意识的目的。政府借助媒体的强大渗透力逐渐麻痹个体的意识,政治意义通过表面无害的消遣方式展现给大众。

在《香波星球》中,库普兰德借由兰卡斯特(Lancaster)的环境危机,深入探讨工业、国家和媒介合谋对大众进行控制的问题。主人公泰勒的家乡兰卡斯特曾经以生产"神秘物质"的军工厂为经济支柱,该小镇是一个国家、工业和媒介相互碰撞的关键地点。曾经闻名的军事工厂现已废弃,高耸的烟囱和破旧的厂房却在时时唤起小镇居民对工厂的记忆。泰勒对于工厂的记忆始于小学时期,军工厂经常在卫生健康课上给小学生放映电影,向其灌输军工厂存在的重要性,使军工厂存在的合法化。具有讽刺意味的是,卫生健康课堂竟成为放映制毒工厂宣传片的场所。政府为了保证军工厂的正常运行,打着不危害人体健康又能提供工作机会的幌子欺骗居民,同时用娱乐和幽默的方式对危害进行粉饰。人们往往对外国敌人入侵充满恐惧,而对国家内部对身体的生理学侵犯和思想控制放松了警惕。人们经过政府的长期洗脑,愿意让渡一部分个人权利来支持保卫国家安全的国防事业。为了缓和民众对工厂的态度,国家、军队、学校和媒介共同建构娱乐场所和机构,用娱乐掩盖疑虑、担忧和恐惧,以此回避工厂生产有毒物质的现实及其潜在的健康危害。学校积极组建球队,开展比赛,使学校成为认同军事存在的意识形态机构。政府兴建娱乐设施和工人俱乐部使人们顺应工厂环境,为和工厂建立关系感到自豪,以此转移民众对工厂的敌视态度,使人们在娱乐中忘却工厂的危害,使大众反抗力最小化。从核污染到无害娱乐的转变使小镇居民集体沉默。政府借助媒体的强大渗透力逐渐麻痹个体的意识,政府意识形态就这样通过表面无害的消遣方式灌输给大众,小镇居民逐渐忘却恐惧,将危险当作玩笑,对军工厂的危害熟视无睹,就像泰勒在欧洲旅游时没有注意到无处不在的广告一样。工厂否认有害物质暴露在空气中,政府则声称污染物已经清理并掩埋于地下。晚期资本主义带有法西斯性质,通过将生产和意识形态的冲突根源神秘化而侵蚀大众记忆和社会冲突。政府的欺骗性规训对个体所造成的伤害甚至远大于核武器本身,泰勒完全接受了政府灌输的逻辑,对过去行为和经历都采取逃避的态度,试图以逃离否认历史,创立无

---

① COUPLAND D. Shampoo Planet[M]. London:Simon & Schuster,1993:191.

历史记载的身份。泰勒心中最大的偶像不是娱乐明星,而是跨国公司贝克托尔的总裁弗兰克·E. 米勒先生(Mr. Frank E. Miller),进入该公司工作成为他事业上的终极目标。巧合的是该公司同样是军工背景,对于这一点父母极力反对,但泰勒仍在业余时间给该企业杂志写信,希望自己在垃圾填埋场上开发主题公园的策划能够被采纳。该设想以人们对娱乐信息咨询的渴望为入口,使跨国公司掌控历史和历史问题的生产。历史主题公园使政治和文化神秘化,忽视社会矛盾,设想人们挖出的都是无害的物品,没有有毒物质、骨头或大屠杀的影子。虽然无害物体也是历史的一部分,但忽视了痛苦和人类斗争是贯穿整个人类历史的重要一环。实际上,地下的有害物质大量存在,政府许诺清理的军工厂污染物都被埋在了兰卡斯特工厂附近。在历史的主导表征中,主题公园成为隐藏真实历史的幌子,正如《X一代》主人公安迪所说,历史是"出版,市场策略和玩世不恭的商业活动的工具"[1]。尽管主题公园的目的在于控制历史,但个人在挖掘过程中可以重建有意义的历史。该公园使个体有了脱离大众控制,寻求真实信息的机会,为反抗提供了武器。人们可以在埋藏物中意识到垃圾的危害,同时可以发现历史是被政治经济占主导地位的统治阶级操纵和扭曲的产物。

　　政治控制不仅通过经济实力和高压统治来维护,同时也离不开媒体对个体世界观的塑造。我们生活在一个不断生产图像,不断诠释事件意义的大众传播世界里。媒体似乎提供了越来越多的信息,实际上它们提供的意义却越来越少,"所有的秘密、空间和场景都被拆减成单维的信息"[2]。大众传媒成为国家权力的延伸,统治意识完全控制了媒体的传播与解读,使得媒体信息单一化。政治问题不再被转化为直截了当的道德恐慌,而是被转化为一张天衣无缝的新闻和媒体事件网。媒体轻而易举的创造出一个意义的网络,它们有自己的叙事结构,如《香波星球》中,政府引导居民以娱乐方式转移对军工厂危害的关注;政府故意夸大外敌入侵的可能性,迫使居民甘愿为国防事业让渡部分个人权利,使得核工厂存在合法化。媒体表面上变得民主,实际上是扩大了它的权力和影响,可以说,后现代社会利用媒体潜移默化的驯化功能实现对个体的规训与监视,政府所控制的无处不在的现代媒体使得美国社会成为一个思想的牢笼。

---

[1] COUPLAND D. Generation X:tales for an accelerated culture[M]. London:Abacus,1996:175.
[2] BAUDRILLARD J. The ecstasy of communication. JOHNSON J, trans[M]. The anti-estheitic:essays on postmodern culture. Port Townsend, WA:Bay Press,1985:130.

1.2.3 媒介与历史

现代媒介文化时代,媒体是为控制着它并为它提供资金支持的强大社会利益集团服务的,媒体叙事与政治力量的合谋是毋庸置疑的,每个媒介叙事和影像都包含着物质利益、实际效应和许多幕后的操纵。现代媒体通常将历史简约为形象、影像、展览和叙事,按照娱乐要求构思的纪录片和电视新闻成为表现历史的最流行形式。历史叙事越来越依赖于媒体政治所形塑的历史影像,媒介制造的超真实的叙事和影像逐渐取代了历史。库普兰德通过主人公对自己支离破碎的历史记忆的探寻与重组还原了历史的真相,不仅揭示现代媒介已经沦为政府捞取政治资本和攫取利益的工具,而且展现了现代媒体按照利益集团需求篡改甚至抹去历史的运作过程。

《X一代》中,安迪对于越战的记忆仅限于电视新闻中闪现的图片,直到他认识柯蒂斯(Curtis)才真正体会到了战争的残酷,促使他去探寻媒体报道之外的真实历史。1959年,林登·贝恩斯·约翰逊(Lyndon Baines Johnson)以牺牲国内医疗保险和社会福利为代价,支持大军工集团在越南发动技术战以镇压所谓的"叛乱",并在战场上试验新式武器。美军的先进武器和技术装备在一个处于前现代社会的丛林国家失去了用武之地,最终被胡志明领导的北越农民运动游击战术击败。然而,战争给越南人民带来的伤痛却是无以名状的。越战期间,化学品的使用在1966年首次被媒体披露,但是此事很快就无人再提了。战后由于橙剂在美国士兵身上的恶果显现,才有了对化学战的报道;但是作为化学战最直接目标的南越所遭受的大得多的痛苦却鲜有报道。越战是残酷无情的全球化进程中一个重要组成部分,成功把消费文化带到了东南亚地区,但却无法阻挡越南这个现代民族国家的建立。因此,越战是一部洋溢着悲情色彩的大片,是一个民族的悲剧,任何鼓吹越战的政客都不可避免地受到历史的谴责。小说多次出现"地狱""废墟""橙色落叶剂""越战""核""原子弹""蘑菇云"等字眼,暗示破碎的历史记忆带给人们的是对未来的深深恐慌和焦虑。电视对越战的转播权和视角决定了观众的看法和视野,控制着战争画面的出现和消失。在整个战争期间,鲜有哪家主流媒体认为美国发动越战有何不妥或居心不良。美国主流媒体自始至终接受战争经理人的宣传口径,不假思索地认同美国是在保护所谓受独裁统治的"南越"。直至今日,也从未有哪家主流媒体的社论或新闻报道把美国针对越南的战争定义为侵略,这是美国主流媒体服务于政治宣传的铁证。越战在电视上的消失并不等于战争已经结束,只不过它不再是电视节目关注的焦点。作者暗示电视对越战的报道似乎是一种认知工具,暴力毁坏个人的心灵和记忆。然而,无论媒介如何改写和隐藏真实的历史,都无法阻挡人们对历史真实的探寻,关于越战的电视画面萦绕安迪脑海数年,他为了真正了解越战而到纪念碑前参观以弥补电视画面的缺失。安迪直言,"那个年代虽然丑陋,却是我亲身经历的、货真价实的历史",关于历史事件的断裂与模糊的记忆促使他迫切"需要和过去重要的历史建立联系,哪怕这种联系再微弱"①,他也要去全面了解真正的历史,弄清楚这段历史如何影响了自己。安迪在记忆碎片中对历史的探寻使得大众认识到自己在媒介文化中的角色,积极打破沉默状态找回自己和文化的记忆。这部小说借安迪对越战历史的还原掀开大众传媒操控历史的冰山一角,揭示了隐秘的专制力通过干扰民众探讨历史或杜撰无污点的历史来操纵大众意识形态的事实。

如果说《X一代》中安迪的历史记忆始于越战碎片,《香波星球》中泰勒的记忆则始于里根时代的自由经济。在1980年大选中罗纳德·里根(Ronald Wilson Reagan)战胜前任总统卡特,成为美国有史以来第一位出身于好莱坞职业演员的总统。里根集政治领袖和职业演员于一身,开创了名人政治的先河。他精彩的政治台词和绝佳的公共形象都通过媒体呈现给公众,仿佛是在按照电影脚本扮演着总统的角色。媒体与政治的合谋清楚地表明美国总统要想获得成功,必须首先成为媒体上的名人。媒体成为总统选举和执政的重要组成部分,甚至决定了其政治生命的成败。换句话说,媒体文化的符码决定了总统政治的形式、风格和外观,因此好莱坞能培养出美国总统并非历史的巧合。现代媒介文化中,媒介技术的泛滥使个体沉迷于影像的世界,逐渐孤立起来;丰富的电视频道造成政治自由选择的假象,使观众能够随时跳过不悦的画面;电视控制新闻和历史的表述形式,目的在于使观者远离历史。在泰勒从小长大为成人的小镇上,政府和媒体不断编造军事工厂排放物质对人类无害的谎言,并将统治阶级描述成大众的神圣保护神,令人们对政府能够保护他们免受流氓、毒品、化学药品、恐怖主义侵害的能力深信不疑,最后这往往成为军事工厂存在合法化的借口。为保障军工厂正常运作,政府和媒体声称军工厂不会给人类健康造成危害,当工厂废弃之后,官方才开始承认军事工厂对环境污染和人体健康构成极大威胁,并再次信誓旦旦地承诺已经将有害物质清除。然而,小镇居民见证的所谓的清除仅是将这些有害物质埋在小镇的土地之下而已。泰勒就在这

---

① COUPLAND D. Generation X:tales for an accelerated culture[M]. London:Abacus,1996:175.

样一个被媒体和政治共同营造的历史中成长起来。政治和媒介合力剥夺了大众的选择和自主权后,不负责的政府行为自然也使个人失去了责任感。泰勒早已对军事工厂的危害了如指掌,却和其他小镇居民一样患上了"有意健忘症"①,选择性地忘却过去,宁愿活在媒介和官方话语携手共建的纯净世界里。商场成为人们逃避历史的场所,以泰勒为代表的大众沉溺于消费的瞬间快感,拒绝对社会和历史承担任何责任。然而,商场里的混乱景象不得不令人质疑消费和媒介的暴力,甚至长期追求消费快感的泰勒也意识到消费场所的混乱,直接将商场和战争联系起来。商场的混乱场面"使我想起了那句古老的格言:第三次世界大战将是核战,第四次则将是棍棒之争了。但是什么时候发生第三次世界大战呢?我想那是场看不见的战争,现在我们正在进入第四次世界大战,这就解释了商场里发生了什么。"②无形的战争暗示第三次世界大战是关于意识形态接受的冷战,是一场专制力量利用大众文化机构控制毫无戒备的个体的战争。政治霸权借助媒介和消费文化在全球范围的蔓延,逐渐控制大众的思想与意识,使人主动放弃抵抗,甚至都不用引爆核武器就能终结一场战争。作者同时将兰卡斯特居民和二战时期的欧洲人并置,引出历史在接受中的改变与极权力的直接联系:

"我曾在一个纪录片中看到过欧洲某个城市在受到纳粹坦克、大炮和炮弹的进攻时,居民显得十分震惊。这些居民没有在技术和心理发生巨变的世界中觉醒,没有自我防御,没有反攻工事、计划或武器——在他们共同的美梦中沉睡,不去考虑自认为不可能发生的事情。认为他们是安全的。"③

欧洲人在遭到德军纳粹入侵时感到不解,始终认为自己是安全的,在德军入侵别国时保持沉默,最终却沦为受害者。就像欧洲人认为自由和平是理所应当的一样,兰卡斯特居民顺从地接受军工厂的洗脑,逐渐丧失了对周围环境的敏感性,有意忽视工厂的危害,其结果也会如当初沉默的欧洲人一样成为历史的受害者。二战时期欧洲人的经历最终使泰勒意识到自己长期以来对"坏"的忽视和宽容,意识到自己对世界的责任。泰勒对二战历史的回顾意味着他开始敢于担负责任,开始理解探寻真实历史的重要性。

库普兰德借助主人公的琐碎记忆回望历史,以讽刺口吻勾画了一个历史愈

---

① COUPLAND D. Shampoo Planet[M]. London:Simon & Schuster,1993:29.
② COUPLAND D. Shampoo Planet[M]. London:Simon & Schuster,1993:142.
③ COUPLAND D. Shampoo Planet[M]. London:Simon & Schuster,1993:57-58.

来越少,真实性愈来愈低的媒介社会,揭开了与政治力量合谋的媒介技术甚至将历史和真实历史转变成娱乐工业来迷惑大众的真实面目,批判传统官方历史叙事的虚伪性。库普兰德的小说展现了媒体社会的本质和人类的真实生存状态,警示大众美国社会日益极权化的残酷现实,同时引领读者回眸过去以实现对历史真实性的把握,颠覆了现代媒体和官方历史携手共建的和平神话。

1.3 历史虚无

在日常文化体验的层次上,后现代主义暗含着将现实转化为影像,将连续的时间碎化为一系列永恒的当下片段的倾向。从过去到未来的传统线性时间感受不复存在,后现代社会的时间体验只集中在现时。人们在一个琐碎、荒唐和边缘的后现代世界中感受恐惧和焦虑。历史感的丧失成为后现代社会一个重要特征。美国新历史主义理论家蒙特罗斯(Louis A. Montrose)指出,人们所理解和重构的历史都只不过是一种"作为历史的人的批评家所作的文本建构。"[1]历史只不过是人为记录的符号,是对过去的模拟、拼凑和解构,历史意义散落在人们对过去的想象和解读中,对历史细节的蛛丝马迹的探寻满足了人们猎奇的心理,寻找历史成为人们激发快感的工具,而追求历史的真实好像不再重要了。对尼采来说,虚无主义的来源是理性主义和精密计算,这种生活态度要毁坏"不予反思的自发冲动"[2]。这种虚无主义的价值中,人们面对的是一个失真、无序、琐碎和荒诞的世界。面对后现代历史虚无的窘境,库普兰德以反讽叙事手法展现了后现代语境下历史虚无的生存困境,引领读者深思历史的本质是什么,使其对后现代人类生存状态的反思和对晚期资本主义社会的批判达到了新的高度。

1.3.1 去历史化

当代北美社会人们的身份认同是以消费为基础的,忽视了个体和文化的历史。历史感的消失使当代社会逐渐失去记录历史的能力,存在于永恒的当下和下一个永恒的转变之中。永恒的当下必然意味着抹去各种社会构成曾经需要

---

[1] MONTROSE L. A. The poetics and politics of culture [M]. The New Historicism, New York: Routledge, 1989:23.

[2] [美]丹尼尔·贝尔. 资本主义文化矛盾[M]. 严蓓雯,译. 南京:江苏人民出版社,2012:1.

保存的传统。现代媒体的作用便是快速将当下的时间和新近的经验编进历史之中,以当下的事件来替代过去的历史。因此可以说,现代媒体技术的记录功能实际上是在加速大众对历史的遗忘,成为消解历史和制造历史遗忘症的有效中介。人们在消费文化和媒介文化的影响下潜移默化地接受了这种历史逻辑,试图忘记过去,永远活在当下和对未来的期待中。

无论是《X一代》中的沙漠生活还是《香波星球》中穿越西部欧洲的旅程,青年人都倾向于放弃现有的一切,否认个人和文化的历史,到陌生环境中重新认识自己。《X一代》中的青年人为了摆脱工作、生活环境的窘迫和压抑,彻底走出孤独、失落、迷惘、异化的都市病,剪断一切羁绊到沙漠中重新认识自我。这种空间上的逃离为他们真正摆脱个人历史和身份提供了可能性。然而,当他们沙漠中的生活再度遭受消费主义、技术入侵、人性异化的威胁时,他们不得不继续上路,游走于社会的边缘,到一个没有个人历史的环境中去找寻意义和重新认识自己,这种被动逃离式的无根的追寻注定是徒劳。

《香波星球》则以泰勒的欧洲旅行为例,展示了后现代社会的去历史化逻辑。对泰勒来说,全球化意识是以本地瘫痪为代价的。他对外部世界了如指掌,对未知的远方充满期待,却对自己所在的地方不甚了解,甚至也不想花时间了解。这与美国往往视自己为世界中心的逻辑密不可分,美国总是盯着世界的每一个角落,却对自身的社会弊病视而不见,这种观念使得个体熟悉的生活日渐腐化和逐渐被遗忘,而遥远的未知世界似乎充满了诱惑力。泰勒欧洲的朋友斯蒂芬妮(Stephanie)和莫尼克(Monique)来美国旅游,他们根据旅游手册内容如数家珍般谈起兰卡斯特的参议院,军工厂生产的同位素等,令泰勒一家大为吃惊,这些深处其中的居民却往往生活在军队、国家和媒介共同编织的美梦中而看不清自己。

泰勒通过旅游和消费抛弃过去的束缚,寻找重新开始的可能性。对他而言,旅游不仅是体验其他文化的方式,更是将自己从历史踪迹中解放出来以重新认识自己的方式。旅行过程中,泰勒被旅馆的无根性或无历史性深深地吸引了,"我想旅馆是一项很有前途的事业。我喜欢旅馆。因为在旅馆的房间里你没有历史,有的只是本身。你会感到自己具有所有潜质,等待被书写,就像一张脆弱的宽8.5英寸,长11英寸的白纸。没有过去。"[①]旅馆里每天人来人往,聚散离合,不变的房间变换着不同的客人,看似繁忙的景象却给人一种短暂感。每个人残留的痕迹都会通过清洁和消毒抹去,房间在留下痕迹与抹去痕迹的循

---

① COUPLAND D. Shampoo planet[M]. London:Simon & Schuster,1993:30.

环过程中默默见证了文化的变迁。《所有家庭都是神经病》中的珍妮特·杜蒙德(Janet Drummond)在脏乱的汽车宾馆中醒来,发现自己失去了空间方向感,令"她感受到变化无常"①。相反,泰勒很享受在汽车宾馆的时光,因为那里可以使房客完全脱下了历史的重负:"那里没有历史",只有当下,一切都是全新的,"是最理想化的地方。"②泰勒渴望没有过去和历史的世界,他将历史视为污染物,将对过去身份和历史的责任视作负担。在这一点上,《X 一代》中的安迪也有类似的感受:"我含糊地告诉(克莱尔)我到这里是为了抹掉过去留在我生活中的印记。"③然而,否认过去同时意味着否认对个人和文化历史的责任。没有对历史的深刻理解将难以找寻当下生活的意义,也就更谈不上塑形未来了。泰勒的问题在于,他无法识别哪种力量将会重写他的历史,只是想再次成为白纸一张,被动地等待,他似乎不愿意甚至都没有想过自己书写自己。这种消极等待暗示他默认任何外部力量对自己身份的掌控。泰勒主动放弃自己建构未来的创造力和自主权,完全依靠命运的安排。这种思想使个体对社会力量毫无辨识力,在专制面前异常脆弱。这种消极等待他者拯救的个人观念必将使他成为专制力量的牺牲品。

泰勒认为旅行最大的优势在于可以抛去个人历史,重新建构自己的身份,以全新的面貌和短期旅伴交往,一旦他觉得这个身份不适合他,那就换掉伙伴,再换一种身份与之相匹配。这种拒绝深层友谊的旅伴关系类似于一次性商品,随时可以更换和丢弃,这种关系可以使人们自由地确立自己和个人历史,而不必顾忌"遭受报复"或"暴露身份"④。作者对"报复"和"暴露"这两个词的选取显示了语言的张力,暗示泰勒认为承认或暴露自己的个人历史会使得自己在暴力面前变得脆弱,易受伤害。泰勒拒绝负责任的态度与他在兰卡斯特军工厂附近的成长经历有关。该工厂为了逃避政治职责,坚决否认有害物质的存在,泰勒就错误地认为通过旅行就可以远离家乡和过去。由此可见,去历史化逻辑的根源在于逃避责任。个人在自我身份建构过程中否认个人和文化的历史,试图创立一种无历史的白纸般的身份为的就是逃避对过去行为和经历的责任。

事实上,任何人都无法完全脱离物质和历史情况。安迪认为"如果你是中

---

① COUPLAND D. All fmailies are psychotic[M]. London:Flamingo,2001:5.
② COUPLAND D. Shampoo planet[M]. London:Simon & Schuster,1993:30-31.
③ COUPLAND D. Generation X:tales for an accelerated culture[M]. London:Abacus,1996:41.
④ COUPLAND D. Shampoo planet[M]. London:Simon & Schuster,1993:105.

产阶级,你的一生都将容忍历史对你的视而不见。你必须面对的是,你的人生既得不到历史的喝彩,也得不到历史的怜悯。这就是你为日复一日的舒适和沉默所付出的代价。"[1]这就意味着,如果个体想要获得历史的认可,就必将以失去舒适的生活为代价。现代社会中,人们为了获得安逸的生活,逐渐接受和默许身份的去历史化,进一步加深了后现代社会历史感消失的程度。

1.3.2 消费历史

在全球化背景下,随着以消遣、娱乐、休闲为时尚的消费文化的迅速蔓延,原本与商品化无关的事物都成了消费的对象。随着消费对象的不断"越界",历史成为一种炙手可热的文化商品,赤裸裸地进行拍卖与消费。消费主义思潮下,消费对象的极端扩大化使历史逐步沦为人们茶余饭后的消遣之物,致使历史的严肃性与权威性逐步丧失,而代之以消费的权威。库普兰德在《香波星球》中展现了后现代媒介和消费文化如何将历史设计为一个大型游乐场,揭示了消费历史背后的逻辑。

后现代社会中,人们为了逃避对过去身份和历史的责任,往往视历史为污染物,期待永远活在当下和对未来的期待中。然而,当历史成为人们茶余饭后的谈资时,丧失了历史深度感的大众又将对历史的怀旧情感寄托于残留着过去痕迹的物中。窥探"物"本身如何记录了历史性变化成了大众乐此不疲的游戏。泰勒的女友安娜—路易斯(Anna-Louise)在剧场兼职时,喜欢搜集人们遗落的东西,以此窥视其原主人的生活。这些丢掉的东西承载着曾经拥有者的生活痕迹,在安娜看来,遗失的东西象征着后现代人们的隐私,是一套需要破译的密码,其散发的气息令人有一种考古式的冲动。这些丢失物都象征着身份和一种消费模式,安娜从对拾得的东西的探究过程中得到巨大满足,具有讽刺性的是这竟然成了她认真工作的动力。泰勒也曾经渴望做冲洗照片的工作,以获得窥视他人照片的机会,试图从拟像中看陌生人的生活。这些照片组成的生活碎片代表着逃避的现实,难以捕捉的现实。历史成为娱乐消遣的游戏是历史在消费文化逻辑中移位的结果。正如鲍德里亚所认为的那样,传统历史虽然被新时代所掩埋,但却以商品符号的形式获得新的生命,供人消费,形成一种奇怪的文化再循环[2]。

---

[1] COUPLAND D. Generation X:tales for an accelerated culture[M]. London:Abacus,1996:171.
[2] [法]让·鲍德里亚. 消费社会[M]. 刘成富,全志钢,译. 南京:南京大学出版社,2000,86.

消费主义社会将消费视为第一主题,取代了有益于自身发展的建构意义,而当消费主义思潮和历史碰撞时,其立足点就开始由普通消费品指向承载人类意义的历史,人类历史及其诸种转化也就成了消闲之资。泰勒试图在垃圾填埋场上建立寻找历史的游乐场的设想将这种消费历史的潮流发挥到了极致。泰勒在心中勾勒了一个名为"历史世界"的主题公园:

"我们的历史缺乏历史文物——人们没有足够古老的东西。同时,我们又很懂垃圾填埋场,以及不断逼近的燃料短缺。因此,我想说,米勒先生'为什么不将我们国家对主题公园的热爱和这三个因素结合起来成为赢家呢?'"[1]

他建议人们像垃圾分解一样挖掘历史,在挖掘中体验游戏的快感,在如今的商品化世界,任何东西一经媒介大肆宣传,都会引发人们的兴趣,使人们对单纯挖掘泥土的快感深信不疑。对历史细节的挖掘满足了人们消磨时光、释放压力和窥视他者的心理需求。同时,人们要为他们挖掘到的垃圾付费,展示了历史被消费的过程,历史的商品化颠覆了历史的严肃性和确定性,随之而来的便是对历史的任意嘲弄和历史权威的陷落。因此,与安迪在越战纪念碑前的愤怒和怀旧相比,《香波星球》对历史在晚期资本主义社会是如何被消费的给出了更具讽刺性的评判。在这一主题公园中,垃圾被公司重新包装,摇身一变,由人类的废弃之物再次成为售卖的商品,赋予了垃圾重生的机会,游客则被定位成考古学家和历史学家,体验窥视他人生存痕迹的乐趣。后现代文化中时间感受的消亡也是历史商品化的一个原因。当如今埋在地下的垃圾,再次被未来的人类拿来做考古解读历史时,未来的人们也许会把我们那种充斥着广告的文化看作是最拙劣而又最粗鲁的商业主义,看作是文明史上最令人惊讶的挥霍时间与资源的时代之一。也许,未来会耗费更多的时间来观看更多愚蠢有加的产品,跌至当下无法想象的文化的野蛮主义时代。也许,在未来反乌托邦社会居民看来,当下才是个人主义、自由和民主的黄金时代,就像表现大浩劫和天启的科幻小说或电影一样,把20世纪的后期再现成了一种乌托邦似的时代。表面看来,泰勒的这一计划既满足了消费者消磨时光、寻找快感的需求,又实现了垃圾的循环利用,似乎两全其美。而实际上,该公园建立的目的在于控制历史。由历史转化而来的可售卖的商品是由私人公司掌控的,私人公司也就成为了散播产品、信息和价值观的控制者,并以售卖垃圾的形式向消费者强加对历史的曲解,公司最终将掌控大众对历史和未来的接受。文化批评家赫伯特·席勒(Herbert

---

[1] COUPLAND D. Shampoo planet[M]. London:Simon & Schuster,1993:199 - 200.

Schiller)将这样的过程称之为"符号性生产",他断言,目前绝大多数公司,无论其主要产品或生产目的是什么,都生产符号和技术,"以制造信息传播给当地或全国观众"①。重新打包售卖垃圾的行为不仅能使公司以环保面目示人,并且可以抢占历史和文化符号性生产的市场,实现利润最大化。由此可见,晚期资本主义带有法西斯性质,通过将生产和意识形态的冲突根源神秘化而侵蚀大众记忆和社会冲突,历史由此成为了被政治经济占主导地位的统治阶级操纵和扭曲的产物。主题公园通过将历史视为可消费和拥有的物品,使政治和文化神秘化,以此转移公众对社会矛盾的注意力。就算人们意识到这种历史的虚伪性,但出于对娱乐信息咨询的渴望,仍会选择购买。这一逻辑暗示了国家和个人盈利机构操纵历史表征来满足自己直接要求的事实。

泰勒这种由公司将垃圾转化为历史并贩卖的构想揭示了私人公司和娱乐工业操纵历史的共谋关系。大企业决定人们购买什么产品,信从什么价值体系。大众逐渐顺从和适应这种环境,其行为似乎是自由选择的结果。私人公司利用广告、大众媒体、娱乐机构等影响人们如何消费、思考和行动,加速了单一文化的传播,这一过程加强了统治阶级的经济基础,有助于专制国家的形成。该小说通过探讨消费、购物场所、电视、广告和主题公园等在构建个人和文化身份中的作用,指出政治权利借助大众文化束缚人们的意识,以维护其专制力。库普兰德断言,个人忽视政治、科技、心理转变和发展最终将使整个社会默许压迫和专制暴力。同时,垃圾也象征着资本主义消费文化的脆弱,表现了消费文化因为不断追求新奇,反而变得重复,甚至死气沉沉。在这一意义上,以垃圾为主题的历史公园正是消费主义的脆弱之处,为个体脱离大众控制,对历史进行慎重和自主判断提供了机会。人们可以在挖掘过程中重建有意义的历史,将大众文化作为反抗的武器对专制提出异议。

1.3.3 历史与个人记忆

后现代消费文化将历史视为商品和价值符号来消费,剥夺了历史的权威性,从而颠覆了历史的宏大叙事。传统历史叙事在后现代社会完全断裂,宏大的历史叙事瓦解成历史斑斓的碎片,散乱的存在于个人记忆中。"后现代主义者认为,世界是由片段组成的,但是片段之和无法构成一个整体,诸片段也并没

---

① SCHILLER H I. Mass communication and American empore [M]. New York: Augustus M. Keeley Publishers, 1969: 30.

有向某个整体或中心聚集。因此,后现代主义者不以追求有序性、完备性、整体性、全面性、完满性为目标,而是持存于、满足于各种片段性、零乱性、边缘性、分裂性、孤立性之中。"①库普兰德深受后现代主义影响,彻底打破传统小说的线性叙事方式,采用后现代主义创作手法,将零散的个人叙事和琐碎的记忆片段拼贴成其首部小说《X一代》。小说中,充满了不确定性的小型叙事取代了传统的历史叙事,主人公们在个人记忆与宏大历史网络中寻找交点,他们讲述的或真实或虚构的三十几个故事和记忆碎片是打开通往历史之门的钥匙。小说主人公们看似荒谬的故事作为追寻历史真实和生活意义的后现代寓言,为读者提供了一面透视历史的镜子。

　　后现代日常生活中,人们的历史感逐渐丧失,线性的时间分裂为一系列永恒的当下片断,偏离了线性的历史就散落在个人的记忆碎片中。在后现代的语境下,宏大叙事已然过时,讲述自己琐碎记忆的小型叙事成了人们自我表达和交流的工具,同时也是探寻历史痕迹的手段。宏大叙事毕竟是一种过于完满的设想,甚至笼罩着几分神话的色彩,而被忽视和缺乏存在感的"无名氏"状态却是大多数人生活的常态,他们在历史的宏大叙事中看不到自己的影子,没有诗意的灰色人生才是芸芸众生不可逃避的归宿。自我无法停留于历史之中,而是历史存在于自我之中。对于个人记忆的讲述不是过去时的历史回溯,而是立足于现在的现实境遇,碎片会在不经意间突然浮上意识的表层,试图捕捉历史记忆投射于当下的光和影。"1974"这个年份成了《X一代》克莱尔故事中时常冒出的词汇,"从那时起,美国真正按小时计算的工资再也没有涨过"②。第一次石油危机从1973年延续至1974年,原油价格暴涨引起了西方发达国家的经济衰退。1973年,美国经济处于高速增长阶段,突如其来的石油危机使美国经济陷入低谷。克莱尔将现在的生活与之对比,暗示了青年一代窘迫的生活状态和惨淡的未来。在石油危机和通货膨胀中降生的X一代们从出生之日起就面临着异常艰苦的斗争和挑战:他们拿着大学文凭走出校园时就遭受了就业市场不景气的打击,为了生存不得不从事毫无前途的服务性行业;为了达到同样的生活水平,他们不得不比前几代人更加勤奋的工作,但工作前途暗淡,注定要在父辈事业的阴影之下求生存。后现代社会,美国人一直引以为傲的美国梦对于X一代来说遥不可及。人们凭借"努力学习、勤奋工作、生活节俭、坚持不懈、循规蹈

---

① 陈世丹. 美国后现代小说详解(中文版)[M]. 天津:南开大学出版社,2010:17.
② COUPLAND D. Generation X:tales for an accelerated culture[M]. London:Abacus,1996:46.

矩"就"能够获得更多的迈向成功和繁荣的机会"①的成功神话已经变得不堪一击。显示数据表明,随着20世纪中叶以来美国人口结构变化和经济状况下滑,保证只要努力就会获得物质回报的宏大叙事正在逐渐没落。《X一代》附录中的数据记录着X一代和前辈人在经济、政治以及婚姻等方面的差距,X一代的高学历也未能扭转他们在就业、收入、住房上的明显劣势。生活状况和社会环境的急剧恶化使得抽象而虚无缥缈的美国梦式的宏大叙事已经逐渐失去吸引力,他们更看重的是如何使日常生活中自己的行为变得合情合理。面对宏大叙事框架的缺失,他们不得不转向碎片化的、不确定的小型叙事,不得不在自己和朋友的讲述中寻得慰藉和希望。也许他们只有通过历史把个人编进一个时间程序和群体归属,才能获得生活的价值和意义。石油危机使人们对能源感到恐慌,残酷的战争则给青年一代留下无法抹去的阴影。此外,冷战时期核试验的数字更是触目惊心:自1945年7月16日美国进行世界上首次核试验到1989年年底,全球共进行了1 800多次核试验。安迪的个人记忆时常闪现"地狱""废墟""橙色落叶剂""越战""核""原子弹""蘑菇云"等词语;戴戈去第一个核试验基地阿拉莫戈多旅游时吃惊地发现,核污染物质竟然当作纪念品公开售卖。更为恐惧的是,人们在政府的洗脑下放松了对核辐射的恐惧。关于危机、灾难、死亡的言说在主人公们的自由讲述中占据大量篇幅,揭示了这一代人心中隐藏着对未来深深的恐慌和焦虑。

记忆同样具有强大的政治潜能,它自然就成为各种政治力量争夺的对象。《香波星球》从一开始就以对军事工厂的描写指向蕴涵在官方历史中的含混暧昧、充满裂隙和自相矛盾的叙事。小镇居民面对权力阶层对社会记忆的控制,不得不选择性的失忆,主动遗忘军事工厂的存在。然而,真正的历史是无法掩盖或抹杀的,个人记忆与官方历史叙事的矛盾冲突正是给反思历史提供了契机。X一代们面对宏大叙事的瓦解,现实生活的压抑和真实历史的残酷,以消极的逃离方式进行自我保护,缩进个人建构的疏离世界,在或真实或隐喻的故事中寻觅生活的意义,在历史的裂隙中呼吸下新鲜的空气。痛苦将沉默挤压为语言,将语言挤压为沉默②。他们的讲述在一定程度上触及了北美社会文明的伤疤,真实地记录着后现代社会边缘化的个人和角落,引发人们对宗教、生态、

---

① JILLSON C. Pursuing the American dream: opportunity and exclusion over four centuries [M]. Kansas: Kansas University Press, 2004: xi.

② [英]史蒂文·康纳. 后现代主义文化:当代理论导引[M]. 北京:商务印书馆, 2002:163.

战争、消费的关注和反思。库普兰德善于抓住历史背后的逻辑,将个人记忆和真实的历史事件连接起来,以此唤起人们对真实历史的拷问。泰勒在酒吧瞥见第一次海湾战争的视频,勾起他对全球范围内战争与死亡的记忆。安迪不满足于对越战的碎片化记忆,不断寻觅战争的痕迹,试图还原越战的真实图景。为此,他特意到越战纪念地祭拜,面对弟弟的不解,安迪坦诚地说道:

"对于越战我知道的真不算多,不过我的确有些记忆。模糊不清的记忆;类似黑白纪录片之类的东西。我慢慢地长大,越南就像是生活的底色,好比红色、蓝色和金色,所有的一切都笼罩在这底色之中。之后,某一天,那颜色突然消失了。你能想象那种感觉吗?某个清晨,你一觉醒来,发现所有的绿色都消失得无影无踪。我到这儿,就是为了看一个颜色,一个我在其他地方再也看不到的颜色。"①

在安迪看来,历史是人类生命的底色,真实历史的消逝使生活少了最具生命力的那抹新绿。安迪和伙伴们除了在记忆碎片中窥见历史的真实之外,也试图在记忆碎片里找寻"最难忘的记忆",在历史的底色远去之后为生命增添些色彩、生机和美好;性解放和传统家庭观念的瓦解毁掉了克莱尔的家庭,"那些塔和电梯,钢筋和水泥不合理分配的产物"②令她辨不清方向,禁锢了她自由的脚步,唯有突如其来的雪花轻柔地亲吻着她的脸颊,大自然毫不吝惜地予人温情,胜过了残缺的家庭和冰冷的城市,洋洋洒洒的雪花成为克莱尔心中最美好的时刻;与克莱尔来自大自然的美好触觉不同,戴戈的美好回忆则来自于气味,在1974年石油危机的那年,愚笨的戴戈在给车加油时弄得浑身油污,十分狼狈,然而在父亲温情的鼓励下,洒在地上和身上的汽油就像是"紫色的酒",开始散发出"未来"的气味③,一扫经济危机带来的阴霾;一个阳光明媚的日子,安迪一家九口人破天荒的一起做起早餐,"那个早晨是上帝赐予的全家和睦相处的时刻",美好时光虽然短暂,但却足以让安迪激动地流下泪来④;托拜厄斯的父母伴着悠扬的音乐忍不住翩翩起舞;埃尔韦萨(Elvissa)对爱情的诚恳和忠贞令人感动。安迪和伙伴们试图在诗意的记忆里展示人们梦寐以求的生存方式,他们脑海中的美好时刻唤醒了乌托邦的情怀,坚定了超越现实困境的信心。

---

① COUPLAND D. Generation X:tales for an accelerated culture[M]. London:Abacus,1996:174.
② COUPLAND D Generation X:tales for an accelerated culture[M]. London:Abacus,1996:106.
③ COUPLAND D Generation X:tales for an accelerated culture[M]. London:Abacus,1996:107.
④ COUPLAND D Generation X:tales for an accelerated culture[M]. London:Abacus,1996:108.

后现代消费文化将历史商品化,折断了历史与现实的联系,使历史断裂成当下的片段,引导人们将对历史的记忆置于遗忘当中。然而,每一个人就是一个世界,他们的经历、遭遇、思想变化都与大历史、大时代息息相关。消费文化与历史的复杂纠葛,产生了一代既消费历史又崇拜历史的人们。《X一代》主人公们以讲述自己的故事的小型叙事捡拾起人们抛置在历史荒野上的记忆碎片,拼凑出对历史事件的依稀印象,其游离分散的表述表现为不可知的、无法消解和遗忘的叙事碎片。这部小说通过不同的声音拼凑出来的残破画面无法产生完整的对于过去的记载,却揭示了历史权威与个人记忆碎片的不可调和性,并以此来挑战主流话语赖以构成的宏大历史总体性,展现了历史和个人记忆的复杂关系。

第 2 章　后现代宗教信仰的或然性

后现代社会,"人们以一种非决定性的态度对待意义和事物的关联,伴之以愿意与不确定性共存,愿意忍受并且在某些情况下欣然接受一个被视为任意、多样、甚至荒诞的世界"①。哈桑(Hassan)则将反讽看作"激进的自我消耗的游戏、意义的熵"②。反讽意义的无序和不确定性对应社会状况的无序和不确定。在哈桑所谓的"不确定内在性"时代,后现代反讽打破了传统反讽的单一性、确定性和不容争辩性。罗蒂对于反讽偶然性的论断则更为直接,他认为我们的语言和文化都只是一个偶然,后现代反讽作为后现代语言和文化的产物而必然具有偶然性③。后现代或然性反讽强调的就是这种接受多种可能性和偶然性的思维方式。或然性(contingency)指事物联系和发展中超越一般规律的不确定趋向,即事物发展、变化中可能出现也可能不出现,可以这样发生也可以那样发生的不确定状况。偶然性和事物发展过程的本质没有直接关系,但它的后面常常隐藏着必然性。或然性是中心消失和本体论消失的必然结果。如果说后现代或然性反讽强化了偶然,惯常的理论则因强调了必然而弱化了偶然。或然性逐渐渗透并影响我们的行动和思想,构成我们的世界。

库普兰德的小说以或然性反讽对后现代宗教信仰走向进行探讨。尽管库普兰德在一个无宗教信仰的家庭环境中长大成人,摆脱了任何具体宗教信仰的束缚,却从未停止过对宗教世界的追问与探寻。如果将库普兰德二十年间的文学创作作为一个整体来考察就会发现,他对宗教的认识是步步深入的,其笔下人物对宗教的认知由最初的失落与迷茫,到宗教意识的觉醒并寻求自我救赎,最终走向对宗教返魅可能性的探讨。他笔下的人物无一不为宗教的在场或缺

---

① WILDE A. Horizons of assent: modernism, postmodernism and the ironic imagination [M]. Philadelphia: University of Pennsylvania Press, 1987:45.
② HASSAN I. Paracriticisms: Seven Speculations of the Times [M]. Urbana, Chicago, London: University of Illinois Press, 1975:55.
③ [美]理查德·罗蒂. 偶然、反讽与团结[M]. 北京:商务印书馆, 2003:28.

失所困扰,信仰如影随形般萦绕在他和小说人物的周围,他或她承认自己所坚持的信仰和欲望都是具有偶然性的历史和环境的产物,其背后没有任何超越时间和机缘的基础。《X一代》和《香波星球》展现了现代人面对宗教缺失进入自我封闭的疏离状态,饱受失落与孤寂的折磨;《上帝之后》以信仰危机为背景讲述人类生存的窘境,唤起人们宗教意识的觉醒;《昏迷的女友》以极端的末世框架再现信仰问题的紧迫性,在天启式灾难中完成了精神的救赎;《嘿,预言者!》和《埃莉诺·里格比》通过以一种永恒的不确定性来实现后现代文化中宗教意义和精神家园的回归,昭示当代社会重新返魅的后现代状况。这些小说通常包含某些事件的重复叙述或是复调式结构,生活情境的细枝末节充满了偶然性和随机性,显示出叙事形式的某种或然性特征,而不是因果关系的简单链接。其作品作为一个整体向读者展现了传统宗教在启蒙运动影响下逐渐祛魅,在后世俗时代又出现重新返魅倾向的过程,暗示当代社会人们对宗教认识的逐步深化和变迁是时代发展的缩影,使其作品打上了时代的烙印。库普兰德宗教主题小说聚焦20世纪末到21世纪初世俗化与宗教神秘性之间此消彼长的较量,实际上反映的是后现代世俗社会人们内心的挣扎,是面对物质诱惑和精神空虚状态的心灵博弈,生动展现了后世俗社会的宗教状况。后世俗时代,人们对宗教信仰的探寻不断在推翻宗教成规、自我否定、再次转向宗教的庇护之间循环往复,对待宗教信仰的态度不断在坚信和质疑之间摇摆,人们不断在质疑中前行,在否定中寻找可能性的后现代宗教状况体现了后现代反讽的或然性。

马克思指出,不能仅凭意识形态断言一个时代,"相反,这个意识必须从物质生活的矛盾中,从社会生产力和生产关系之间的现存冲突中去解释"[1]。因此,日益影响甚至控制人们日常生活的经济全球化和经济理性才是导致后现代社会信仰危机的根源。人们用"科学与理性的术语对人的行为和其他现象作出解释和论证的倾向来取代对现实的宗教解释和对人生的宗教倾向"[2]。当代意义上的宗教危机及其宗教功能的异化有着深刻的社会语境因素。现在,宗教返魅的渴望源于人们不能忍受精神无所依托的价值真空。如今,信仰危机已然是全球性的文化现象,但这种危机也可以变成发展的转机,并非终极状态。库普兰德不断以讲述过去来理解现在并改变未来的走向,试图重燃信仰的灵光实现危机到转机的过渡,相信危机过后会是更加美好的未来。显然,在传统宗教失

---

[1] 郑天星. 马克思恩格斯论无神论、宗教和教会[M]. 北京:华文出版社,1991:285.
[2] [美]罗纳德·L. 约翰斯通. 社会中的宗教[M]. 尹今黎,张蕾,译. 成都:四川人民出版社,1991:411.

势之后,库普兰德所谓的宗教返魅并不是简单地回到过去,或将人们重新置入宗教的教条之中,而是设想在注入了世俗化因素的新宗教的价值关怀中,使后现代人重获精神活力,重新唤回健康的人性,为解决现实问题开辟新的途径。

2.1 信仰世俗化

在后现代语境下,作为沟通传播中介的大众传媒凭借其时空穿透性与对日常生活的渗透性,不仅加速了宗教的世俗化过程,而且在更深层次的意义上重新改写和定义了宗教。随着现代媒介对人文主义和科学理性的普及,宗教信仰的神秘面纱逐渐被揭开,正在遭遇科学真理反证宗教谬误的不断挑战:传统宗教教义被肆意曲解,沦为廉价的教条,宗教体验丧失神圣性,宗教仪式甚至沾染上了违背传统的娱乐、商业和政治气息,原有的宗教功能随着现代社会语境逐渐发生变异。同时,后现代思潮的泛滥更是加速了当代信仰的世俗化,使其呈现出无深度、碎片化、不确定性和零散化的鲜明时代特征。在此情况下,传统的宗教体验和宗教功能不可避免地出现了程度不一的蜕变和异化,宗教的群体整合力与社群凝聚力受到挑战。因此,后现代媒介环境对传统宗教体验造成的冲击与影响,以及现代化媒介设备的特质对宗教功能造成的异化成为本节分析和探讨的重点所在。

2.1.1 宗教体验衰微

现代媒介的发展对政治、经济、文化和生活方式的影响是无法逃避的历史现实,宗教也难逃其影响。现代媒介的变革使电子媒介成为一种强大的福音传播工具,实现了宗教信息跨时空的有效传递,但同时也深刻改变了传统宗教的体验和本质,导致现代人宗教体验的衰微。

宗教不是将人映入外在象征中的社会"投射",而是外在于人、却将人与一些超越自身的东西相联系起来的超验观念①。最初,传教士在聚集的人群面前口头布道,是"神灵"与信徒之间最有成效的交流方式,随后印刷技术的发展使文字成为宗教传播的中介,发挥向数以万计的异质个体传达共同的信仰与神旨的沟通纽带作用。但是,随着人口的增长,现代宗教迫切需要更为有效的信息传达方式,新的通信媒介技术的进步与发明给这一需求带来契机,同时也给宗

---

① [美]丹尼尔·贝尔. 资本主义文化矛盾[M]. 严蓓雯,译. 南京:江苏人民出版社,1912:177.

教的传播与接受形式带来了深刻变革与震荡。二战之后,宗教组织由当面口头布道和传播印刷制品的传统传教方式逐渐转向依托广播、电视和网络等现代传播媒介的电子布道。现代媒介的信息传播方式打破了地域和时间的限制,扩大了受众的范围,满足了现代宗教传播的需求,现代媒介最终成为一种强有力的福音传播工具,宗教的电子布道时代从此拉开帷幕。然而,电子布道的时空跨越性却无法营造宗教仪式的庄重和肃穆,无形中削弱了传统宗教的神学氛围,超脱世俗的传统宗教体验日渐衰微。任何传统的宗教仪式都要求举行仪式的地方要具有某种程度的神圣性。教堂被设计成为一个举行仪式的地方,所以几乎所有出现在那里的东西都具有宗教的氛围。但是宗教仪式并非一定要在教堂举行,只要事先进行一番净化,几乎所有的地方都能胜任。所谓净化就是说要去除它一切世俗的用途,要达到这个目的,只要在墙上放一个十字架,或在桌子上放一些蜡烛,或在醒目的地方放上一本《圣经》。但要实现这个转换,一些行为是必须要遵守的。例如,在这些地方不能吃东西或闲聊,必须戴上无沿帽或在适当的时候跪下,按要求无声静默。我们的行为要符合非世俗世界的规则。但在通过现代电子媒介设备接收或观看宗教节目时,我们往往不能沉浸在非世俗世界的神秘氛围中,这样一来,电子传教就消解了神圣与世俗之间的界线,破坏了宗教仪式的崇高性、神秘性和私密性,个人也无法获得一种真正超凡脱俗的宗教体验。换句话说,现代电子传教的盛行反而造成真正宗教体验缺失的后果。

传统宗教势力的衰微并不是说人们不需要宗教,对宗教的需要也许是人类根深蒂固、不可移易的渴求。宗教信仰空缺的心灵位置只能由其他的事物来填充。《X 一代》中,安迪借用爱德华(Edward)的故事描述了自己与外部世界的有意疏离。故事中,爱德华是个高学历的知识分子,但最终沉迷于酒精的麻醉状态,与狗路德维格(Ludwig)为伴,在与世隔绝的小木屋中过着离群索居的生活。直到有一天,他惹怒了路德维格,毁掉了屋子,面临被狗咬死的危险才不得已走出自己生活了十年的小屋。当他走出自己建构的封闭空间时,才意识到自己的同类们正在建设日益变得复杂的外部世界。起初,爱德华十分享受自给自足的生活状态,"即使生活中不需要旁人,也不会觉得孤单,他将此视为一种骄傲"[①]。他避免与人接触,甚至切断了任何精神和情感上的联系。然而,他却会用语言或艺术打造专属自己的世界,隔离成了生存的前提状态。

---

① COUPLAND D. Generation X: tales for an accelerated culture[M]. London: Abacus, 1996: 54.

"爱德华认为自己在某些方面是非常聪明的。他读过书,认识很多单词。……爱德华幻想用这些单词创建一个私密的世界——一个有魔力的、豪华的房间,只有他一人可以居住。该房间要按照英国建筑师亚当定义的双立方体的比例建造。要想进入房间就必须经过一扇扇漆黑的门。门上沾满皮革和马毛织品,用以降低那些试图闯进者的敲门声,以免分散爱德华的注意力。"①

爱德华也试图与宗教建立联系,但是却找不到可以替代宗教社会功能的艺术创造力,那么审美化的商品与宗教神圣功能的区别就逐渐模糊起来,世俗与神圣的界限被消解,颠覆了宗教的神秘性。爱德华在自我隔离的生活中,狗取代了上帝,承载着他全部的精神寄托。路德维格就像一个沉默的只会倾听的神灵一样,终日与爱德华为伴。然而,爱德华却未能在这种关系中体验到对事物真谛的顿悟,最终以被狗袭击而逃离屋子收场。被视为上帝替代物的宠物狗毁掉了爱德华亲自用知识和语言搭建的"巴别塔","一度令他沉醉的空间竟变得令人无比厌恶"②。直到屋内空间恶化到极点时,爱德华才不得不打破疏离状态,进入社会之后,他才真正体验到了顿悟。爱德华面对令他手足无措的新环境,突然意识到"自己在与世隔绝的小屋里自得其乐时,其他人却在建造其他的东西——一个巨大的城市,不是用单词,而是用关系建构而成。"③因为爱德华用单词切断了自己与他者的关系,没法很快融入新的环境,只能以一个超然的观察者的身份凝视着真实的生活。他意识到语言的重要性在于与人交流和沟通。为了满足用语言重建心中的巴别塔的愿望,爱德华决定在城市中建一座高塔,为新来到这座城市的人指引方向,"爱德华发誓自己一定要在这个世界立足……他要建一座最高的塔。这银色的塔身像灯塔一样矗立,为像他一样后来才到这个城市的旅行者指引方向。"④

从更深一层的文化意义上看,爱德华的故事影射了后现代社会全面的信仰危机,人们面对世界文化的剧烈变化,因丧失了整体意识而陷于迷乱,因渎神而虚无,对周遭世界感到难以把握。读者很清楚这个神秘故事中的爱德华其实就是安迪自己。他只不过用寓言的方式发出了心中的声音。因此,可以说,在他与克莱尔和戴戈的交往中,他心中的巴别塔之梦正在慢慢成为现实。小说中,

---

① COUPLAND D. Generation X:tales for an accelerated culture[M]. London:Abacus,1996:55.
② COUPLAND D. Generation X:tales for an accelerated culture[M]. London:Abacus,1996:56.
③ COUPLAND D. Generation X:tales for an accelerated culture[M]. London:Abacus,1996:58.
④ COUPLAND D. Generation X:tales for an accelerated culture[M]. London:Abacus,1996:58.

青年人远离城市到沙漠中生活暗示了他们最终没有真正打破疏离状态,巴别塔之梦仍旧遥远。随着小说的进一步展开,这些朋友们决定用讲睡前故事的方式对抗后现代社会的孤独、焦虑、迷惘和恐惧,用世俗的小型叙事代替宗教的宏大结构。他们意识到自己不只是在故事中寻找存在的意义,而是通过讲述在创造新的意义,"要么把我的生活变成故事,要么放弃生活。……我们知道这就是我们三个人抛弃过去来到沙漠的原因——讲故事,在这一过程中使我们的生活变成值得讲述的故事。"①他们故事中表达的不只是失落,更多的是一种前现代传统宗教体验的缺失。

安德烈·泰特(Tate)认为,"西方社会生活中具有凝聚力的传统宗教的缺失和宗教记忆的匮乏导致了库普兰德小说的精神创伤"②。在世俗化和祛魅的世界中长大成人的青年一代对传统宗教毫无记忆,真正的宗教体验对他们而言更是遥不可及的想象。库普兰德本人也在试图从过度消费的物质文化的断壁残垣中寻找新的神圣词汇,用宗教术语去表征一个似乎无神的世界。宗教记忆的缺失不断在他们自己讲述的睡前故事中闪现,他们对宗教和圣经式话语的渴望暗示了他们与真正宗教话语之间的断裂。

2.1.2 宗教功能异化

经过 18 世纪启蒙运动的理性荡涤之后,宗教的力量一直在减弱,宗教实用主义的出现更是加深了宗教的衰微与危机。现代神学并不是在真空中进行,它必须借助媒介以及媒介所形成的语境完成,因此,现代宗教的衰微和原始功能的变异退化与现代大众媒介的性能和语境有着莫大的关联。广播电视等电子媒介的发展始于商业利润的驱动,并作为娱乐媒介而被大众所接受,所以当这些电子媒介成为福音传播的工具之后,宗教原始功能的蜕变与异化成为必然,宗教逐渐由精神救赎走向世俗主义。进行宗教传播的电子传媒成为宗教功能走向娱乐化、商业化和政治化的根源。可以说,商业和媒介的全球影响最终导致了传统宗教功能的异化。

宗教之所以成为娱乐,是由电视本身与主流媒体语境的倾向决定的,并非所谓的电视传教士的问题。电视屏幕充满了世俗的记忆,各种各样的广告和娱

---

① COUPLAND D. Generation X: tales for an accelerated culture[M]. London: Abacus, 1996: 10.
② TATE A. "Now—hre is my scret"—ritual and eiphany in Douglas Coupland's Fiction[J]. Literature & Theology, 2002, 16(3): 327.

乐性节目已经在这里深深扎根,显然很难将其改造为一个神圣的地方。宗教不再是具有历史感的深刻而神圣的人类活动,没有仪式、教义、传统、神学,更重要的是没有精神的超脱。当苛刻而严肃的宗教表现得轻松愉快时,它就变成了一种完全不同的宗教。电视节目的影像化模式极易让具体的形象而不是抽象概念进入观众心里。尽管上帝的圣名被一再提起,但传教士有血有肉的具体形象早已进入观众心里,成了头号人物,上帝只能充当一个身份不明的次要角色。大量的宗教节目及其较高的收视率吸引了大量广告商的关注,迫使宗教组织逐步卷入商业与营销的漩涡,孕育了一个广阔的交易市场。电子宗教传播离信仰越来越远,媒介传递的福音信息里裹挟了金钱的味道。此外,尽管当前宗教对政权的影响日趋弱化,但传教士们仍热衷于对总统选举进行预测,对党派活动发表评论,具有明显的党派倾向。

库普兰德小说中的宗教神话来源于犹太基督教传统,但该宗教传统在当代社会环境下已无法表达最初的人文关怀。在诺斯洛普·弗莱(Northrop Frye)看来,神话是通过讲述社会的"神灵,传统文化,风俗来源和阶级结构"来表达主要文化关注的故事①。在《X一代》中,睡前故事中的宗教色彩昭示了安迪和伙伴们在祛魅的世界里对神话的再创造。克莱尔关于巴克(Buck)的故事就是一个展现了祛魅世界中基督神话幻象破灭的寓言,故事中救世主只能以牺牲别人自救,丧失了拯救者身份,该故事以讽刺性的结局昭示了现代宗教功能的异化。巴克是个宇航员,因太空飞船故障被迫降落在泰克斯拉欧玛(Texlahoma)郊区门罗(Monroe)家的后院里。泰克斯拉欧玛是围绕着地球转的小行星,在那里时间永远定格在1974年。不受地球控制,没有线性时间的泰克斯拉欧玛代表着祛魅的天堂,而巴克的飞船之所以失事就是因为"返回地球的人忘记告诉他泰克斯拉欧玛的存在"②。这一事实象征着整个世界逐渐丧失对精神生活的兴趣,泰克斯拉欧玛这个祛魅的天堂竟然已经被人遗忘。巴克在这个小行星上患上了太空中毒症,为了尽快返回月球治疗,他需要用女人恋爱时散发的辐射波发动飞船的引擎,但问题是飞船所携带的氧气只够一个人使用,也就是说,那个女人注定会死去。尽管巴克一再承诺到了月球会用机器令女人重新复活,但事实证明那只是个谎言,这个过程影射了耶稣复活的故事。这个拯救的话题呼应了戴戈关于寻求他者救赎的问题:"所有与陌生人的对视都变成无言的询问

---

① FRYE N. Words with power[M]. Florida: Harcourt Brace Jovanovich Publisher, 1990: 30.
② COUPLAND D. Generation X: tales for an accelerated culture[M]. London: Abacus, 1996: 46.

'你是那个拯救我的陌生人吗'"①。巴克的诺言暗示了基督教关于生命永恒的承诺,然而在克莱尔的故事中,这个承诺并未实现,很显然救世主救了自己而牺牲了帮助他的女孩。那么,该故事对戴戈的问题给出了答案,那就是没有陌生人愿意拯救他,神话已经被理性和生存本能所篡改。故事开始之前,安迪就毫不客气地指出泰克斯拉欧玛是一个人们渴望逃离却又无法离开的地方,"在那里呆一天是很有趣的,然后你就会想尽办法离开这个鬼地方"②。同时,巴克的故事也戏仿了《美女和野兽》的情节,只不过这次是只有女孩付出真爱才能离开这个鬼地方,而实际上她的离开只是一个幻象,她离开这个地方的唯一方式就是死亡,充满了讽刺意味。

文艺复兴、宗教改革、启蒙运动在开启了现代性历程的同时,也动摇了基督教的神圣权威,人类理性不断升值,而曾经作为主要行为准则和价值依据的宗教却不断贬值,世界由此变得日益世俗化了,人与人之间也丧失了足够的信任。这个故事同样表达了对人类回归互相信任状态的渴望,当妹妹瑟芮娜(Serena)和巴克乘飞船消失在外太空时,她的两个姐姐若有所思:

"你是不是也觉得",艾琳(Arleen)说,"巴克哄我们说能让我死而复生纯属胡说?"

"我早就知道他在哄我们",达琳(Darleen),"但即便是这样,我仍然感到妒忌。"③

和安迪的朋友们一样,故事中的女孩也知道那个承诺只是谎言而已。她们虽然没有经历过幻灭的过程,但也能够意识到其虚伪性,同时她们又对自己丧失了相信他人的能力感到懊恼。她们讨厌这个理性至上的祛魅世界,却又无力摆脱。这个颠覆性的宗教故事揭示的不是对宗教渴望的失落,而是回归传统宗教的途径的缺失。后现代世界无法与现代祛魅世界彻底断裂,人们不满足于深陷现代性的麻木瘫痪状态,但又无力反抗。这种社会现实必然导致宗教功能的异化。

2.2 危机亦转机

以深沉的忧患意识为精神思想背景和历史背景的信仰危机,预示着人类对

---

① COUPLAND D. Generation X: tales for an accelerated culture[M]. London: Abacus, 1996: 44.
② COUPLAND D. Generation X: tales for an accelerated culture[M]. London: Abacus, 1996: 46.
③ COUPLAND D. Generation X: tales for an accelerated culture[M]. London: Abacus, 1996: 52.

自己命运的积极思考和人类自身精神生命的更新。从事物发展的辩证角度看，危机是当客观条件具备时矛盾转化的关节点，是事物发展的关键。但危机能否变为转机，关键在于人类的应对方式。信仰危机以困惑、忧患、幻灭的形式呈现，宗教信仰的质疑者们面对困惑，怀着哀愁和忧患的冲动寻找着精神家园，成为由信仰危机走向"新的信仰"的推动者。从这个意义上来说，信仰危机只是信仰主体不断追求自己终极目标的一个精神驿站。库普兰德凭着艺术家敏锐的观察力和使命感在《X一代》中以一种透明的眼光洞察物质丰裕下掩盖的种种文化精神失落，真实地反映了这种信仰和价值的失落给人类带来的焦虑与迷茫，并竭力为身处困境中的现代人寻找出路，探索较大的自由生存空间，而不被钉死在异化的十字架上。面对精神家园的荒芜，"X一代"青年们意识到只有重建宗教信仰才能使人心重归安宁和谐，于是不断前行，在宗教中追寻失落的意义。库普兰德在《昏迷的女友》中以毁灭还是重建的两极对立审视人类的现实存在和未来命运，以现实潜在的危机展现人类世界走向末日的必然性，以灾难性想象激励人们抵御世俗的诱惑，积极执著地建设人间天国。

2.2.1 失落与追寻

作为西方文明基础的宗教信仰在"上帝死了"之后开始动摇，取而代之的是现代社会的全面物化，这一变化急速加剧了传统道德、价值观念体系的崩溃。库普兰德凭着艺术家敏锐的观察力和使命感在《X一代》中真实地反映了这种信仰和价值的失落给人类带来的焦虑与迷茫，并竭力为身处困境中的现代人寻找出路，探索较大的自由生存空间，而不被钉死在异化的十字架上。面对精神家园的荒芜，X一代青年们意识到重建宗教信仰才能使人心离开让人浮躁的极端功利欲求，重新归于安宁和谐，于是不断前行，在宗教中追寻失落的意义。

"自我主义"这个页边标注是库普兰德对当代宗教毫不留情的分类。按照他的定义，"自我主义指个体在传统宗教原则缺失的情况下，独自探索并形成个人宗教体系。该体系通常是包含着投胎转世、与某种形象模糊的神灵的私人对话、自然主义以及因果报应的大杂烩"①。尽管这种定义具有讽刺性，但也认为信仰需求仍未散去。"自我主义"与雷金纳德·毕比(Reginald Bibby)的观点不谋而合，他认为宗教"已经成为包装整齐的消费品——置于其他商品之中，可以

---

① COUPLAND D. Generation X: tales for an accelerated culture[M]. London: Abacus, 1996: 145.

根据个人的消费想法决定购买还是绕过。"①②五花八门的哲学信仰大杂烩会导致自私自利、前后矛盾的信条,但是同样也是一种追寻,是一种寻找超乎个体的精神渴望。

对库普兰德来说,漫无边际的信仰是后现代社会选择性焦虑和多元化的结果。他暗示,信仰没有被抹去,而是被消费主义的经济需求改写了。祛魅后的商品经济社会完全被理性所主宰,理性成为现代世界的精神符号、制度导向和生活理念。商品经济社会的经济理性要求现代人在短时间内以最低的经济成本或最小的代价获取最大的经济效益。商品经济的现实化和当下化使人们不再寄希望于未来,正如安迪所说,天堂之路具有欺骗性,因为"天堂的承诺并不能让我们在活着的时候免受煎熬"③。立足于现世对理想的追求,过分地注重"彼岸"和"来世"的宗教信仰完全失去了对现实的指导意义,以无法触及的未来为终极指向的宗教信仰对于追求现实利益的现代人丧失了吸引力。宗教失去了支撑人类精神、塑造和引导人类生命的地位。在科技高度发达的后现代社会,宗教即使没有消亡,也难以获得其往昔的地位。库普兰德在后来的短篇小说集《上帝之后》中直接将这一代人称之为"在没有信仰的语境中成长起来的第一代人"④。随着科学的发展,人们对技术持完全信任的态度和无限推广的做法,开始用科学将宗教的神话打碎,科学理性成为生活的主宰,成为惟我独尊的新上帝,也将人类从信仰的安逸中强行拉出。然而,理性主义的局限性很快就在残酷的战争面前暴露无遗,战争是技术理性发展到极致而趋于疯狂的体现。当童年经常在战争游戏中扮演伤员的柯蒂斯亲身经历了战争之后才意识到,战争给精神带来的创伤比身体的残缺更难愈合。他最亲密的战友阿楼被战争夺去了生命,他虽然侥幸活命却被子弹击中下半身,再也不是完整的男人,他坦言"就因为那次小小的意外,连色情杂志都不找我拍照片"⑤,更无颜面对心爱的女人。丧失宗教的后现代社会既是幸事,也是灾难,人们在摆脱了宗教的束缚获得自由的同时,也因信仰的缺失带来生活的困惑和迷惘。"大学让我们失望,

---

① BIBBY R W. Fragmented Gods: the poverty and potential of religion in Canada[M]. Toronto: Stoddart, 1987:1-2.
② LYON D. Postmodernity[M]. Buckingham: Open University Press, 1994:62
③ COUPLAND D. Generation X: tales for an accelerated culture[M]. London: Abacus, 1996:8.
④ COUPLAND D. Life after God[M]. London: Simon&Schuster, 1994:61.
⑤ COUPLAND D. Life after God[M]. London: Simon&Schuster, 1994:118.

父母让我们失望","再也找不到任何可以躲避外界骚扰的地方"①。理性代替了信仰,使人的异化程度越来越深。巴克斯特先生(Mr. Baxter)作为"新时代运动的忠实信徒",对宗教信仰的虔诚源于"为了躲避一个注定降临的厄运"②。他预测到世界末日将至,便携全家迁至棕榈泉避难。以巴克斯特为代表的伪教徒的出现暗示人类物质文明和精神文明的天平严重失衡,人类精神上的失落达到了无法弥补的状态。宗教神话破灭,赖以生存的精神支柱倒塌。人们迫切地希望获得灵魂的救赎,不得不转向其他事物寻求精神寄托。这种精神寄托可能是疯狂购物,可能是盲目追星,也可能是对媒体的过分依赖,所有的一切都开始变得前所未有地错乱。当人们深切意识到自己生存的世界处于全面异化,发现自己不由自主地受到异己力量的支配,又不能通过理性的方式对这种荒诞的生存方式加以解释时,他们就只能以一种非理性的逃离来远离令人绝望的迷惘深渊,缓解内心的焦虑和孤独。《X一代》的叙述者安迪和同样拥有较高学历但对生活不满意的朋友们逃离被世俗化主导的生活,躲进位于加利福尼亚沙漠边缘地带的棕榈泉生活。他们身心疲惫,但仍保持乐观的态度,渴望新的生活体验。

　　光明是基督教神学的一个重要理念,太阳这一意象作为光明的象征多次在《X一代》中出现。小说开篇便描述了安迪十五岁时独自前往加拿大马尼托巴省的布兰登小镇观看日食的经历。日食降临的时刻,安迪体验到了一种"关于黑暗、宿命、幻想的心境"③,太阳渐渐减弱的椭圆形光芒似乎暗示着宗教体验的衰微。十五年后,安迪来到位于沙漠中的棕榈泉居住,他又像少年时观看日食般等待黎明的到来,等待着"太阳像火球一样从山头喷薄而出",等待着"耀眼的光芒"④照亮自己的生活。他对太阳的追逐和期待在某种程度上暗示了对宗教仪式的渴求。蜡烛和太阳意象类似,同样象征着光明的指引和真正的希望。点燃蜡烛是基督教中标志性的仪式,以此寓意耶稣是黑暗世界中的一盏明灯,教堂在圣诞节时进行点亮蜡烛的仪式就是为了让人们记住这一点。圣诞节本来就是庆祝神化身为人类,暗示救赎可能性的节日,但随着宗教信仰的式微,加之商业社会对经济利益的追求,这一节日逐渐演变成商家促销和购物狂欢的盛宴,圣诞节的宗教意味越来越淡漠,因此安迪的弟弟泰勒居然不知道圣诞蜡

---

① COUPLAND D. Life after God[M]. London: Simon&Schuster, 1994: 36.
② COUPLAND D. Life after God[M]. London: Simon&Schuster, 1994: 38.
③ COUPLAND D. Generation X: tales for an accelerated culture[M]. London: Abacus, 1996: 4.
④ COUPLAND D. Generation X: tales for an accelerated culture[M]. London: Abacus, 1996: 4.

烛的用途也就不足为奇了。安迪在圣诞节期间特意准备了上千只蜡烛,以点燃蜡烛的形式模仿传统的宗教仪式,试图营造一种肃穆和神圣的宗教氛围。"圣礼是宗教进入世俗的突破",而"宗教仪式是展示神圣性的世俗仪式行为"[①]。在传统宗教信仰缺失的时代,安迪的行为在一定程度上满足了人们对宗教圣礼的需求,他试图通过点燃蜡烛的仪式性行为寻找基督圣礼的踪迹。"奶黄色的火焰"在欢快的跳动,"覆盖了客厅平日的单调和沉闷",使其成为一个"眼花缭乱的灯火王国",安迪和家人在摇曳的烛光里似乎置身于巴黎圣母院,"摆脱了尘世的束缚"[②]。上千只闪耀的烛光早已超越了审美的界限,带给人们的不仅是视觉上的震撼,更是心灵上的触动,似乎预示了宗教重新返魅的可能性。然而这一刻终究是短暂的,随着蜡烛的熄灭,"生活又恢复到它原有的轨迹"[③],母亲继续准备早餐,父亲关掉烟雾警报器以免蜡烛的烟雾引发惊恐的警报声,弟弟兴奋地奔向圣诞礼物,安迪看着忙碌的家人怅惘若失。宗教顿悟的转瞬即逝和安迪的落寞失望暗示在后现代社会实现宗教的返魅仍有很长的路要走,此外,也为库普兰德的后续作品对宗教返魅的探讨定下了基调。

在西方面临传统宗教信仰的衰微之时,他们也试图转向东方寻找答案。克莱尔借用琳达(Linda)过度禁欲的寓言故事暗示了现代人追寻宗教信仰无门的焦虑。琳达是个富家千金,父亲去世留给她一大笔靠买卖奴隶赚得的遗产,母亲整日沉溺于奢侈的生活无暇顾及女儿的感受。琳达厌倦了奢靡的生活和物质财富的束缚,渴望打开自由和灵魂的枷锁。她听说喜马拉雅山脉某个小山村里有很多和尚和尼姑,他们能够通过持续七年七月七日七小时的严格斋戒和冥想进入狂喜和解脱的境界。琳达对此非常向往,最终决定尝试这种亚洲宗教修行者的修炼方式,期盼以此完成灵魂的救赎。在琳达即将完成修炼之时,才被告知算错了时间,按照东方宗教的历法来算,静修的时间不过一年多。匆忙赶到的牧师拉斯基(Laski)直言:"你们这些欧洲……美国的孩子","你是这么的努力但把一切都搞错了","你太极端了"[④]。琳达的故事最终以悲剧收场。故事中,琳达从物质堕落向过度禁欲的转变正是小说主人公安迪、克莱尔和戴戈生活的真实写照。他们三人为了摆脱都市的喧嚣和压抑,为了追求精神的绝对

[①] BUECHNER F. Listening to your life[M]. San Francisco:Harper Collins,1992:57.
[②] COUPLAND D. Generation X:tales for an accelerated culture[M]. London:Abacus,1996:170.
[③] COUPLAND D. Generation X:tales for an accelerated culture[M]. London:Abacus,1996:171.
[④] COUPLAND D. Generation X:tales for an accelerated culture[M]. London:Abacus,1996:147.

释放,甘愿放弃家人、朋友、工作和生活中的所有羁绊,重现了清教徒从古老的欧洲到美洲大陆寻找新迦南的神圣之旅,千里迢迢来到荒芜的沙漠中寻找失落的意义。他们灵魂深处饱含对世界、对生命的反思,但他们在沙漠中苦苦追寻却一无所获。他们对物质生活的抗拒呼应了 20 世纪 60 年代美国高涨的反文化运动,但是他们却没有和父辈一样投身政治运动、抗议大众文化、表达对文化商品化的不满,或是选择新的生活方式。他们进入沙漠不是为了建立一种无政府主义团体,也并非想颠覆现有的经济体系。他们特殊的觉醒方式是个悖论,不是激进的反抗,而表现为奇怪的顺从。他们无力反抗与资本主义的矛盾,只能做着一系列的"低工资""低福利""没有前途"的"麦式工作"(Mcjob)[①]。

尽管库普兰德和他笔下喋喋不休的主人公们看似对共产主义的消逝无动于衷,但 20 世纪 80 年代末这种意识形态的坍塌为这部出版于 1991 年的小说提供了重要的政治背景。前苏联接受市场经济成为所谓资本主义胜利的标志,齐格蒙特·鲍曼(Zygmunt Bauman)指出当今世界"没有集体主义的乌托邦,没有替代性的意识"[②]。小说中的人物想象不出一个完全不同的世界,毕竟资本主义的对立面刚刚落败。共产主义制度的瓦解象征了世俗天堂的灭亡。因此,尽管安迪和伙伴们对消费主义生活不满,但却无法为自己的焦虑找到一个可行的政治出路,因此只能选择被动的逃离,但仍不放弃对宗教信仰的探索。

2.2.2 天启与救赎

宗教力量的衰微使其逐渐失去了神秘色彩,无法作为观念和制度伴随人的整个一生,宗教的主要依托——天启,也被理性主义所破坏。面对这种境况,库普兰德试图在作品中重现天启的场景,为后现代社会的人类寻找一条精神的救赎之路。

《昏迷的女友》对宗教信仰问题的担忧则更加急迫,作品以预测并应对末世为框架展开,生活在痛苦中的非传统主人公被委以重任,被迫在没有上帝的溃败世界中寻找救赎,在偶然性的恐怖和冒险之间跋涉,他们在这个充满偶然性的怪诞世界中的荒唐举动是对这个荒诞和不可知的后现代世界的寓言。末世和危机意识贯穿小说始终,触碰到了现代人生活的本质处境。小说并不是对虔诚的末世论的讽刺,而是将末世想象作为手段,寻求库普兰德长久以来对西

---

① COUPLAND D. Generation X: tales for an accelerated culture[M]. London: Abacus, 1996: 6.
② BAUMAN Z. Intimations of postmodernity[M]. London: Routledge, 1992: xxv.

方世界发展方向焦虑的原因。小说故事情节很简单:20世纪70年代末,一个十几岁的女孩凯伦在经历了世界末日的幻象后进入了昏迷;在昏迷的状态中,她生下了一个女儿,17年后她重新醒来,但不久就经历了幻象变成现实的大灾难。除了她和朋友们,全世界都在沉睡中死去。这一世界末日的景象影射了《圣经启示录》最终审判中详细表述的大洪水的典故。在世界上的人都走向死亡的境况下,凯伦和这些朋友们像诺亚及其家人一样被上帝选中,面临着重建世界的神圣使命。在这一作品中,作者放弃了前几部小说的写作范式,走向宗教哲学领域。他采用伪圣经框架,其灾难与救赎情节的戏剧性设置似乎超越了先前小说的现实主义主题,但实际上仍是以后现代反讽手段对现实生活进行尖锐批判,只不过采用了更为极端的方式。

小说《昏迷的女友》以"我是杰瑞德(Jared),一个鬼魂"①开篇,预示着亡魂归来,奠定了小说的宗教基调。作者在先前作品的现实主义风格框架之外给读者建构了一个另类的本体论,一个超自然的灵魂在当代社会背景下游荡。在关于宗教的后现代话语中,不可见的"他者"占据最重要的地位,而作为隐性不在场的"他者"的上帝或救世主,却总能在"荒漠"的"救赎"中突然降临,给人们以拯救或引导。杰瑞德实际上就作为这样一个"他者"漫不经心地出场了。杰瑞德的灵魂在世间萦绕,作为一个叙述者警告读者"世界即将终结",一场毁掉一切的天启式灾难即将开启:

"……现在看看地球,你就会看到数千年的壮丽景观和社会机制都陷入沉睡。大教堂像银行一样轰然倒塌,汽车像超市一样排成一条线……在城市里大雪覆盖;自动点唱机哑然无声;黑板永远没有擦拭。计算机数据库处于无人使用状态,而铝塔上的电缆像又长又细的头发在飘荡。"②

杰瑞德,这个沉寂末日的叙述者,是个具有情欲的鬼魂,他的讲述充满了对世俗欲望的回忆,他甚至在自己的弥留之际使人怀孕,这与他在叙事中的天使形象自相矛盾。他是校园里的运动健将,颇受男女同学的喜爱,他死于白血病预示了同龄人天真的逝去。杰瑞德的声音永远定格在17岁,他作为一种灵魂的指引,不断警示现已步入中年的朋友们意识到自己的愚蠢:"你们认为自己被遗弃了——成为圣人的机会已经逝去,但是这不是真的。"③

---

① COUPLAND D. Girlfriend in a coma[M]. London:Flamingo,1998:3.
② COUPLAND D. Girlfriend in a coma[M]. London:Flamingo,1998:4-5.
③ COUPLAND D. Girlfriend in a coma[M]. London:Flamingo,1998:261.

凯伦昏迷的时间是 1979—1996 年,恰逢 20 世纪末晚期资本主义和后现代主义开始建立,并逐渐在社会中占据主导地位之时。凯伦这一角色成了作者与后现代世界交流的神秘密码。凯伦 17 年后醒来不得不瞬间面对世界的巨大变化,朋友们的堕落与沉沦使她强烈反对和抵触世界的巨变。接下来要面对的末日灾难则与《旧约·创世纪》中上帝以洪水方式毁灭世界以及诺亚方舟的故事是一脉相承的。灾难发生之前,全世界的人,除了这些朋友,都陷入象征性的昏迷,意味着晚期资本主义的疏远和分离。西方文明的终结表现为一个自我耗尽的世界;库普兰德对千禧年的幻想,彻底清除了前几部小说中看似不可动摇的消费主义驱动的世界。灾难发生后,这些幸存者的行为展示了作者认为这次灾难具有必要性的原因。这些幸存者并没有反思自己存在的意义或沉思世界终结的原因,而是从看电影和庆祝的行为中寻求安慰,消磨时光。这一状态一直持续到杰瑞德的出现,他们才逐渐认识到自己的责任,为自己的所作所为忏悔。可以说,天启式灾难的设置是库普兰德针对当代西方社会麻醉状态的警告。

在凯伦预见的末日幻影中,世界不是毁于核战浩劫,人类文明也没有被破坏性的彗星撞击而抹除。她在昏迷之前描述的未来世界里,"俄罗斯不再是敌人"而"性是致命的"[1]。世纪之交,冷战结束,人们却要面对艾滋病泛滥的残酷现实。在小说创作的政治经济背景下,预言的精确性证实了凯伦对未来的判断是完整且真实的。

凯伦预见的未来并未像其他关于末日的小说或影视剧中表现得那么恐怖,但这种黑暗顿悟表现的领域和范围却超出了西方的末世概念。她梦到了一个"失去意义的世界",她告诉男友"未来不是一个好地方",在黑暗的梦境中,人们"看起来很好",但"眼睛中没有灵魂"[2]。凯伦将人类难以名状的人性定义为灵魂,而这些灵魂在后现代社会中逐渐消失不见了,她梦中的焦虑逐渐成为了现实。在她陷入昏迷的 17 年中,她的伙伴们在现实的物化意识的笼罩下,逐渐沉溺于后现代社会的消费快感中,他们被物化的力量紧紧钳制,缓缓滑向毁灭的深渊。青年一代精神空虚、信仰缺失、毫无激情、丧失行动力的生存状态无一不昭示着西方文明的衰落和瓦解,是一种文明末日来临的表征。

小说中世界的沉睡戏仿了美国十八和十九世纪基督教福音派的"大觉醒运

---

① COUPLAND D. Girlfriend in a coma[M]. London:Flamingo,1998:5.
② COUPLAND D. Girlfriend in a coma[M]. London:Flamingo,1998:10.

动"。库普兰德的宗教或道德框架在一定意义上远离了乔纳森·爱德华兹(Jonathan Edwards)和十八世纪宗教复兴运动中愤怒的加尔文上帝。然而,这部小说却效仿并秉承了爱德华兹的宗教观念。小说中幸存者的有形救赎类似于加尔文主义关于上帝选民的信条。加尔文主义信仰中,被上帝选中的选民命中注定免受地狱的折磨,但永生都在重建新的王国。然而,小说中的"选民"则要忍受一个陈腐的"新世界","空气闻起来像是半英里外有轮胎顶着风着火的味道"①。库普兰德不断描绘大灾难后破败的场景以警示人们,现在已经到了历史最后的关头,不得不做出抉择:要么沉醉于这个物化的世界直至毁灭,要么自觉重建新世界获得重生。他们最终在杰瑞德的引导下放弃对当代大众文化的依赖性,找到了生活的意义和目标,担负起重建世界的使命。小说结尾,库普兰德创造了一个奇迹,时间倒转,所有人都拥有了重生的机会,世界也恢复了原状。接受天启灾难的洗礼后,小说中的人物回到了原来的生活,但他们的思想发生了很大转变:他们在灾难面前战胜了绝望和沉沦,对待生活的态度由失望变为乐观,由自私自利变得仁爱宽容。

小说人物在反思自己为什么会成为幸存者时,突然想到了一部每年都会在圣诞节期间播出的电影《生活多美好》(*It's a Wonderful Life*)。这部1946年上映的经典电影由弗兰克·卡普拉(Frank Capra)导演,詹姆斯·斯图尔特(James Stewart)主演,曾获奥斯卡金像奖五项提名。《昏迷的女友》的结局与这一小说类似。影片中,詹姆斯·斯图尔特饰演的乔治·贝利为人正直热情有责任感,一心为贫苦百姓住上房子而奔波,却不幸被小镇上的资本家算计,在绝望中选择跳河。上帝悲悯贝利的一生,派天使帮助他,他请求天使把他的一生抹去,就像他从来都不曾出生过,然而当天使将没有他的生活展示给他看时,他才意识到自己虽然一生卑微,但对他人来说却具有重大意义,最终天使给了他第二次选择生死的机会,影片以贝利顺利回家而圆满结束。具有讽刺意味的是,该影片通常在圣诞节期间不断重播,这个寓言式励志影片成为后宗教时期成长起来的青年一代的宗教记忆。换句话说,娱乐性的影片替代了传统宗教在人们心中的位置。当然,他们对影片的讨论仅限于主人公愉快回家的结局,仍无法领悟到天使令死者复活这一举动所蕴含的关于末日审判、耶稣复活的宗教意义。小说以主人公们积极投身改变世界的行动而拯救和重建世界结尾。将这一结局视为对卡普拉电影的简单戏仿,也影射颓废衰

---

① COUPLAND D. Girlfriend in a coma[M]. London:Flamingo,1998:4.

微的西方文明如同贝利一样亟待上帝和天使的眷顾和拯救。库普兰德将宗教神话式结局作为一种逃离历史的诙谐手段,这不免引发读者的疑惑,《昏迷的女友》中的"天启式狂喜"何以"在我们所谓的科学和后现代的表面上的后宗教想象中发展呢"[1]。库普兰德公开承认自己没有任何正统的信仰,他的千禧年狂喜只是对信仰的肯定。事实上,库普兰德对于人类死而复生的神话想象表达的是后现代宗教衰微世界里人类对超然感受的需求,并非对真正宗教教义的探寻,目的在于强调后现代社会亟待改变的严峻形势。唐娜·塔特(Donna Tartt)认为一部优秀的小说能够使非宗教信仰者接受教徒的世界观,"生活是一张庞大的相互关联的复杂网络,命中注定的,偶然选择和意外都是被统一的不可预知的安排所操控"[2]。对于库普兰德来说,他相信世界上有值得信仰的东西,但仍不愿受具体宗教的束缚,那么小说就为这种另类的信仰提供了存在的空间。后现代世界的不确定性迫使他不断前行去寻找真理,而不是将宗教探寻视为过时的东西。

小说结尾的语言影射了圣约翰福音书中的伟大使命,契合了宗教复兴运动传统,同时也超越了任何教派和神学历史的范畴,提出了一个渴望改变世界的普遍愿望:

"你们很快就会看到我们走在街上,无尚荣光……我们身体的每一个细胞都在真理中爆裂……我们祈求路人看清质疑的必要,不断质疑永不停息,直到世界停止运转。我们将成为成年人,将打碎陈旧、枯竭的社会体系。我们艰难前行,深思熟虑,走向一个完全不同的新世界。我们的思想和灵魂要由石头和塑料变为亚麻和黄金——那就是我的信念。那就是我所知道的一切。"[3]

库普兰德在《昏迷的女友》中以灾难和救赎的主题昭示了后现代信仰危机日益加重,亟待寻求出路的社会现实;同时小说圆满的结局秉承了马克思主义危机理论的辩证观点,暗示人的信仰危机并非是一种终极状态,而是一种暂时的发展中的过渡状态。作者以毁灭还是重建的两极对立审视人类的现实存在和未来命运,以现实潜在的危机展现人类世界走向末日的必然性,以灾难性想象激励人们抵御世俗的诱惑,走出灵魂的暗道,积极执著地建设

---

[1] JAY M. Force fields:between intellectual history and cultural critique[M]. London:Routledge,1993:97.
[2] TARTT D. The spirit and writing in a secular world[M]The novel,spirituality and modern culture. Cardiff:University of Wales,2000:38.
[3] COUPLAND D. Girlfriend in a coma[M]. London:Flamingo,1998:281.

人间天国。

2.3　后现代宗教走向

　　18世纪的启蒙运动使理性居于至高无上的地位,认为人类可以通过理性的计算掌控一切,在理性面前,再也没有什么神秘莫测的力量在起作用,导致了所谓"世界的祛魅"。在宗教祛魅的时代,宗教被归为"非理性的领域"[①],一切神圣因素都遁入私人生活领域,理性主宰公共事务领域,这最终导致私人的神圣追求被轻视,而公共事务的神圣根基被连根拔起。理性横扫一切的结果便是人们在上帝已死的溃败世界里感到生命的意义并无保障,缺乏支撑人类生活的精神支柱,在现代社会这片繁荣的荒原上倍受孤独和疏离之苦,不得不在没有上帝的世界里寻找救赎,一个返魅的时代悄然而至。库普兰德在作品中努力探寻后现代宗教状况及返魅的可能性。他的早期作品描述了祛魅世界给人们带来的瘫痪、麻木状态,后期作品则表现了由于承认世俗社会的不确定性而带来的各种可能性。库普兰德早期小说勾勒了一个传统信仰和世俗精神断裂的世界,小说人物无法将自己的生活置于宏大的宗教叙事结构中,宗教或精神层面的空虚最终以危机形式在《昏迷的女友》中爆发,最后以人们勇敢接受并融入充满不确定性和疑虑的世界来应对危机。然而,在《嘿,预言者!》和《埃莉诺·里格比》中,库普兰德则跳出以往作品的框架,以一种永恒的不确定性来实现当代后现代文化中宗教意义和精神家园的回归。通过主人公外在的狂喜举动,这两部小说以戏剧化的夸张手法展现了重新返魅的后现代状况和后世俗时代的宗教体验。这两部作品与其早期作品的区别在于:以主动建构精神家园取代了《X一代》中对宗教信仰缺失的静态描述,转变了《昏迷的女友》中无处不在的宗教隐喻和真理。《嘿,预言者!》中的祈祷和忏悔由孤独的独白转变为人物的行动,最终使人物之间建立了相互联系。同样,《埃莉诺·里格比》中的时间和悲剧也不再是静态的,而是积极主动融入与他人和集体的联系中。在这两部作品中,库普兰德把以正确解读《圣经》为基础的北美传统的新教福音派宗教同建构在怀疑基础之上的后世俗时代的信仰需求对立起来,探讨后现代社会中宗教返魅的可能性。

---

① [德]韦伯. 中国的宗教(韦伯作品集5)[M]. 康乐,简惠美,译. 桂林:广西师范大学出版社,2004:478.

2.3.1 后现代宗教状况

库普兰德早期作品因充满了对消费社会的尖刻反讽和奇特的文字游戏而备受评论界关注,他的名字往往与大众文化语境下青年悲观厌世、玩世不恭的生活态度紧密联系在一起。然而,1994 年,《今日美国》邀请他对自己作品进行评价时,他给出的结论却令所有人都惊诧不已:"现在,我写的或想的所有东西最终都会指向宗教……我是连我自己都没想到的。"①他的话在当时来看似乎令人匪夷所思,毕竟仅凭《X 一代》和《香波星球》这两部明显浸染着大众消费文化气息的作品来看,很难令人信服,但经过二十年的时间,将其多部作品作为整体来考察的话,读者就会发现他的确没有虚张声势,其作品主题的宗教倾向越来越明晰,他对宗教的理解也逐渐深入。尽管库普兰德在一个无宗教信仰的家庭环境中长大成人,摆脱了任何具体宗教信仰的束缚,却从未停止过对宗教世界的追问与探寻。他笔下的人物无一不为宗教的在场或缺失所困扰,信仰如影随形般萦绕在他和小说人物的周围。《X 一代》和《香波星球》展现了现代人面对宗教缺失进入自我封闭的疏离状态,饱受失落与孤寂的折磨;《上帝之后》以信仰危机为背景讲述人类生存的窘境,唤起人们宗教意识的觉醒;《昏迷的女友》以极端的末世框架再现信仰问题的紧迫性,在天启式灾难中完成了精神的救赎;《嘿,预言者!》和《埃莉诺·里格比》以一种永恒的不确定性来实现后现代文化中宗教意义和精神家园的回归,昭示当代社会重新返魅的后现代状况。库普兰德对宗教的认识步步深入,这些作品作为一个整体向读者展现一个后世俗时代的宗教探寻故事。他对宗教的认知由最初的失落与迷茫,到宗教意识的觉醒并寻求自我救赎的出口,最终走向对宗教返魅可能性的探讨。库普兰德对当代北美大众文化的变化具有敏锐的观察力,当代社会人们对宗教认识的逐步深化和变迁是时代发展的缩影,揭示了传统宗教在启蒙运动影响下逐渐祛魅、在后世俗时代又出现重新返魅倾向的过程,使其作品打上了时代的烙印。库普兰德宗教主题小说聚焦 20 世纪末到 21 世纪初宗教世俗化与宗教神秘性之间此消彼长的较量,实际上反映的是后现代世俗社会人们内心的挣扎,是面对物质诱惑和精神空虚状态的心灵博弈,生动展现了后世俗社会的宗教状况。

18 世纪启蒙运动的理性荡涤削减了宗教的神秘化色彩,一切神秘莫测的

---

① SNIDER M. The X-man Douglas Coupland:from "Generation X" to spiritual regeneration:ironic voice softened by need for faith[N]. USA Today,1994-03-07(D2).

力量都归为非理性领域。在商品经济时代,理性至上主义更是表现得淋漓尽致,更是一个被理性所主导的世界,经济理性促使人们疯狂追求经济收益或经济效率最大化,追求当下的物质利益。当一切事物都走向商品化、现实化和当下化的时候,宗教信仰的终极指向也就显得那么遥不可及。事实上,信仰没有被抹去,只是被消费主义的经济需求改写了。在世俗化和祛魅的世界中长大成人的年青一代们对传统宗教毫无记忆。此种情况下,现代社会的大部分人已经抛弃精神建构的需要,转向其他途径寻求自我安慰。在消费社会,对经济利益和消费快感的追求超过了对宗教信仰的渴望,由此物性代替了人性,这是一种更加可怕和深刻的精神危机和信仰丧失。对于《香波星球》中的泰勒而言,宗教体验只是遥远的想象,远不如消费快感和经济利益来得直接和实在。彻底摆脱了宗教的道德约束,一切疯狂的行为都不足为奇,在经济理性的驱使下,一切都变得商品化,甚至历史都可以用来交易。"真正的上帝是一种以神谴的方式所显现出的一种令人敬畏的力量"[1],高扬理性至上的后工业社会不断排挤宗教的力量,摧毁了宗教信仰作为人类精神支柱的地位,丧失了对人的塑造和引导作用,人与人之间隔阂的日益加深,信仰缺失成为世纪之交人们挥之不去的阴影。《X一代》真实地反映了这种信仰和价值的失落给人类带来的焦虑与迷茫,小说人物为了在这片繁荣的荒原上免受孤独和疏离之苦,只能以消极的逃避来应对。传统宗教势力的衰微并不是说人们不需要宗教,对宗教的需要也许是人类根深蒂固、不可移易的渴求。随着小说的进一步展开,主人公们决定用讲睡前故事的方式对抗后现代社会的孤独、焦虑、迷惘和恐惧,用世俗的小型叙事代替宗教的宏大结构,在自己的记忆碎片中寻觅存在的意义。面对精神家园的荒芜,主人公们意识到重建宗教信仰才能重归安宁和谐,于是不断前行,在宗教中追寻失落的意义。"要么把我的生活变成故事,要么放弃生活"[2]成为他们的精神信条。他们的故事表达的不只是情感上的失落,更多的是一种前现代传统宗教体验的缺失。宗教记忆的缺失不断在他们自己讲述的睡前故事中闪现,他们对宗教和圣经式话语的渴望暗示了他们与真正宗教话语之间的断裂。小说中人们苦苦追寻失落的意义,却一无所获,他们所要探求的意义依旧在风中飘零。

库普兰德本人竭力为身处困境中的现代人寻找出路,试图从过度消费的物

---

[1] [罗]米尔恰·伊利亚德. 神圣与世俗[M]. 王建光,译. 北京:华夏出版社,2003:1.
[2] COUPLAND D. Generation X:tales for an accelerated culture[M]. London:Abacus,1996:10.

质文化的断壁残垣中寻找新的神圣词汇,用宗教术语去表征一个似乎无神的世界。1994年的短篇故事集《上帝之后》以库普兰德的亲身体验为基础,专注于对当代宗教信仰的探索,创作主旨延续了前两部作品对祛魅世界人类生存窘境的描述,意在唤起人们的宗教意识。这部作品似乎成了库普兰德宗教主题创作的分水岭,其早期小说勾勒了一个传统信仰和世俗精神断裂的世界,小说人物无法将自己的生活置于宏大的宗教叙事结构,这种宗教或精神层面的空虚最终以危机形式在《昏迷的女友》中爆发,最终由宗教觉醒走向了自我救赎。

《昏迷的女友》以传统宗教的末世想象为框架,以灾难和救赎的主题昭示了后现代人们信仰危机日益加重、亟待寻求出路的社会现实。小说展现一群青年人在危机中觉醒并自我救赎的过程,富有天启文学的神秘色彩。

《昏迷的女友》中的末日景象为沉溺于物质世界的人们敲响了警钟,即最终走向异化的十字架还是精神家园的复归完全取决于人类自己的选择。《嘿,预言者!》和《埃莉诺·里格比》给出了关于这一选择的答案。这两部作品以戏剧化的夸张手法展现了重新返魅的后现代状况和后世俗时代的宗教体验,试图以一种永恒的不确定性来实现后现代文化中宗教意义和精神家园的回归,开启了对后现代宗教的全新认识。面对精神家园荒芜,信仰危机日趋严重,寻求宗教信仰的庇护显得极为紧迫,小说主人公们逐渐意识到宗教返魅的必要性。小说中,库普兰德把宗教视为一种积极的资源而不是消极的负担,认为当代世界宗教的世俗化是不可逆转的倾向,但宗教仍能发挥积极作用。在后世俗社会中,世俗化通常被视为启蒙运动对宗教的挑战、冲击和得胜,而事实上恰恰是世俗化、现代化过程破坏了传统生活,迫使人们不得不寻找精神家园的慰藉。这一事实就要求我们对宗教传统和宗教观念进行符合现代生活状况的解读、诠释和沟通。库普兰德认为后世俗时代的精神家园无处不在,后现代宗教返魅的关键在于传统宗教信仰与当代社会的融合,人与人之间的沟通。可以说,这两部小说使库普兰德对后世俗社会宗教状态的讨论上升到宗教重新返魅的层面,指出祈祷和忏悔等宗教性行为作为连接世俗与宗教信仰的纽带,有助于打开人们封闭的心灵,为自我反思和信仰质疑提供了空间,也为后现代宗教的返魅提供了无限的可能性。

宗教的情感和冲动源自对现世有限性的焦虑甚至恐惧。为了缓解并消除这种具有颠覆性的情绪,让人们诉诸宗教寻求一种否定和超越有限性的精神结构,信仰有助于人们在其有限性中体会到无限的超越可能。而世俗化则还原个人的精神世界,帮助把宗教的声音最终融于社会的交响乐中。库普兰德小说创作主题的宗教转向符合后现代社会人们对宗教态度的变化趋势,以人们对宗教认识的逐步加深展现了后现代社会的宗教状况,同时暗示了后现代宗教的未来走向。

2.3.2 宗教返魅可能性

在《嘿,预言者!》和《埃莉诺·里格比》这两部小说中,库普兰德转变了宗教组织需要以绝对虔诚的信仰为基础的观念,认为后世俗时代的精神家园无处不在,后现代宗教返魅的关键在于传统宗教信仰与当代社会的融合,以及人与人之间的沟通上。而祈祷和忏悔作为连接世俗与宗教信仰的纽带,有助于打开人们封闭的心灵,为自我反思和信仰质疑提供了空间,也为后现代宗教的返魅提供了无限的可能性。

《嘿,预言者!》在当代文化语境和传统宗教框架下探讨生与死的经历,展现人们面对恐怖、暴力和创伤时对当代宗教的新理解。小说出版于2003年,描述了一场高中校园枪击案,情节取材于1999年的科伦拜高中(Columbine High School)枪击案,只不过将事件的地点移到了加拿大的北温哥华,时间设定为20世纪80年代。这部长篇小说采用短篇小说的形式,尽可能控制或减少全知的叙事声音,从四个不同的叙述视角展现枪击案造成的心理创伤:第一部分由谢丽尔(Cheryl)讲述,她是个虔诚的基督徒,在枪击案发生时刚刚怀孕;第二部分是她丈夫詹森(Jason)11年后写给儿子的一封信,从詹森的视角出发重新讲述了枪击事件造成的心灵创伤;詹森后来的女友希瑟(Heather)在他失踪之后写下的日记则构成了小说的第三部分;小说最后一部分则是詹森的父亲雷格(Reg),一个坚定的原教旨主义者,写给儿子的信。小说中,每个角色都饱受生死的折磨,在各自的宗教话语和体系中与自己的信仰进行潜在的抗争。库普兰德笔下的人物通常没有确定性的宗教信仰,大多在宗教的边缘空间徘徊。《嘿,预言者!》则有所不同,作者为小说中的每个角色都设定了具体的宗教信仰,在具体机构和教义的确定框架中处理宗教信仰及其可能性的问题。这部小说不仅描绘了极端暴力和破坏对精神家园的摧毁,也探讨了对暴力宗教体验进行救赎的潜在可能性。

《嘿,预言者!》中,库普兰德从激进的信奉原教旨主义的父亲雷格和失去信仰的儿子詹森身上展现了北美当代文化对宗教信仰转变的影响。这部小说表现了当代最具攻击性和最武断的原教旨主义信仰,库普兰德甚至在这种缺乏保障并拒绝质疑的信仰内找到了使宗教重新返魅的可能性。然而,宗教的返魅不是对启蒙时期之前的宗教的改造,也不是反对宗教的世俗化,而是将宗教历史框架和现实世界相融合,在当代西方文化的影响下对宗教进行世俗化重塑。

小说对校园枪击案的描述印证了霍克海默和阿道尔诺有关工具理性导致暴力的观点。在霍克海默和阿道尔诺的祛魅理论中,祛魅高扬的工具理性抹除了人性,导致个体物化,促进了非理性暴力的存在,重新返魅的可能性正源于工具理性无法实现自己承诺的自由①。《嘿,预言者!》中,校园枪击案中的枪手们生活在一个将他者完全物化的祛魅世界里:枪手的私人欲望完全不受他者是人而非物体的束缚。谢丽尔亲眼见证了杀手们瞄准其他学生的场景:受害者就像"放大镜下的细菌"②一样被当成消遣的玩具。一个杀手,杰里米(Jeremy),在屠杀的中途逃走,另一个杀手,米歇尔(Mitchell),将这一场景比作"掩体中的希特勒场景"③。小说人物不断以怀疑的语气质疑上帝的真实存在:高校校园枪击案中无数无辜学生丧生,如果上帝对人类有爱,为何允许苦痛的存在?小说主人公在经历了工具理性的幻灭之后,试图寻找建构世界的新方式,而最关键的问题是,面对暴力,宗教体验如何在更广泛的当代北美文化中展开。

《嘿,预言者!》探讨了突然出现的宗教祈祷,这种祈祷的冲动表达了人们对现实宗教体验的幻灭感。小说第一部分由枪击案受害者之一谢丽尔讲述,她经受残酷的暴力,死后化身不朽的灵魂向读者传递信息。然而,她是一个没有确定空间的游魂,无法决定从哪里来,到哪里去,更不知道自己究竟身在何处,但却可以清晰地听到人们的祈祷和咒骂"那是唯一可以传达到她所处地方的声音"④。谢丽尔所处的空间是储存人们祈祷的虚无之地,充斥着对宗教质疑的声音,暗示后世俗语境下宗教信仰潜在的不确定性。她的叙述就来自这种神秘的超自然空间,坦白地讲述自己的经历以及幸存者的消息,其叙事虽然充满了不确定性,但表达的却是对世间的关注。面对恐惧,人们在对宗教信仰的质疑中痛苦挣扎,他们的祈祷展现了信仰丧失的过程:"上帝啊,我知道信仰不是人类灵魂的自然状态,但你何必要我们拥有信仰?"⑤每段祈祷中都以不信任的口吻质疑宗教的真实性,质疑暴力背后的理性。谢丽尔是个虔诚的教徒,但也承认自己加入福音派青年组织的初衷是为了满足自己的愿望,吸引自己的意中人詹

---

① [德]霍克海默,阿道尔诺. 启蒙辩证法[M]. 敬东,曹卫东,译. 上海:上海人民出版社,2006.
② COUPLAND D. Hey nostradamus![M]. London:Harper Perennial,2004:18.
③ COUPLAND D. Hey nostradamus![M]. London:Harper Perennial,2004:37.
④ COUPLAND D. Hey nostradamus![M]. London:Harper Perennial,2004:9.
⑤ COUPLAND D. Hey nostradamus![M]. London:Harper Perennial,2004:31.

森;她也相信家人无法和她一样升入天堂,因为他们没有坚定的宗教信念。同时,她对宗教的神秘特性也有一丝怀疑。

在库普兰德的后现代语境中,宗教体验在前启蒙时代建立的确定性早已被后现代的不确定性所取代。他将祈祷的传统宗教实践的不确定性和启蒙辩证法的怀疑主义融入《嘿,预言者!》中,以宗教术语解读无神的世俗世界。小说中,祈祷成为连接世俗与宗教信仰的纽带,尽管人们对信仰充满质疑,但仍会选择以祈祷的方式与上帝直接交流,以求得狂喜的体验。谢丽尔的狂喜体验来自于同伴们充满恐惧、疑虑和不安全感的祈祷。

《X一代》表达的都是内在的宗教体验,表现人们内心对宗教的渴望;而《嘿,预言者!》则通过祈祷的方式打破了这种自我封闭的状态,实现与他人的外在交流。对于库普兰德而言,宗教体验的可能性取决于人们集体交流的体验,这种精神交流成为了信仰的补充,宗教体验往往来自于这种集体行动,这种共同体验就是《昏迷的女友》中人物需要完成的使命。《昏迷的女友》中的人物经历了世界末日之后,只要质疑社会的旧秩序,给世界注入新的意义便可以获得拯救世界的机会,天启后的新世界就在对存在的质疑中建立起来。《嘿,预言者!》则进一步发展了这一观点,用祈祷来描述对精神家园的理解。库普兰德以祈祷的狂喜体验将小说人物重新置于共同话语的家园。

库普兰德将信奉原教旨主义的父亲雷格和愤世嫉俗的儿子詹森作对比,在宗教祛魅背景下辩证地看待宗教返魅的可能性。在枪击事件中,詹森用石头杀死了一个枪手,阻止了屠杀。尽管人们视他为英雄,而信奉原教旨主义的父亲雷格则因他打破戒律而暴怒:"我认为儿子的内心没有抵抗住杀人的冲动。我认为我儿子是杀人犯。"①

原教旨主义于20世纪20年代在美国新教运动中出现,坚信《圣经》是神的启示,是绝对真理,反对现代主义的世俗倾向,倡导回归对《圣经》经文的权威性解释,具有极强的保守性、对抗性、排他性。原教旨主义者强烈反对《圣经》考证学,坚决回击任何对传统信仰权威性的挑战。原教旨主义者的活动趋向狭隘和僵化,自20世纪50年代起逐渐低落,但到了70年代,原教旨主义作为一种强大的、神秘的政治力量发挥作用,再度引发美国新闻界的关注。雷格就是原教旨主义的忠实捍卫者,为儿子打破《圣经》戒律而不断忏悔。当启蒙世俗主义对宗教解释权的丧失导致"宗教回归暴力,不宽容,甚至彻底暴动……这正

---

① COUPLAND D. Hey nostradamus! [M]. London:Harper Perennial,2004:77.

是启蒙运动所要阻止的主要情况"①。在小说中,父亲雷格和儿子詹森的冲突就体现在卡普托(John Caputo)所描述的原教旨主义与启蒙运动的对抗上。雷格的虔诚信仰来自于强烈的不安全感。小时候詹森对父亲信仰的质疑使雷格异常痛苦:"孩子能够迅速识别谎言,这既是天赋也是诅咒,这一点很残酷。我对自己的信仰没有安全感,我害怕被自己的孩子揭穿。这置我于可怜的境地。"②雷格固执和缺乏容忍性的信仰背后隐藏着对自我质疑的抗拒。在后世俗语境下,质疑不只是信仰的腐蚀剂,更是信仰升华的重要一环。雷格用自我否定来消除质疑,显示了原教旨主义的刻板形式,使他完全脱离现实,疏远了家庭和亲情。

小说题目中的预言者诺查丹玛斯(Nostradamus)(1503 – 1566),原名米歇尔·德·诺特达姆(Michel de Nostredame),是法国籍犹太裔预言家,他以四行体诗写成的预言集《百诗集》(Les Propheties)因准确预言了不少历史事件及重要发明而吸引了来自世界各地的许多崇拜者。詹森的母亲便是诺查丹玛斯的崇拜者之一,他清晰地记得母亲在校园枪击案发生后仔细查阅预言集,试图在残篇断章中找到些蛛丝马迹。经历过惨痛生离死别的詹森对此却充满质疑:

"嘿,诺查丹玛斯!你预言了我们一旦发现希望之地就互相分离吗?你预言了我们发现希望之地,那就是最终的希望之地,就不会再重来了吗?如果你是一个善良的未卜先知者,为什么不直接写出来呢?为什么要用这些愚蠢的押韵四行诗呢?得了吧。"③

詹森对于任何宗教和信仰完全失去了信任。他抗拒父亲的一切言行,却遗传了父亲的孤独感。如果说雷格以拒绝自我怀疑来维护原教旨主义的话,詹森则走进了另一个极端,他质疑一切,深陷非理性主义愤世嫉俗中。当他眼睁睁看着深爱的妻子死在自己的怀中时,对上帝的最后一丝信仰也随妻子的逝去而消失不见:"人类是污泥,要尽可能虔诚,或者像我父亲说的那样,我们在上帝眼中都是污泥。一切都一样。即使你决定与邪恶做斗争,保持善良或宗教狂喜,却什么都改变不了。"④失去妻子的痛楚使他的愤世嫉俗演变成冷漠的虚无主义,然而父亲对他英雄行为的不公正评价却最终摧毁了他。当詹森对生活丧失

---

① CAPUTO J D. On religion[M]. New York:Routledge,2001:92.
② COUPLAND D. Hey Nostradamus! [M]. London:Harper Perennial,2004:234.
③ COUPLAND D. Hey Nostradamus! [M]. London:Harper Perennial,2004:91 – 92.
④ COUPLAND D. Hey Nostradamus! [M]. London:Harper Perennial,2004:87.

了兴趣,离家出走之后,父亲雷格才逐渐意识到自己的错误,逐渐敢于正视自己对信仰的怀疑:"很奇怪,当你开始忏悔自己的弱点时,这种忏悔会接连而至,结果竟是令人吃惊的解脱……我释放了所有谎言和弱点之后,就像从中毒状态中恢复了健康。"①在后世俗语境下,雷格对自己信仰的不断质疑和修正不仅不会抹杀信仰,反而会提高他对信仰的忠诚度。在小说中,这种祈祷不仅仅是一种叙述,还要付诸于行动,他将自己的忏悔写下来,粘贴在儿子失踪的森林里,渴望重新建立与儿子的联系。雷格向世人敞开自己封闭已久的内心世界,恢复了爱人的能力。詹森同样经历了重新融入社会的转变过程,但与父亲雷格通过忏悔走出内心世界有所不同。妻子死后,詹森终日靠酗酒和吸毒麻醉自己,过着浑浑噩噩的日子。一天,他路过森林时被一个小混混亚构(Yargo)用枪抵住后背,然而他脚下一滑,詹森轻易控制了局面,当他举起石头对准亚构的头部时,枪杀案的情景再次从脑中闪过,这次他选择放下了石头。詹森在杀人情景再现时,认识到了生命的意义,"我想我是反对杀人的,就好像我创造了以前不存在的生命一样。"②詹森通过放弃谋杀的举动释放了内心的愤恨,在宗教返魅而不是祛魅的话语中理解了人性的可贵,为重新融入社会迈出了关键的一步。

小说《埃莉诺·里格比》延续了库普兰德上一部小说对宗教返魅可能性的探究,关注在看似静态的现实中出现的变化和奇迹。小说的讲述者利兹·邓恩(Liz Dunn)是个中年发福的孤单女性,中产阶级,独居。这是库普兰德唯一一部以女性视角创作的小说。利兹的故事不断在现在和过去间闪回,但故事情节并不复杂:她高中时期去欧洲旅行时,在第一次喝醉的情况下意外怀孕;她儿子杰里米(Jeremy)生下后被人领养,直到长大后患了重病再次与母亲相见,母亲陪伴儿子走完生命的最后一段旅程;儿子死后,利兹再次去欧洲,偶遇他的父亲并与之结婚。在这个小说中,库普兰德将虔诚的信仰转变为不确定性,从而为奇迹的发生创造空间。这部小说对信仰体验的开放和包容使得静态和可预知的世界充满了变数和神秘感,就如同利兹大胆接受与他人的脆弱关系一样。

在《埃莉诺·里格比》中,库普兰德将世俗理性归为向他者开放的后现代宗教的后世俗体验。小说情节主要围绕利兹与杰里米母子相见并相互了解的过程展开。利兹在儿子出现之前一直为强烈的孤独感所困扰,尽管儿子只剩下几个月的生命,却彻底改变了利兹的生活轨迹。利兹原来的生活理念不符合也

---

① COUPLAND D. Hey Nostradamus! [M]. London:Harper Perennial,2004:240.
② COUPLAND D. Hey Nostradamus! [M]. London:Harper Perennial,2004:126.

无法产生有意义的生活,儿子的突然出现打破了她的安静生活,为进入他人的世界提供了可能性。这部小说与库普兰德早期小说的不同之处在于,主人公成功打破了疏离的生活状态,走出了沉闷阴郁的封闭世界。读者可以明显地感受到利兹的转变不只是个人转变的需要,而是作者有意将其置于后现代世俗世界的结果。

这部小说仍然遵循了霍克海默和阿道尔诺的逻辑,展现了人类在祛魅世界中逐渐物化的过程。奇怪的是,库普兰德通过展现利兹面对死亡的理性反应,以及与死亡的关系来表征她的转变。利兹小时候就对死亡表现出极大的兴趣,"学校同学曾经见过车祸现场,那令我十分嫉妒。"[①]她十二岁时,曾意外发现一具身着奇装异服的尸体:"我走近它时,感到非常快乐;我想我在有生之年看过的侦探小说、电视节目和神秘景象就是为这一时刻准备的。案件有待侦破,线索需要寻找。"[②]利兹对死亡的兴趣使她发现尸体时异常兴奋,尸体竟然充当了她扮演侦探的道具,显然她对死亡的迷恋已达到病态的程度。如果说《嘿,预言者!》中冷漠的枪手证实了工具理性可以使人物化的话,那么利兹对待死亡的超然态度则暗示了她无法理解暴力的严重后果,其结果不是冷漠,而是对暴力甚至死亡的痴迷。

利兹儿时对死亡的痴迷与她成人后缺乏正确的时间体验有着内在的联系。作为一个成年人,她每天必做的事情便是根据人类的寿命数据计算自己的死亡时间,这一怪异的生活习惯不仅强调了她对死亡的痴迷,而且表明了她饱受时间和未来的困扰。利兹从现在看不到未来,时间带给她的只有死亡,只有死亡可以改变她的生活。她的时间观念表明人们已不再以前进的方式体验时间,而是对时间充满了恐惧和厌恶。"历史已经'终结',在这种意义上,我们突然发现我们不再对前进或线性的末世时间抱有任何旧有的信念。也就是说,我们不再被来世有美好生活的老生常谈感兴趣。"[③]几乎所有宗教都宣扬在现世之外存在一个无比美好的所在,对于来世天堂幸福生活的描述和向往构成了传统宗教理想的重要部分。然而,在当今世界,宗教意义上的美好来世已不再像从前那样被寄予厚望,毕竟美好的未来总是那么遥不可及,人类总是活在过去记忆和未来希望之间的那段时间,即现世。利兹对死亡日期的精确计算打破了来世

---

① COUPLAND D. Eleanor Rigby[M]. London:Harper Perennial,2005:23.
② COUPLAND D. Eleanor Rigby[M]. London:Harper Perennial,2005:23.
③ CUPITT D. Post-Christianity[M]. Massachusetts:Blackwell Publishers Ltd. ,1998:218.

美好的神话，但这个神话又无可替代，她只能期待着唯一能改变她的世界的东西，那就是生命的终结。

只有死亡才能治愈利兹内心的寂寞，这也是她迷恋死亡的原因之一。在利兹眼中，未来和现在没有什么区别，丧失时间感受的利兹只能活在孤单寂寞的世界里："当我感到孤单，我就认为这种情绪不会消逝——我剩下的人生都要承受孤单和糟糕，这就意味着我毁掉了现在和未来。"①利兹思想中缺乏从过去到未来的连续性的线性时间维度。在后现代语境中，线性时间的进步神话被打破，再也没有一个完美的未来能够使利兹进入有意义的叙事。然而，杰里米的突然闯入却给利兹死水一般的生活带来了新的希望，帮助利兹开启了新的生活模式。杰里米出现在母亲面前时已经身患绝症，尽管他只有几个月的生命，但却彻底改变了利兹的生活轨迹。杰里米时常会出现幻觉，只能靠药物控制。他头脑中最常出现的就是农民的形象，他曾坦诚地告诉母亲自己对农民生活的向往："几亩田——把种子埋在土里——看着它们生长，开花，结果，再归于土壤——那样我会非常高兴的。"然而农民对他具有吸引力的原因却在于"庄稼会使我想着来年"，"他们除了想着来年别无选择"②。显然，这表明了杰里米对时间的线性理解，不需要设计未来，只需关注当下，一切都会顺其自然，向前发展。杰里米去世前的最后一个幻觉是一群农民在泥泞的道路上前行，一个女性的声音告诉他们，他们被抛弃了。天空飘下很多绳索，困惑的农民依旧沿着绳索前行，但绳索的尽头却是人的尸骨。杰里米告诉母亲，这些农民"只有信仰声称抛弃他们的人才会得到救赎"③。杰里米这些具有宗教意味的幻觉最终改变了利兹看待世界的方式："生活如此艰难，我们都需要有所信仰的东西，即使那很荒谬。在杰里米进入我的生活之前，我从未思考过信仰。他的幻觉为我内心的觉醒打下了第一个烙印"④。利兹从儿子的幻觉中认识到了信仰的可贵，找到了心灵的共鸣。事实上，农民的故事同样也是利兹的故事，她同农民一样，无法超越现在规划自己的未来，甚至都想象不出一个与现在不同的未来，只能浑浑噩噩的前行。就像农民信仰抛弃他们的人以获得救赎一样，利兹也开始信仰自认为抛弃她的生活，以体验内心的狂喜。小说结尾，利兹意识到自己其实就

---

① COUPLAND D. Eleanor Rigby[M]. London：Harper Penennial，2005：12.
② COUPLAND D. Eleanor Rigby[M]. London：Harper Penennial，2005：183.
③ COUPLAND D. Eleanor Rigby[M]. London：Harper Penennial，2005：166.
④ COUPLAND D. Eleanor Rigby[M]. London：Harper Penennial，2005：139.

是那个对农民讲话的人,就像她抛弃自己的生活一样,是她抛弃了农民。在儿子的幻象中,利兹以先知的声音掌控了农民,也就是掌控了自己的生活;然而,她无法操纵农民的最终选择,意味着她仍旧无法预见未来的走向,只能沿着线性的时间前进。同时,农民又是儿子最想成为的角色,因此,农民便代表了利兹的人生和杰里米自己这两个意象:在儿子的幻象中,利兹抛弃农民影射了她年轻时抛弃了自己的孩子;现实生活中,利兹只渴望死亡,抛弃了整个人生。如今,利兹儿子的再次出现也就意味着她重新获得了有意义的人生。

库普兰德将时间描述与信仰观念结合起来,信仰赋予人们欣然面对无法预知的未来的勇气,也为现世生活带来更多可能性。利兹因为杰里米的出现彻底改变了对时间的观念,逐渐敞开心扉,融入世界。在儿子去世十年后,她重返欧洲,大胆面对超出预期的未来,最终收获了幸福的婚姻和可爱的孩子。她对死亡的态度也发生了重大转变,开始在死亡面前变得脆弱,"我仍然记得以前在电视上看到尸体时是多么享受。但现在不会了"[1]。利兹对生活的信仰和对未来的希望使得她能够坦然面对生命中不可预测的悲剧,抵御愤世嫉俗的生活态度。杰里米的死亡使利兹由对生活的超然观察者转变为积极的参与者,建立了与他人的联系。利兹进入杰里米的幻象中,化身挑战既定范式的声音,这种外在于文化的预言试图瓦解传统的宗教教义,见证了这个世界并非应有的样子。库普兰德并非虔诚的教徒,但其作品却肯定了后世俗时代的基督精神。

后现代世俗社会是一个旧神祇纷纷退场,而新的上帝尚未露面的时代。然而,宗教信仰的轨迹,并非朝着最终消亡的方向运动,宗教从来没有停止在社会中发挥作用。同时,宗教信仰与世俗化之间存在着默许的折衷地带,宗教中有深刻根源的东西逐渐复归世俗现实。小说中,库普兰德以理性的视角对宗教信仰加以审视,肯定了宗教信仰对社会建构和人类生活所发挥的积极作用,为世俗社会宗教返魅提供了可能性。

---

[1] COUPLAND D. Eleanor Rigby[M]. London:Harper Penennial,2005:233.

第3章 后现代空间体验的多重性

时间与空间是人类物质形态存在的基本方式,是人类认识和感知世界的两个重要维度。然而,随着后现代社会全球化的发展和跨国资本的流动,空间的距离感逐渐弱化,认知地图变得非常脆弱,地域间的界限变得异常模糊,空间表现为后现代文化一个基本特征,在后现代社会的建构中发挥着至关重要的作用。杰姆逊(Fredric Jameson)以"认知测绘"概念展示了空间、文化、资本之间的密切关系,指出资本掌控着资本主义的空间变化[①]。可以说,后现代文化的空间化是资本流动和后工业化的副产品,使得资本、空间和文化交织在一起。从现代到后现代的转变可以视为空间对时间取得了绝对的优势。历史感丧失,一切都停留在此刻和身体里,过去不复存在,未来无法憧憬。时间已经不再是绵延的时间政治中的时间,而就是此刻和现在。随着建筑在艺术中,地理在经济中占据主要地位,后现代的首要文化特征可以在空间中找到,时间的内涵已经附属于低等级的空间的内涵中。换句话说,后现代社会中,空间无处不在,而时间只存在于此刻。小说叙事的空间感是作者在文本叙述中建构,读者在阅读中通过理解和想象还原叙述空间所获得的三维立体空间感受。库普兰德善于将这种空间感传达给读者,是一位具有强烈空间意识的作家。他的作品不只是线性的时间展开,更多的是以后现代多重性反讽的姿态展开对空间的想象。多重性(multiplicity)意指数目繁多,层次分明,与后现代层次错综的空间生活体验相契合。他以空间构建小说的结构,推进整个叙事的发展,其作品从实体空间、虚拟空间和叙事空间三个层面上展现了后现代独有的多重性空间体验。《香波星球》《怀俄明小姐》《昏迷的女友》和《所有家庭都是神经病》展示了都市、道路和边缘空间的后现代生活体验。实体空间从线性和历时的角度来讲,承载着了历史的积淀和文化的传承,从横向共时性来看,表征地域的个性和人文精神

---

① 詹明信.晚期资本主义的文化逻辑:詹明信批评理论文选[M].陈清侨,译.北京:生活·读书·新知三联书店,2003:508-515.

的差异;后现代社会,数字化成为后现代的日常生活常态,数字化的虚拟空间自然成为后现代空间体验中不可或缺的一部分,《微软奴隶》和《J氏游戏设计师》为深入了解后现代赛博空间和极客文化打开了出口;纷繁复杂的文本叙事空间与后现代生存体验密切相关,《J氏游戏设计师》的零散叙事,《口香糖小偷》的文本迷宫,《A 一代》和《一号玩家》的复调结构折射出的是迷宫式的世界文化图景和后现代碎片化的生存状态,展现了一幅复调的、立体的、多层面的现实社会景观。库普兰德在作品中以后现代反讽的多重性展现了后现代空间的独特体验,暗示空间不是社会的反映,而是社会的表达,这意味着空间不是社会的复制品,而是社会本身。

3.1 实体空间

进入后工业化阶段、信息社会之后,各个国家和地区的建设日益趋同并更加碎片化,社会实体空间越发扑朔迷离,似乎更难以把握和理解了,但未知的地域仍紧紧地抓住我们的想象,挑起人们内心的欲望,引领人们进入全球化空间迷宫幽深的内部,探索未知空间带来的震撼、沮丧和惊奇。爱德华·索亚(Edward Soja)在《后现代地理学》中指出,"时间和历史"在社会科学(尤其是马克思主义)"实践和理论意识"中获得特权地位,削弱了对空间维度的关注。这一论断并不是反历史,而是强调政治地理学对人类机构的强大塑造力:"我的目标是历史叙事空间化,重视持久的批评人类地理学"[①]。库普兰德创作思想的空间转向回应了索亚所谓的"空间解释学"。库普兰德的作品不只是线性的时间展开,更多的是对空间的想象,痴迷于超真实,杂乱的地域,荒芜的空间,微妙的身份。作品中任何景观描写都不是孤立和单纯的,不应该把景观等同于环境描写,景观是某一历史阶段特定社会意义的构成和记录。从线性和历时的角度来讲,承载着历史的积淀和文化的传承;从横向共时性来看,表征地域的个性和人文精神的差异。在某种意义上可以说,一个城市或一栋建筑物不仅仅是一个静止不动、物质性的个体,同时也是一个生活的空间。对于生活在其中的人而言,他们靠着与空间互动的行为和关系,具体化所在的世界,集结经验的意义,借此创造对外在世界的解释,也建立对自我认识的解释。福柯(Michel

---

① SOJA E W. Postmodern geographies: the reassertion of space in critical social theory[M]. London: Verso, 1989:1.

Foucault)在《另类空间》(Of Other Spaces)中大胆猜想:"当前的时代也许高于所有空间时代",他简明且极具影响力的表述促进了人类地理学的发展[①]。库普兰德大学时期专注于雕塑艺术和工业设计,后又在美国、加拿大和日本等国家的现代化都市工作生活过,深受后现代造型艺术和波普视觉艺术的熏陶,他的这些经历使其在小说创作中既继承了19世纪对时间和叙事的迷恋,同时又能敏锐地感受到位置和环境概念强加给个体和社会的限制。库普兰德笔下的人物似乎都处于不断流动的空间中,不停地在繁华的都市、无名的小镇、宁静的乡村和荒凉的沙漠中游移,人物行走的轨迹往往从城市中心走向地域的边缘,而道路便成了连接中心和边缘的纽带。他在小说中通过对都市、道路和乡村景观的建构,探讨了繁华都市、行旅道路和荒凉之所这三种不同却又相互联系的实体空间形式。

3.1.1 都市空间

街头光怪陆离的霓虹灯、不断变换的广告牌和川流不息的人流,使得城市更像一座引人探索的迷宫,充塞着迥异断裂的空间和支离破碎的形象,给人一种流动性和不确定性。城市中的每个事物都如同文学符号一样记录着城市的文化内涵,人们可以从中窥见城市的真容,感受每座城市独有的气息,就如同品味一部文学作品。城市与文学这种天然的同构关系也为一种与都市空间体验和都市生活经验相契合的新型叙事方式的出现提供了必要的前提。都市不仅是一个有形的物理结构,更是将人们密切联系在一起的无形网络。都市是一个舞台,展示着都市生活的人间百态,同时都市景观也是一扇窗,折射着纷繁复杂的都市生活表象下的文化意蕴。作为日常生活、使用价值消费以及社会再生产的场所,城市成为全球化矛盾最突出、最尖锐的地方。现代性来源于现代都市生活,而且现代性构成了以城市为中心的工业资本主义文化逻辑。文学文本中都市空间的建构过程是一种文化实践表意活动,在这个可解释性的符号交融系统中,它不仅为研究都市理论的学者们提供了新的视野,也为现实生活提供了一种解释系统。

库普兰德的造型艺术设计师和波普艺术追随者的身份使他既对人造景观充满兴趣和期待,又对全球化时代千篇一律的乏味建筑嗤之以鼻。小说中都市景观描写时而给读者带来令人眩晕的欣快感,时而使人感到莫名的压抑和厌

---

① FOUCAULT M. Of other space[J]. Diacritics,1986(1):22.

烦,展现了作者对都市人造景观感受上的摇摆不定。库普兰德这种对都市人造景观既期待又排斥的心理恰恰是后现代社会中人们不得不面对的都市空间体验。

钢筋水泥构筑的城市森林是库普兰德大多数小说的起点。库普兰德也曾以"'地点'就是个笑话"①感叹世界地理复杂性逐渐消亡,表达对人造景观的不满。《X一代》细数了现代都市生活的丑陋和病态:城市无限扩建彻底摧毁了自然,现代化的设备不断释放噪音、毒气和辐射,人们像零件一样被限定在固定的位置,过着一成不变的生活。安迪和朋友们为了摆脱都市的喧嚣和异化,不惜放弃一切到沙漠中寻觅生命的意义,但讽刺的是,位于富裕城市加利福尼亚边缘的沙漠也早成了消费主义泛滥的旅游胜地。《香波星球》中令人伤感、环境污染和经济不景气的兰卡斯特便是前一部小说中繁华都市的未来图景。然而,《怀俄明小姐》中约翰·约翰逊(John Johnson)却将色彩斑斓的洛杉矶视为"不只是景观的东西"②,是人类创造性和智慧的结晶,而非对自然环境的破坏。《昏迷的女友》的开头,理查德站在松鸡山顶"眺望脚下闪光的城市,这个城市是如此崭新,只能梦想着初期所知的一切,闪烁着社会安宁和未来希望之光"③。库普兰德一再强调"缺乏历史重负"的城市的"自由"特质:"以无限可能性的感受令人目眩"④。约翰和理查德对城市景观的欣然接受和无限欣赏从一个侧面折射了作者对人造都市态度的摇摆不定。

《香波星球》一改《X一代》对于消费文化和都市生活的抵触,展示了全球化背景下成长起来的青年一代的生活姿态,暗含着库普兰德对于都市生活方式的暧昧态度。兰斯博瑞指出"购物中心是地点的电视版本","代表着商业对抗乌托邦意识形态的胜利。"⑤泰勒是沉溺于消费、为都市舒适便利生活感到骄傲的青年,他对于购物中心并不反感,甚至沉溺其中,小镇上的人们都在"购物中心里尽可能地保持现代,忘记过去,憧憬更加光明和美好的未来"⑥。对于泰勒来说,这个美好的许诺只能在商品化的空间内实现。他在欧洲旅行时的情绪完全受商业化空间的控制,当他看到熟悉的快餐店时会感到莫名的欣慰,看到商

---

① COUPLAND D. Polaroids from the dead[M]. London:Flamingo,1997:112.
② COUPLAND D. Miss Wyoming[M]. London:Harper Perennial,2004:106.
③ COUPLAND D. Girlfriend in a coma[M]. London:Flamingo,1998:6.
④ COUPLAND D. City of glass:Douglas Coupland's Vancouver[M]. Vancouver:Douglas & McIntyre,2000:58.
⑤ LAINSBURY G P. Generation X and the end of history[J]. Essays on Canadian Writing,1996,58:236.
⑥ COUPLAND D. Shampoo planet[M]. London:Simon & Schuster,1993:141.

场关门时,寂寞和沮丧立刻涌上心头。直到他的欧洲旅行体验完全被广告占据和改写,完全被花哨的快餐店和汽车尾气所包围,甚至旅行的照片中都暗藏各种商品品牌和标语时,他才突然对自己生活其中的城市陌生起来。这种对城市的陌生感同样出现在《怀俄明小姐》中的苏珊·科尔盖特(Susan Colgate)和《昏迷的女友》中的凯伦身上。

与城市意象、购物中心类似,库普兰德也多次提及迪斯尼乐园这个晚期资本主义批判的众矢之的。《X一代》中克莱尔以纽约"就像是一个迪斯尼乐园"①表达自己对一个陌生城市的喜爱之情;《香波星球》中的哈默尼和泰勒对是否有必要去欧洲旅行展开辩论,他认为迪斯尼乐园就是世界的缩影,在那里能够领略世界各地风光,完全可以免去长途跋涉的麻烦;《所有家庭都是神经病》中的韦德则意识到迪斯尼乐园正在强行抹去历史:"没有报纸。没有垃圾。没有外部世界的痕迹……它可以是2001年,1986年,也可以是2008年","在这种地方你能获得的只是令人毛骨悚然的刺痛,这种刺痛让你知道自己的孩子只能成为一个顾客,而整个世界正在变成一个游乐场。"②韦德对迪斯尼乐园体验的尖锐讽刺回应了鲍德里亚的分析:"迪斯尼乐园的虚幻存在是为了让我们相信此外的世界是真实的","整个洛杉矶和环绕着的美国都不再是真实的"③。根据鲍德里亚的这一观点,人造的乌托邦或者"非现实之都"重塑了当代西方世界。在仿真的时代,任何真实事物都带有超真实的特征。"从今以后,那些通常被认为是完全真实的东西——政治的、社会的、历史的以及经济的——都将带上超真实主义的类象特征。"④我们被一大堆退步的乌托邦所包围,迪斯尼乐园只是其中最引人注目的样本⑤。这些看似欢乐、优雅的人造乐园使人忘记充满麻烦的真实世界。赌城拉斯维加斯作为日渐仿真的美国生活的缩影,也多次出现在库普兰德的小说中。在这个梦幻的娱乐之都,一切活动都以娱乐的方式出现,一切事物都沦为娱乐的附庸。拉斯维加斯是林纳斯(Linus)和珍妮特暂时的栖身之所,是对韦德具有强烈吸引力的魔力之都,是丹尼尔(Daniel)和同

---

① COUPLAND D. Generation X:tales for an accelerated culture[M]. London:Abacus,1996:178.
② COUPLAND D. All fmailies are psychotic[M]. London Flamingo,2001:93-94.
③ BAUDRILLARD J. Simulacra and simulation[M]. GLASTER S F,trans. Ann Arbor:University of Michigan Press,1994:12
④ [美]道格拉斯·凯尔纳,斯蒂文·贝斯特. 后现代理论:批判性的质疑[M]. 张志斌,译. 北京:中央编译出版社,2011:131.
⑤ [美]大卫·哈维. 希望的空间[M]. 胡大平,译,南京:南京大学出版社,2008:168.

事们向往的新奇之地,同时也是詹森秘密结婚的浪漫城市。然而,库普兰德却有意以相关人物遭遇重大的命运转折来打碎赌城炫目而斑斓的生活幻影,世界末日、家庭纠纷、校园枪击案和亲人重病的消息瞬间将人们拉回到现实世界,削弱仿真完全代替现实的诱惑力,暗示拉斯维加斯的欲望冲动和迪斯尼乐园的逃避现实具有同样的危险性。都市空间中各种幻象交织,虚幻、喧嚣、刺激、迷幻的迥异场景都聚集到同一时空中,掩盖了世界最初的一切踪迹,淹没了每个都市独有的生产过程和社会关系。随着全球化进程的推进,一个高度一体化的全球资本的流动导致各个场所与城市气氛几乎相同。世界地理的复杂性一夜之间就成了电视屏幕上一系列的静止形象。

3.1.2 道路空间

道路代表了开朗奔放、无拘无束的美国精神。北美人对路的理解与北美大陆的广袤、拓荒者的不断迁徙有关。当初首批殖民者也是横渡大洋,一路向西到达新大陆的。在《圣经》和基督教的意象中,西向运动总是具有天启的意义,标志着新生活和新开端。同时,道路也是社会景观的展览馆,是一个开放的各色人等杂陈的空间。在路上的故事作为经典的北美文学流派也在库普兰德的小说中有所反映。库普兰德的小说《X 一代》《香波星球》《微软奴隶》和《怀俄明小姐》都包含了对传统道路小说的借鉴和改写。库普兰德对道路的书写实际上是以地点不断变换的动态形式展现了在路上的故事。关于在路上的小说或者说公路小说并不鲜见,事实上,在旅途中寻找生存的意义和答案也是美国文学的历史传统。沃尔特·惠特曼(Walt Whitman)的《大路之歌》(*Song of the Open Road*)借大路上的无拘和奔放纵情讴歌自然、民主和自由,对美国的前途充满信心。詹姆斯·费尼莫尔·库珀(James Fenimore Cooper)笔下的纳蒂·班波(Natty Bumppo),马克·吐温(Mark Twain)笔下的哈克贝利·费恩(Huckleberry Finn),杰克·凯鲁亚克(Jack Kerouac)笔下的萨尔·派瑞戴斯(Sal Paradise)都展现了关于道路的美国经典神话。《微软奴隶》中,苏珊(Susan)和卡拉(Karla)对公路特别感兴趣,尤其是迷恋一本 1975 年出版的《公路工程手册》,他们被书中对崭新空旷公路的迷人描述所吸引:"是那么的干净纯粹不拥挤"[①]。对于道路的痴迷使这些软件工程师在 20 世纪 90 年代中期致力于建设虚拟的"信息高速公路"。但网络的新颖性仍旧不敌真实空间的空旷

---

① COUPLAND D. Microserfs[M]. London: Harper Perennial, 2004: 53.

公路的诱惑力。1994年1月洛杉矶发生地震,当地的一个小男孩伊森(Ethan)看着自己心爱的公路被毁坏伤心落泪,他甚至用乐高积木搭建了高速公路的立交桥部分,并且像个严谨的清教徒一样不断拆建这个塑料结构。库普兰德借助这些细节的描写展现了大众文化语境下美国道路神话的传统观念已经根深蒂固。尽管库普兰德继承了漫无边际、放荡不羁的漂泊的文学表现模式,但他对旅程的解读与垮掉的一代的前辈们有所不同。凯鲁亚克的流浪已经不是传统意义上新教徒的那种"开疆扩土"的精神,他是怀着极度颓废绝望的心情出发,展现的是青年人的躁动不安,而且青年人去西部的目的与开拓者截然相反,事实上垮掉派正是专门破坏新教伦理的。然而,库普兰德小说则是饱含希望与梦想,甚至将凯鲁亚克式人物约翰作为嘲讽的对象,批判了凯鲁亚克那种以漂泊流浪对抗现实挫折的幼稚想法。

  对于库普兰德来说,道路是个充满了浪漫和想象的空间,其小说中有关道路和旅程的故事大都蕴含着理想化的大众或私人体验。凯蒂·米尔斯(Katie Mills)曾经指出库普兰德针对美国不断变化的现状,"将垮掉的一代的逃离冲动和后现代浪漫主义结合起来",对在路上的故事进行了改写①。《X一代》开篇就是安迪对自己十五岁时第一次单独旅行的回忆,详述了他乘飞机前往加拿大马尼托巴省的布兰登小镇去看日食的感受。日食降临的时刻,安迪"体验到了一种从未真正摆脱的大多数青年都会经历的状态——关于黑暗、宿命、幻想的心境"②。安迪对日食椭圆形光芒的直观感受将自己和历史上的青年建立关联,对这一瞬间感受的回忆将现代对流动性的偏好和永恒的情绪和体验结合了起来,给小说带来一种历史的厚重感。小说结尾,年轻人们为了寻觅理想中的乐土,一路从现代化的都市迁移到沙漠边缘的棕榈泉,再到美墨边境,历经内心的挣扎、痛苦和顿悟,身体和精神的伤痛都在漫游的道路中得到缓解。《微软奴隶》中,前微软员工离开华盛顿,前往加利福尼亚硅谷帕罗奥图(Palo Alto)的路程就像是对《出埃及记》的模仿。巴格(Bug)在旅程开始之前就一直播放20世纪70年代美国经典旅途电影《大车队》的主题曲,使他们的旅程更加浪漫化。对丹尼尔来说这一旅程是一种回归,因为他回到父母身边,也回归了乡村的熟悉环境和氛围;对于同事们来说,他们脱离了图腾式人物比尔·盖茨,获得了事

---

① MILLS K. "Await lightning": how Generation X remap the road story[M].//ULRICH J M,HARRIS A L. GenXegesis: essays on alternative youth (sub) culture. Harris,Madison: University of Wisconsin Press,2003: 223.
② COUPLAND D. Generation X: tales for an accelerated culture[M]. London: Abacus,1996: 4.

业上的独立。在路上的故事对于《埃莉诺·里格比》中的利兹而言,充满了伤痛和感叹,意外怀孕、抛弃儿子和儿子病逝彻底改变了她的人生轨迹,但她仍旧相信未来的旅途是一场玫瑰色的探险,再次上路,终于收获了迟到三十年的爱情和婚姻。

正如利兹所说在路上的状态可以强迫自己"记住自己来自于哪里"①,《香波星球》中的泰勒也开启了寻根之旅,从华盛顿的安吉利斯港前往加拿大的温哥华,踏上了回归出生地的旅程。泰勒曾经认为旅途"就像是在生命中快速行进,清除无聊的部分,满足男性对于神奇魔力的追求"②。道路的真实空间与影视媒体的幻象交织在一起,展现了独特的诱惑力:在泰勒充斥着影视媒介幻象的思想里,旅行仍然是充满想象力的体验。泰勒对自由流动的盲目自信和草率信念印证了鲍曼对于距离不再是一种重要障碍的看法,"有时似乎它的存在就是为了被撤销;好像空间只是持续不断地忽视、否认和拒绝它"③。然而,当他真正站到加拿大的土地上时,竟感到一阵宗教式的狂喜:"我的过去就像是固定的火堆,我摆脱了身份的束缚……我获得一种难以预料和令人震惊的全新感受"④。这种欣喜就像是清教徒对新世界和边疆神话的渴望。实际上,泰勒,这个新世界的孩子,站在"世界的尽头"凝视悬崖峭壁时,意识到了当代国家身份认同的复杂性和旅行的原始冲动。自新大陆发现之后,欧洲文明就开始向美洲的扩张,欧洲各国对美洲的殖民入侵几乎把美洲本土的玛雅文明和印加文明洗荡殆尽,多国混合的殖民政治和殖民经济发展了有别于旧大陆的美洲文明,而所谓新旧大陆文明的汇合,实际上就是欧洲文明对新世界的移植与扩张,征服与改造。因此,美洲文明的发展具有明显的断裂感和跳跃性。泰勒来自一个被规划和殖民的世界,但是作为一个经济独立的个体,他又可以使自己过往的经历在未知世界重现。这次旅行包含了一种反向迁移的意味,他回归了出生地,试图找寻一种更加稳定的归属感。泰勒通过旅行增强了对于新旧大陆文明的感悟,使他迫切想要了解自己所属的新大陆的历史,找寻一种文明的归属感。

清教徒从古老的欧洲到美洲大陆寻找新迦南;在现代美国神话中,淘金客远途跋涉向西行进,最终到达加利福尼亚这个理想的目的地。而《怀俄明小

---

① COUPLAND D. Eleanor Rigby[M]. London:Harper Perennial,2005:204.
② COUPLAND D. Shapoo planet[M]. London:Simon & Schuster,1993:189.
③ BAUMAN Z. Globalization:the human consequences[M]. Cambridge:Polity,1998:77.
④ COUPLAND D. Shapoo planet[M]. London:Simon & Schuster,1993:187-188.

姐》中的约翰则恰好相反,他选择从洛杉矶出发一路向东。尽管约翰的旅程最终演变成一场"流浪的糟糕实验"①,但他仍旧渴望成为一种"感知生物,行走在乡村燃烧的高速公路上","荒野的裂缝",尤其是"雷雨"使他最终成为安迪想象中的"渴望被闪电击中的人"②。安迪和约翰这种冒着死亡的风险探寻奇遇和意义的无结局故事影射了作者自己的追求。朋友伊万(Ivan)则对约翰的浪漫化想象嗤之以鼻,嘲笑他竟然将凯鲁亚克的虚拟作品《在路上》当成宝典,简直不可理喻,认为他完全接受幼稚的叛逆少年的思想。实际上,任何标签在大众话语中都会被简化,最终被抛弃,凯鲁亚克的作品也面临同样的挑战。大众文化已然将凯鲁亚克转化为一种时尚的商标,用来包装和贩卖闲散的生活姿态,将其作品视为离经叛道的流行文化符号,遮蔽了作品的真正意义,人们只是以流行通俗的眼光审视与评判,往往忽视其作品产生的社会背景。正如尼克尔(Brian John Nicol)所认为的那样,人们"从不知道现实并不是以大众媒体为框架的,他们无法避免将日常'真实'的体验与虚拟的感受联系起来"③。人们不了解媒体之外的现实,最终不可避免将现实生活与虚构生活联系起来。约翰也不例外,他就是受大众文化影响的典型。约翰的问题在于认不清被媒介浸染的后现代社会现实,被媒介影响和媒介符号所蒙蔽。他丝毫不关心旅行的真正意义,只是将独自流浪当作时尚的符码。这就不难理解伊万对约翰无限嘲讽的原因。

琳达·哈琴(Linda Hutcheon)曾说过20世纪60年代出现的后现代反讽不只以现代主义美学的裂口为基础,也是该时代思潮的结果,及其对时代精神的反映④。大众传媒制造的现实是反讽出现的原因,库普兰德将反讽看作如今人们要应付的文化包袱。后现代不只是一种文化的人工制品,也是一种空间,一种沟通交流的空间。作者不只是批评约翰的思想,同时认为伊万在约翰最脆弱的时候进行嘲讽也是不合时宜的,两人都处于幼稚阶段,都需要经历成长才能达到沟通成熟的阶段。《怀俄明小姐》关于走出去,走向开阔道路的主题进一步体现了对公路小说传统写作的继承,尽管库普兰德继承了漫无边际、放荡不羁的漂泊的文学表现模式,但他对旅程的解读与垮掉的一代的前辈们有所不

---

① COUPLAND D. Miss Wyoming[M]. London:Harper Perennial,2004:55.
② COUPLAND D. Generation X:Tales for an accelerated culture[M]. London:Abacus,1996:201.
③ NICOL B J. Postmodernism and the contemporary novel:a reader[M]. Edinburgh:Edinburgh University Press,2002:4.
④ HUTCHEON L. A poetics of postmodernism[M]. London:Routledge,1988:202-203.

同。库普兰德巧妙地将对垮掉一代思想的讽刺融入伊万和约翰的对话中,展现了他这一代人对垮掉一代的不满与怀恋。约翰的旅程似乎在开始之前就已经注定失败。在他的朋友伊万看来,旅途故事的浪漫理想早已丧失了可信度:"道路已经结束了……甚至从没存在过"①。他直接将约翰出走的计划视为青春期少年少女们叛逆的逃离幻想,嘲讽了凯鲁亚克那种以漂泊流浪对抗现实挫折的幼稚想法。库普兰德的小说虽然详述了在全球化背景下成长起来的北美青年一代将世界视为游乐场,所有行为都沾染上娱乐意味的生存状态,却并没有触及距离消失的根本原因,忽视了全球化和社会流动性给第二三世界国家造成的经济影响。消除所有的空间障碍是资本主义的固有冲动,"全球化"术语的兴起所预示的事情之一就是深刻的资本主义地理重组,使许多关于"自然"地理单元——资本主义历史轨迹就发展于其中——的假定变得越来越没有意义(如果它曾经有过意义)②。不得不承认,库普兰德对于空间的探讨缺少了重要一环。

3.1.3 边缘空间

库普兰德的小说多涉及主人公们以浪迹天涯躲避都市的喧嚣和现实残酷的故事,他们在路上行走的轨迹往往由城市中心走向地域的边缘,对乡村和荒原有着无尽的渴望。选择离开熟悉的环境似乎是一种变相的逃离,也可能是借由离开来寻求其他的可能性。而浪迹天涯则必须打破社会传统意识形态无形的禁锢,远离家人,孤独地远赴他乡。艾伦·比尔顿(Alan Bilton)以"渴望逃离过度复杂和堕落的文明"阐述了库普兰德小说的主题,指出他重写了"美国无穷无尽的田园梦想",尤其是以荒原表现"救赎,从文明的败坏中拯救"的观念③。

滚烫、贫瘠和无人居住的沙漠成为安迪和朋友们躲避都市喧嚣的最为理想的避难所。沙漠象征性的想象空间似乎总给人一望无际和原始的联想。沙漠的特点在于没有边缘,让人失去方向感,如被打破的疆界空间,不再有中心聚集力量,是去界限的,无中心的。沙漠的去中心、无界限、无穷尽地扩张,没有任何

---

① COUPLAND D. Miss Wyoming[M]. London:Harper Perennial,2004:52.
② [美]大卫·哈维. 希望的空间[M]. 胡大平,译,南京:南京大学出版社,2008:56.
③ BILTON A. An introduction to contemorary American fiction[M]. Edinburgh:Edinburgh University Press,2002:221.

固定物,无法让人产生单一的认同感,也象征着去疆域化,打破自身环境文化、身份的重重框架。约翰·乌尔里奇(John M. Ulrich)借用鲍德里亚的名言"整个美国就是沙漠"①来探讨《X一代》中荒原空间的作用。他认为库普兰德笔下的"沙漠并不是表面上的美学形式,而是发挥否定和抹除的作用"②。安迪和朋友们认为沙漠可以抵御商业和人类介入,并试图用睡前故事丰富干涸、贫瘠的土地,给人留下无限的想象空间。然而,棕榈泉这个加利福尼亚文明和荒漠交界的超现实空间,却到处都是购物中心和美容整形诊所,最终演变成极具讽刺性的避难所。《怀俄明小姐》中的约翰同样向往地图上不明的、不确定的荒原。当约翰"深入美国景观"时,他寻找的是神奇的不复存在的空间和个人的独立③。那欧米·克雷恩(Naomi Klein)曾说过:"令我魂牵梦绕的与其说是字面空间的缺失,不如说是对隐喻空间的强烈渴望:释放、逃离和某种无限度的自由。"④与《X一代》中充满希望的主人公们不同,约翰遭遇的沙漠不只是荒芜,更是一种想象的绝望,望着"如此野蛮和破碎的景观……这片沙漠,这个空白的空间"意识到未来的人们竟不会理解也无法驯服这片土地,沙漠"将战胜他们,将是一道残酷的伤痕"⑤。这种幻灭的感受是发自肺腑的,但也是短暂的,事实上,祛魅就是内在的荒原体验的重要形式,对于约翰来说,道路和荒原只是重大变化的序幕。

《微软奴隶》中,主人公们从位于城市雷德蒙德(Redmond)的微软公司离开,到所谓边缘地区的硅谷创办自己的公司,他们从南至北的迁移路线暗示从城市到乡村的回归,似乎呼应了传统行旅故事的主题。传统的行旅故事往往先设定一个家园,以家园的失落为故事的开端,随后便是主人公被迫远走他乡,历经磨难,不论他们在异乡的生活是成功还是失败,最终都会辗转回到家乡。在旅行故事中构建一种家园感有助于深化文本的内涵。离家再返乡的旅程都是围绕着家园的失落而建构的,前行的道路、变换的地点和迥异的场景都暗示着文本对空间的组构,同时展现了文本中空间的复杂性。失落、怀旧和追本溯源

---

① ULRICH J M. Introduction:Generation X:a (sub) cultural genealogy[M]. Madison:University of Wisconsin Press,2003:15.
② ULRICH J M. Introduction:Generation X:a (sub) cultural genealogy[M]. Madison:University of Wisconsin Press,2003:16.
③ COUPLAND D. Miss Wyoming[M]. London:Harper Perennial,2004:170.
④ KLEIN N. No logo:taking aim at the brand bullies[M]. London:Flamingo,2000:64.
⑤ COUPLAND D. Miss Wyoming[M]. London:Harper Perennial,2004:173.

的情绪始终围绕着家园这一意象。硅谷虽是个边缘化地区,但更多是代表着回归乡村的本真和淳朴,使人性得到最大限度的满足。他们创办的奥普(Oop)公司质疑和改变了靠残忍剥削获取企业资本的传统模式,打破员工老板的界限,进行人性化管理,使得边缘地带成为民主的空间。作者有意影射传统郊区或乡村是白人中产阶层的乌托邦想象,坚持地域和人物的联系,以这两种公司管理模式的对比表达了城市雷德蒙德和边缘之地硅谷的区别。然而,这部小说不同于充满阳刚的具有鲜明性别特征的传统美国边疆神话,而是将边疆概念建立于美国身份认同的过程中。小说并非将主人公看成资本主义经济后工业阶段的受害者,而是强调城市和乡村空间的相互作用和改变。硅谷不同于传统郊区,没有宗教、政治、身份或历史感将人们区别开来,每个人都是独立的个体,都要展现真正的自己,实现自己的价值。从城市搬到乡村仿佛是从历史的中心进入记忆的边缘,这一过程同时也是从宏大叙事空间向个体叙事空间的过渡,是主人公们不断成熟的过程。库普兰德对于硅谷这个新型乡村空间的探讨令读者耳目一新,作为边缘空间的硅谷如今已经成为科技发展的领军者,这种新的边疆模式给人以满足感和责任感。边缘与核心既是空间的概念,也是社会性的评价,它将社会权力关系与位置的不均,表现在实质与比喻的空间上,边缘与核心是一种空间性的社会编码,它的重点不只是空间的形式关系,更是事物出现的逻辑,以及其间权力不均等关系的运作,也经常附带有价值的判断。库普兰德小说叙事的大胆之处在于将边疆概念写入通常无可选择的时空的资本主义的核心体系中。

《昏迷的女友》中,理查德和朋友们在温哥华北部的乡村长大,那是一个连接都市和荒野的空间。他们不仅占据了地理学意义上的中间位置,而且是作为"真正的中产阶级"和"缺乏科技度量的中产阶级"[①]的孩子成长起来的。然而,乡村这个显然最后才能得到天启的地方,在库普兰德的小说里却成为末日开始的地方。大众文化的反乡村话语与缺乏历史感有关:乡村既没有岁月的沉淀也没有大都市崭新的建筑;大众文化和媒体不断宣传都市的绚丽多彩,乡村似乎成为了进步的对立面。然而,库普兰德却在这个以温哥华为背景的小说里强调了乡村美学的可能性。他曾表示之所以有许多美国电影和电视节目在温哥华和多伦多乡村进行拍摄,就是因为这些安宁的地方类似于"美国想要成为的样

---

① COUPLAND D. Girlfriend in a coma[M]. London:Flamingo,1998:39.

子……当人们梦想着美国梦时,他们通常梦到的是加拿大的乡村"[1]。加拿大乡村已经异化为"梦想"的仿真体,"梦想"在这里似乎比在美国更容易实现。在《昏迷的女友》中,温哥华及其乡村被视为希望之地。库普兰德笔下的温哥华具有很强的可塑性,在荧幕上展现为各种北美城市的仿体,其动态和活力有异于美国。《怀俄明小姐》同样表达了对农村空间的向往。苏珊在飞机即将坠毁时从窗口俯视,很是怀念"可以买到汰渍,喝到坎贝尔汤品,以怪异的麻木消磨时间的美国小镇"的平淡生活[2]。这种轻描淡写的表述揭示了她在生命即将终结之时对田园般的乡村生活的渴望。都市人群对乡村生活无限怀恋,平淡的生活模式似乎已经成为现代人的奢侈品,他们难以抗拒都市空间的诱惑,对金钱的狂热追求使其难以找寻到往昔乡村的宁静与淡泊。就像苏珊经历了空难中的"死亡",在乡村家中重获新生一样,利兹的伪幽灵身份也象征着对确定身份的广泛探求。苏珊和利兹似乎是在两种区域身份之间摇摆的边缘人。库普兰德痴迷于杂乱的、超真实地域和荒芜的空间,在那里塑造微妙的身份。

总体来看,库普兰德小说对于都市、道路、乡村或边缘地带等实体空间感受的描述展现了后现代语境下个体与生存空间或环境的关系。全球化时代,现代化的通讯网络技术异常发达,构成了抽象的后现代空间,打破了前现代和现代时期明晰的空间位置和空间感受,使得人们的实体空间体验不再与这种经验产生的实际场所相匹配。随着全球化进程的推进,一个高度一体化的全球资本的流动使得实体空间逐渐趋同,鲍德里亚意义上的超空间掩盖了社会关系和社会矛盾,炫目而奇异的仿真都市给人们带来陌生的感受。全球化同样加速了世界文化的趋同,甚至乡村、边境、沙漠等传统意义上的边缘区域都遭受了消费文化的侵蚀。库普兰德小说中的人物不断在都市、乡村、沙漠和边疆之间游移,却丧失了方向感,难以获得对空间的总体性把握。库普兰德作品中呈现同质化和碎片化的实体空间就是对后现代社会的一个隐喻,实体空间的难以把握性就构成了后现代社会人们最基本的生存体验。

3.2 虚拟空间

21 世纪是一个尼葛洛庞帝(Nicholas Negroponte)所谓的"数字化生存"的

---

[1] COUPLAND D. Souvenir of Canada[M]. Vancouver:Douglas & McIntyre,2002:110.
[2] COUPLAND D. Miss Wyoming[M]. London:Harper Perennial,2004:15.

时代,人们的生活越来越依赖数字化的表达,数字化成为后现代的日常生活状态。互联网借助数字仿真技术建构了一个与经验世界迥然不同的依靠程序化计算的虚拟空间,为人们千百年来居于其中的真实世界提供了对照与契机。我们将数字技术所创造的空间称为虚拟空间,其实所谓虚拟空间也是作为存在而存在的。数字化的虚拟空间有别于我们能够感知的现实空间,这种差异性突出表现在其体验方式上。网络空间中,时间和空间的线性发展过程被非线性压缩、扩张或置换成超现实的形式。网络空间以无时间的时间和无固定位置的空间为特征,带来了历史感的丧失,彻底改变了世界的面貌。网络虚拟空间成为当今时代人们不得不面对的问题。信息技术的不断流动破坏了世界意义生产系统,产生了真实的虚拟性文化,打造出赛博空间和极客文化的新领域。

  在互联网技术开始打造虚拟网络空间之时,库普兰德就敏锐地捕捉到这一重要的技术变革,对新一代互联网技术的发展倍加关注。但是库普兰德的关注点仍旧是现代人的生存体验,而非对技术的科幻想象。正如彼得·尤克(Peter Juke)所说,库普兰德的创作不同于威廉·吉布森(William Gibson)等作家的"虚拟现实"或赛博朋克,他并没有[1]沉迷于像素和比特,其主题是在硅片内压缩的"生物量",这种"碳基形式"仍然会有烦扰、逃避、爱情、悲伤和失败[2]。1994 年,库普兰德在新开办的《连线》杂志工作,同时撰写关于微软公司职员的短篇故事,这段短暂的工作经历为下一部小说《微软奴隶》创造了灵感。为了体验软件工程师的真实状况,库普兰德特意搬到加利福尼亚州的帕洛阿尔托体验生活。巧合的是,在《微软奴隶》出版的同一周里,微软发布了 Windows 95 操作系统。大概十年之后,库普兰德再次创作了《微软奴隶》的续篇《J 氏游戏设计师》,聚焦"谷歌时代的微软奴隶"。《J 氏游戏设计师》是其首部新互联网技术小说,给读者带来了不一样的在线阅读体验,主要讲述了一群头脑发热、有些孤僻的网络游戏设计师们试图重新设计一款电脑游戏以满足市场需求的故事。这两部小说生动展现了信息时代互联网技术造就的虚拟空间,为读者深入了解赛博空间和极客文化打开了出口,同时探讨了技术时代真实身体同智能机器的矛盾与调和,展现了后现代反讽思维的包

---

[1] "生物量"和"碳基形式"都是对计算机从业人员的戏谑说法。

[2] HUNTER J W. Contemporary literary criticism: Volume 133 [M]. Farmington Hills, MI: Gale Group, 2001:2.

容性。

3.2.1 赛博空间和极客文化

赛博空间(cyberspace)一词是加拿大科幻小说家威廉·吉布森(W. Gibson)在20世纪80年代中期创作的科幻小说《神经漫游者》(Necromancer)中提出的。他把小说中所描述的网络黑客穿梭遨游的全球电脑网络空间命名为赛博空间。赛博空间一词融合了"控制论"(cybernetics)与"空间"(space)的蕴涵。该空间是由互联网把人、机器和信息源都联结起来的虚拟空间。随着互联网在20世纪90年代的飞速发展,人们逐渐通过现代网络通信技术把计算机数字化信息存储和处理能力联结起来,在很大程度上实现了吉布森的幻想,因此赛博空间一词也得到了广泛认同,并衍生出计算机和数字网络的含义。与以往的物理空间不同,赛博空间不仅改变了信息产生、存在和传播的方式,而且调整了人与自然、社会的关系,拓展了人类的交往空间,甚至改变了人们的存在和思维方式,迫使人们以一种新方式看待世界。作为一种自由的、时空压缩的数据景观,赛博空间使数字化的后现代社会成为一个包罗万物的容器,它以空前的力度和广度影响着人类的存在。提到赛博空间就不得不提由此应运而生的极客文化。"极客"是美国俚语"geek"的音译,最初意指智力超群、行为古怪、不善交际的书呆子,在计算机革命初期,该词开始指向离经叛道的计算机痴迷者和电脑黑客,该词一直偏向贬意。这些人熟练掌握数字技术,对计算机与互联网的痴迷达到不正常的状态,他们是科技力量的忠实信徒。然而,随着互联网的快速发展,这些一向被视为怪人的边缘人物,突然被推到舞台的中央,成为社会主流,创造了色彩斑斓的极客文化。极客一族往往是一群不修边幅、孤僻自闭的年轻人,他们抗拒现实社会的人际交往而倾向于在虚拟空间表达自由的思想,在虚拟空间里诠释个体的价值。数字化社会展现了社会的政治、经济、文化、教育等各个领域的变化,使我们周围的一切都变成了数字组合的比特,打上了数字化的烙印,极客文化的盛行是数字化社会的必然结果。库普兰德在小说《微软奴隶》和《J氏游戏设计师》中生动展现了当代软件工程师的生存状态,对赛博空间和极客文化进行了深入探讨,将网络空间感受归为后现代空间体验的一个重要方面。

《微软奴隶》中,丹尼尔用计算机代码叙事和记录生活,由"0"和"1"组成的单调的二元编码将复杂的人际沟通简化,进入了真正数字化的生存状态。"数字化"即狭义的虚拟,是用数字方式去构成一个事物或者去展现事物之间的关系,从而形成一个与现实不同但具有现实特点的数字空间①。正是信息技术的广泛应用导致了当代社会高度数据化,构建了一个以二元符号编码的比特世界。在互联网时代,任何事物都可以转化为"0"和"1"的计算机代码;更严重的是,不是事物转化为电脑二元编码,而是电脑二元编码创造了一切事物,现实的真实事物反而需要不断根据电脑编码造就的事物来调整、修正甚至否定,也就是说,不是从现实走向编码,而是从编码走向现实,超现实的事物甚至比现实的还要真实。整个世界变成了一个无差别的代码化的世界。人类独有的情感,也不过是电脑中由"0"和"1"构建的程序指令。丹尼尔的日记展示了他内心深处的孤独感,也道出了同事间的疏离状态。丹尼尔已经习惯了电脑程序式的思维,他看待外界事物时总会先在脑中生成类似于电脑文件的程序,甚至会思考如果电脑遇到此类问题会如何处理:"如果电脑有自己的潜意识的话会怎样?能否把电脑看成除了尖叫(死机)而不会表达的人类的孩子?"②孤寂的丹尼尔渴望交流,但他所谓的交流却只是用写电子日记的方式与电脑对话,用冰冷的计算机编程代码讲述自己的心事,他自己也意识到了这一点:"电脑的潜意识文件总是令我吃惊,有谁知道我的电脑想通过这些文字说什么呢?"③电脑就像是安静沉默的人手中的木偶,当木偶开始表演时,操纵木偶的表演者才能走出沉默,开始拥有声音和意识。显然,丹尼尔就是木偶表演者,他只有借助木偶才能发声。他将电脑视为具有潜意识的生命,认为是电脑想说,表明他想用电脑取代深层的自己。他倾听电脑的声音,与电脑互动,其实就是自己与自己潜意识的交流。

丹尼尔对弟弟杰德(Jed)意外死亡的自责和对爱情的渴望使他整日活在压抑自我的世界中。他用"你好杰德"(Hellojed)作为进入电脑和邮箱的密匙,既表达了对死去的弟弟的纪念,同时又是一种与电脑的交流互动。他以超负荷的工作掩饰自己内心的痛苦,电脑占据了他的全部生活。丹尼尔和同事们在赛博空间这个虚幻的独立王国里交流、发泄和创造,他们与计算机的亲密程度甚至超过了恋人和朋友。他和同事们都在无意识的情况下成为高效的机器,为了尽量减少吃饭对工作的影响,每天只吃可以从办公室门缝下塞进来的东西,终日

---

① 陈志良. 虚拟:人类中介系统的革命[J]. 中国人民大学学报,2001(4):57.
② COUPLAND D. Microserfs[M]. London:Harper Perennial,2004:44.
③ COUPLAND D. Microserfs[M]. London:Harper Perennial,2004:88.

坐在电脑前,都"不记得吃蔬菜是什么时候的事了"①。但他从不认为电脑是对旧式思维方式的挑战,也没有意识到科技和人性的撕裂。唯有卡拉无意间传达了不同的声音:"难道你不觉得自己像个齿轮吗,丹尼尔?""你是人类。是人性的一部分。人类现在遇到很多问题,我们正在尝试用电脑解决这些问题。"②尽管卡拉意识到了信息社会导致的异化,但她对计算机技术永久性的认识却很现实,相信科技发展是人类前进的方向。丹尼尔通过对周围同事和自己的仔细观察与反思逐渐意识到人类的社会属性和自然属性,认识到人际交往是人类的本能需要。这些软件工程师们大部分经验和话语都来源于电视媒介,亟须打破既有思维模式,找到与电脑和谐共处的生活。他们最终决定远离微软公司压抑的工作氛围和企业文化,前往硅谷创办更具人性化和个性化的新公司,但实际上也只是为物质现实世界创造了另一种虚拟现实。他们开办公司时想要创造一个 1.0 技术,即原创性的东西。但实际上他们的游戏也只是模仿了乐高积木而已,并非绝对原创。这里的讽刺是双重的:第一,1.0 这个术语早已不是首创,已经在计算机行业中广泛用来指代或描述第一个版本;第二,他们所创造的产品也只是对已存在的东西的一种模仿,称不上创造性。

《J 氏游戏设计师》与其说是《微软奴隶》的续集,不如说是对极客文化的戏谑改写。《J 氏游戏设计师》拒绝《微软奴隶》中比尔·盖茨这种神话般人物的存在,反而借小说人物讽刺其作者库普兰德的作品,小说开篇就是库普兰德的自我解嘲:"哦,天哪,我仿佛在库普兰德小说中找到了避难所","他就是个蠢货"③,为小说打下了嘲讽与戏谑的基调。库普兰德借用赛博空间的数字化表达方式展现了与数字化打交道的软件工程师们令人啼笑皆非的数字化生存状态。除此之外,赛博空间同样发生着将使用价值转变为交换或市场价值的过程,即商品化,可以说,赛博空间是数字化和商品化相互建构的结果。库普兰德的小说《J 氏游戏设计师》就讲述了一群网络游戏设计师研发迎合消费市场的滑板游戏软件的故事。由于市场营销经理的人事变更,伊森·扎勒维斯基(Ethan Jarlewski)和同事们不得不将以著名主持人杰夫·普罗斯特(Jeff Probst)为原型的乌龟角色改为骑着魔毯的爱冒险的王子。游戏名称也由原来的"X 滑板"(BoardX)变更为"精灵追寻"(Sprite Quest)。伊森和同事们看着自

---

① COUPLAND D. Microserfs[M]. London:Harper Perennial,2004:357.
② COUPLAND D. Microserfs[M]. London:Harper Perennial,2004:60-61.
③ COUPLAND D. Jpod[M]. London:Bloomsbury,2007:17.

己辛苦设计的成果被任意篡改,大为恼火,可无奈的是他们的设计最终以市场销售为目的,为了迎合市场的需求,不得不将游戏一次次改写。为了发泄心中的不满,他们悄悄在游戏中加入一个子程序,创造一个疯狂的罗纳德·麦当劳叔叔(Ronald McDonald)形象,来蓄意破坏精灵追寻这一游戏。同《微软奴隶》中的软件设计师一样,他们也并不擅长人际交流和沟通,只能用笑料、恶作剧、小把戏和谜语打发业余时间。凯特琳(Kaitlin)甚至突发奇想设计了一个拥抱机器,试图在机器的冰冷拥抱中找回些许温情,极具讽刺性。琳达·哈琴宣称,"在后现代主义这里,反讽处于支配地位"[1]。当今北美社会市场经济的繁荣、快餐文化的兴盛和全球领先的技术水平都成为库普兰德歪曲式摹仿的对象,他正是借笔下这些软件工程师们的搞笑行为来讽刺和嘲弄北美文化的。

确切地说,如今不是一个信息的时代而是一个机器化的时代[2]。库普兰德在《微软奴隶》和《J氏游戏设计师》中对信息时代和互联网技术进步表现出深切的焦虑,认为计算机在解决人类问题的同时带来了新的问题,科技进步无法减轻人类的失落、孤单和未实现的渴望,使人类逐渐牺牲了人性的东西,越来越展现出机器式的自我,质疑信息时代的盲目乐观。

3.2.2 真实身体和智能机器

计算机互联网技术改变了人类的存在和生活方式,为人类交往活动打造了一个全新的数字化生存平台。自由的赛博空间曾一度被认为是远离人类现实世界的虚拟空间。但随着网络技术的发展和普及,作为"虚拟实存"的赛博空间不断证明自己的实际力量,其孕育的新伦理秩序日益渗透和影响到人类生存的全部领域。库普兰德对于赛博空间和极客文化的探讨并非一味的批判,而是对数字化社会持乐观态度,其作品最终的落脚点是成功调和人类和计算机科技的关系,实现了后现代社会和谐的数字化生存状态,展现了作者容忍和接受不确定性的事物和意义的后现代反讽思维。

虽然说人工智能无法替代身体或灵魂,但后人类的叙事方式深受人工智能或者说电脑思维模式的影响,库普兰德也从信息技术中获得构思传统小说的灵感。《微软奴隶》这部书信体小说就是由主人公丹尼尔在电子文档里记录的日记组成。小说遍布奇异的文本格式,随意插入二进制代码,有的页码中一个单

---

[1] HUTCHEN L. Irony's edge:the theory and politics of irony[M]. London and New York:Routledge,1995:67.
[2] PORUSH D. The soft machine[M]. New York:Methuen,1985:1.

词重复上百次。对电脑力量的焦虑改变了小说的形式,压倒性的网络信息取代了传统小说的形式。电子排版格式的变化作为丹尼尔电子日记的一部分,反映了电脑日常使用者通过桌面工具重新思考文本设计的能力,揭示了当代迥然不同的、矛盾的后现代文本世界。这些背离传统叙事形式的书写风格表明"后人道主义小说弱化了计算机的威胁,将其作为当代世界内在的一部分来接受"①。库普兰德实际上是将计算机看作叙事灵感的获取之处,而不是对印刷文字的一种威胁。他重新定义了科技时代的人道主义,认为人道主义应该逐步适应机器,而不是去摧毁或击败机器。后人道主义时代的小说家以人道主义视角描述世界,而不只是沉溺于对科技进步的偏执狂幻想或对人类主体性衰落的失望,对计算机超人类的能力既依赖又畏惧。人工智能理论都试图避免电脑与人类大脑的抗衡,表达对科技进步或人类应对能力的怀疑。科技使机器变成人,人变成机器,生活在网络的虚拟空间中的人们往往分不清自己和机器,为身体和灵魂的分离感到困惑:"我感觉自己的身体就像一辆载着大脑到处转的旅行车,就像郊区的母亲带孩子去练习曲棍球一样"②。计算机互联网技术使得人们可以在同机器的嬉戏中消除自身的孤独感,机器逐渐取代同人的对话和沟通,同时机器又在时刻操纵着个体自我。互联网时代,信息智能机器已经超越了自身的物质性,渗透到人的身体中,套用麦克卢汉"媒介是人的延伸"的论断,可以说当今计算机网络技术也是人的延伸。智能机器作为人类智慧的物化,意味着一种文明的进步。后现代的日常生活逐渐演变成个人和机器不断装配和调整的生活。

《微软奴隶》中,库普兰德在描写微软公司的日常工作情况时,就像是描写一系列压抑的计算机工业程序,对于这些住在集体宿舍的计算机软件工程师而言,宿舍—办公室两点一线,工作就是全部生活,计算机代码填满了日常生活的每一个空隙,每天都在与研发产品的截止期限赛跑,无暇他顾。但这部小说并非是对赛博空间和极客文化的批判,而是试图找到成功调和人类和计算机科技关系的方法,以实现后现代社会和谐的数字化生存状态,由此可见,作者对数字化社会持乐观态度。

互联网传播技术使得空间可以无限延展,将人们从空间限制中解放出来,

---

① MILLER D Q. Deeper Blues, or the posthuman Prometheus: cybernetic renewal and the late Twentieth-Century American novel[J]. American Literature,2005,77(2):382.
② COUPLAND D. Microserfs[M]. London:Harper Perennial,2004:4.

终结了传统地理的规则。互联网公司只是制造和传输电子比特的地方,电子身份取代了地域身份,开创了全新的领域。这也使得丹尼尔和同事们在家中办公成为了可能。丹尼尔和同事们最终决定离开压抑的微软公司,回到丹尼尔位于硅谷的家中创办自己的新公司。新公司改变了靠残忍剥削获取企业资本的传统模式,打破员工老板的界限,倡导团队协作精神,这与之前在微软公司的情况迥异,办公地点暂时定在丹尼尔家中,使这些不善交际、孤独的个体体会到了家庭和集体的温暖。在新的工作环境中,他们对待人际交往和生活的态度发生了重要转变。从小遭受父母性别歧视,被讽刺智商不高的卡拉起初拒绝丹尼尔爱意的表达,在丹尼尔和家人无微不至的关照下,逐渐打开心扉学会接纳他人,甚至主动教会他按摩,唤醒他在极客文化中长期压抑和潜藏的感知。丹尼尔则毫不吝啬对卡拉的赞扬,夸奖她超群的智慧和奇迹般的大脑,两人的关系更近了一步。伊森主动向丹尼尔展示他秘密与之作斗争的黑肿瘤,在伊森手术后,丹尼尔则细心地帮助他换背部的纱布,最后两人以真诚的拥抱减轻对病痛的恐惧。他们找回了鲜活温情的自我,不再需要冰冷的拥抱机器。其他人物也都逐渐恢复了生命本来的面目:陶德(Todd)是一名健身爱好者,通过膳食营养调理和锻炼来健身,邂逅同为健身爱好者的女孩达斯蒂(Dusty),两人相爱并收获爱情的结晶;自卑、具有性障碍的巴格,鼓足勇气,重新步入社会,克服重重障碍,最终建立良好的两性关系;苏珊、卡拉和达斯蒂创建了女权主义团体"Chyx",来反抗计算机行业中的大男子主义话语,试图打破人们对计算机工作者男性、邋遢、无性的思维定势。极客文化对女性逐渐由排斥转为认可,不再是男性的专属地,打破了模式化观念和刻板印象。尽管这些软件工程师们仍然整天与计算机编码打交道,在赛博空间和极客文化中遨游,但他们已经意识到了工作和生活的关系,不断调和、修正和改进人类和计算机科技的关系,努力寻求一种和谐的数字化生存状态,展现了作者对待数字化社会的乐观态度。

  赛博空间以开放式、无中心、零距离的时空感为互联网上人际交往提供了一个奇幻的平台。赛博空间不仅是一个提供信息、传递讯息和实现购物的功能性手段,而且可以将人们聚集起来,分享他们的生活,可以在感情上和认知上与其他人建立联系,建立起地方和社区意识。《所有家庭都是神经病》中,珍妮特成为当地艾滋病团体的一员,她定期在网上和医疗小组聊天,就像是在网络上组成了一个大家庭,"让她感到电视无法提供的联系"[①]。珍妮特的交际圈通过

---

① COUPLAND D. All fmailies are psychotic[M]. London:Flamingo,2001:37.

网络扩大到整个国家、大洲甚至全球。她和来自全球的患病网友借助计算机技术互相交流和帮助已经成为日常生活中不可或缺的部分。这就是典型的网络时代的生活。随着人机界面技术的进一步发展，人们可以沉浸式地参与到网络空间，在人机共生中体验赛博空间的生活方式。实际上，这种网络社群恰恰是反讽的，网络空间的虚拟性使得其参与者能够以各种临时的身份和名称代替主体，最后借助对局部问题的妥协而达到了协调，而真正现实生活中的社群却往往达不到这种效果。现实生活中，珍妮特的家庭关系极度混乱，离异、乱伦、吸毒、出轨和性病的戏码轮番上演，不得不在虚拟的空间里寻求安慰，在网络空间与同病相怜的人组成临时家庭或社区，网友的关怀和帮助代替了本该从家人身上获得的血脉亲情。

尽管网络虚拟空间中的交往界面是由比特构成，人类实在的真实身体不能直接构成交往的界面，人所获取的体验和感受首先来自比特，但是这并不意味人类身体不进入交往，网络虚拟技术无法摆脱身体而完全躲进技术乌托邦，真实身体虽然"缺场"却不"缺席"，借助互联网技术的是身体，身体仍是交往效应的载体，"真实"的感觉终究离不开身体。小说中，软件工程师们借助电脑和技术的力量帮助安德伍德太太(Mrs. Underwood)重新恢复交流的能力就充分展示了真实身体和智能机器的现实关系。小说最后，丹尼尔的母亲安德伍德太太不幸得了中风，无法控制身体的抽搐和痉挛，丧失了自由行动和交流的能力，展现了身体的脆弱性。这些软件工程师们在迈克尔(Michael)的带领下，通力合作以集体的智慧和专业知识为安德伍德太太制造了一台可以翻译和交流的电脑。她可以用仅能活动的手指在电脑键盘上敲出邮件中最常用的表情符号或缩写词来表达自己的感受，再通过电脑监视器的辅助性作用与人进行最基本的交流，成为人机共生的新人类。这一情节表明真实身体和机器智能并非是不可调和的矛盾，计算机技术成为一种解决生活危机的良药，而非个人不确定性的症候。"人们的身体不再是纯粹的有机体，不再是在同机器同动物对立的条件下来建构自己的本体"[①]。小说结尾处，丹尼尔终于在母亲的要求下说出了自己电脑的密码，说出了埋藏于心底的秘密，丹尼尔大胆讲出自己潜意识中的文件暗示其沟通能力的恢复，电脑最终成为打开人性心结的钥匙而非障碍。丹尼尔最后感概他们这一代人"活着却毫无生机"，但突然"意识到长久以来我们认为

[①] 汪民安. 感官技术[M]. 北京：北京大学出版社，2011：83.

失去的东西其实并没有真正失去"①。安德伍德太太和电脑的结合是人类和机器最理想关系的隐喻。丹尼尔和情同手足的同事们展现了充满温情的鲜活的真实生活。小说结尾虽算不上是圆满的大团圆结局,但是暂时的既有竞争又帮互助的生活状态满足了人们对集体的需要。

库普兰德既未指责电脑对人类生活的剥夺和侵入,也没有对科技的威胁充满恐惧,而是将重心放在用电脑实现人类的愿望上,对创造人机互动的新世界充满好奇,以后人道主义视角展现了对人类和科技和谐共存的美好憧憬。

3.3 文本空间

亨利·列斐伏尔(Henri Lefebvre)《空间的生产》一书的出版纠正了传统理论对空间的粗浅和错误认识,指出空间是一个动态的实践过程,为空间形式成为文本叙事结构奠定了基础。文本框架是人为构造的结构体系或秩序系统,是一切事物和观念得以存在的深层支撑,作者需要凭借一定框架来叙述历史,创作艺术品。作者在文本叙述中弱化时间,以共时性的情节叙述模糊时间因素,形成独特的文本空间,并使得读者在阅读中获得三维立体的空间感受。空间叙事,"从语义学上解释,也就是指故事的头绪与次序"②。空间作为时间线性叙事的变形,强调文本各部分结构上的联系。空间叙事打破了单一的时间线索,使历时性的线性叙述共时化,文本结构呈现出多维和无序的弥散状态,从而形成读者视域中的空间化效果。"空间不是叙事的外部,而是一种内在力量,它从内部决定叙事的发展"③。小说空间叙事形式的兴起和作家的生存体验密不可分,纷繁复杂的空间叙事结构最终都会指向对外部世界客观真实的感受,折射出的是迷宫式的世界文化图景和后现代碎片化的生存状态,呈现出一幅复调的、立体的、多层面的现实社会景观。空间形式的现代意义分析,为小说文本的解读提供了新的视角。

库普兰德是一位关注小说文本形式的后现代作家,其小说一向以新颖独特的结构布局著称,他对小说空间形式的探索从未停止过。库普兰德善于以线索并置、情节闪回和跳跃的意象叙事的线性发展,引领读者感受文本叙事的空间

---

① COUPLAND D. Microserfs[M]. London:Harper Perennial,2004:371.
② 张世君. 红楼梦的空间叙事[M]. 北京:中国社会科学出版社,1999:5.
③ MORETTI F. Atlas of the European novel,1800-1900[M]. London:Verso,1998:70.

体验。2006年起,他对小说文本形式的探讨表现出明显的空间转向,《J氏游戏设计师》《口香糖小偷》《A一代》和《一号玩家》这四部作品从文本迷宫、零散叙事和复调结构的不同角度展现了文本空间叙事的玄妙。空间并置或交错增强了小说的对话性和开放性,契合了我们所经历的这个世界的多元、暧昧和边界模糊的状态,从而让读者去真实地接近后现代社会的生存本相。小说叙事结构的空间转向为文学创作提供了新的可能。灵活的空间叙事策略是完成小说空间叙事的重要保障。本小节从小说的叙事结构切入文本,深入到叙事结构的内部进行空间形式的分析,探讨库普兰德小说中通过文本嵌套、碎片化、并置、重复等叙事手段构建的文本迷宫、零散叙事和复调结构等文本空间,以此来探索后现代反讽的多重性特征并发掘多种叙事文本空间所带来的美学特征和思想蕴含。

3.3.1 零散叙事

库普兰德2006年的小说《J氏游戏设计师》被称为"谷歌时代的微软奴隶",再次将目光瞄准计算机编程人员这一明显具有时代特征的群体。小说主要讲述了一群头脑发热、有些自闭倾向的温哥华网络游戏设计师试图重新设计一种电脑游戏以满足市场需求的故事,并以幽默诙谐的语言生动展现了技术进步与生活难题的纠葛。这部小说是库普兰德首部新互联网技术小说,网络版本和印刷版本均有发行,给读者带来全新的在线阅读体验,受到读者热捧,后又改编为电视剧本,曾在加拿大电视台(CBC)连续播出一个季度。总体来说,《J氏游戏设计师》仍未跳出《微软奴隶》的创作主题,仍然是以计算机程序员的视角展示被技术力量包围的后现代世界和人类生存的矛盾,但两者最大的区别在于文本叙事结构的设计上。《J氏游戏设计师》以超链接和碎片化的零散叙事结构折射出的是碎片化的世界文化图景和后现代的生存状态。库普兰德将整体故事情节分散成碎片,以回应后现代社会日常生活的片段化,进而在碎片中窥见那已然破碎而不可复聚的生活本身的真实。这种碎片化的叙事手法能够使人真切地感受到处于分裂状态的世界本体,引发灵魂深处的震撼。

《J氏游戏设计师》时间设定在2005年,讲述六名在同一个办公室工作且姓氏都以"J"开头的网络游戏设计师们的故事。伊森·扎勒维斯基是小说的主要叙述者,他母亲在家种植大麻,父亲放弃事业,做临时演员,期盼有朝一日能有一句台词。怪异的家庭状况使伊森成为一名工作狂,他在工作上花的时间远远大于与家人在一起的时间。他和同事们在设计一款滑板游戏时,市场营销经理斯蒂文·莱夫科威茨(Steven Lefkowitz)要求将以著名主持人杰夫·普罗斯特为原型的乌龟角色插入这个游戏中,将这个游戏命名为"X滑板"(BoardX)。斯蒂文之所以这样要求是想在争夺儿子监护权期间取悦儿子。但是当斯蒂文失踪之后,新上任的领导则要求将这只名叫杰夫的乌龟改为骑着魔毯的爱冒险的王子。这款游戏也随之改名为"精灵追寻"(Sprite Quest)。这些游戏设计师们看着自己的设计成果被无端改来改去,感到十分恼火,他们决定在游戏中加入一个子程序,创造一个疯狂的罗纳德·麦当劳叔叔(Ronald McDonald)形象,来蓄意破坏精灵追寻这一游戏。他们秘密地将麦当劳叔叔设计成邪恶的形象,以迎合消费市场的文化需求。

《J氏游戏设计师》打破传统小说的创作手法,不再依靠线性情节和冲突的发展,而是以网络为载体、以超文本技术为支撑打造了一部超文本小说,读者可以随意选择阅读顺序和内容,体验在线超文本的全新阅读感受。这部小说由各种信息片段组成,没有固定顺序,结构松散,以互联网为载体,文本中间包含很多作者精心设计的超链接,是个名副其实的超文本小说。从主体结构上看,小说以"点击这里"[①]开始,中间包含三大部分,尾页则是:"再来一遍?是或者否"[②]。超文本小说最早出现于20世纪90年代初,一些美国先锋作家借助互联网上的超文本和超链接概念进行超文本小说的实验性创作,使超文本写作成为一种新型文学品类。库普兰德通过在《J氏游戏设计师》文本内部和结尾设置超链接,将传统的作者叙事权让渡给读者,读者可自由选择进入文本的路径,从一个文本跳转到另一个文本,有限度地决定情节的发展方向,进行着交互式的阅读,体现了阅读的个性化。文本空间的无限延展性和多重节点的交叉,为读者创造潜能的发挥提供了文本结构的空白。超文本作品是当代互联网信息技术与后现代主义文学创作的顺利结合,代表了网络文学发展的方向。

《J氏游戏设计师》不仅在排版格式上有反常规,包含不成直线的字行、空格等,还在故事情节发展过程中夹杂着各种零散、孤立的字符碎片,整个小说更像是黑体字、大写、单词、特殊符码、不合语法的中文、数字、计算机编程、莫名其妙的对话和人物生活描述等碎片的集合物,散落于文本中的各种话题片段同时呈现在读者面前,这些异质同构的片断构成了一幅色彩斑斓、构图奇特、矛盾重重的文字拼贴画。这些散落的片段看似支离破碎,毫无关联,就像精神分裂症

---

① COUPLAND D. Jpod[M]. London:Bloomsbury,2007:13.
② COUPLAND D. Jpod[M]. London:Bloomsbury,2007:555.

一样,其实,这些材料的杂陈和并置形成一个共谋而又分裂的整体,折射出的是碎片化的世界文化图景和后现代人的生存状态。库普兰德自恋式的语言游戏和小说松散的叙事结构暗示小说中的人物丧失了悲剧气息,多了些游戏成分,他们以性格破碎和叙事零乱的方式对抗焦虑和痛苦,而这一切的根源都在于后现代主义的自我的分崩离析。小说的这种碎片化结构与小说人物的自闭症倾向有着密切的联系。这些伴随着技术革新和电子游戏成长起来的一代对互联网时代的生活方式习以为常,他们过度依赖网络,不擅与人交往,极易导致自闭抑郁、社交恐惧、网络成瘾等倾向。小说中的人物也不例外,尽管他们都是精通互联网技术的科技爱好者,具有超人般灵活的头脑,但却无法专注于任何事物,只能用笑料、恶作剧、小把戏和谜语打发业余时间。他们的思维和生活状态就像小说结构一样充斥着各种各样杂乱无章的碎片,无法按照时间顺序整合起来,他们逐渐形成交往障碍、交流障碍、兴趣狭窄和刻板重复的行为方式。凯特琳是该设计组的新成员,当她发现自闭症患者很享受非生命体对皮肤的压迫感时,她决定为自闭症儿童设计一款拥抱机器,"我们将是世界上第一个拥有拥抱机器的科技公司"[①]。历时一年半,她终于完成了这项设计,但她却在与同事的交往过程中发觉自己和同事们竟都在不同程度上具有轻微的自闭倾向。这项为校园洗礼聚会发明的机器最终成为大家感受温情的工具,凯特琳说,"我想你们知道这个拥抱机器是公司每个人的,无论什么时候需要都可以过来使用。我在拥抱面板上盖上一件可以替换的毛巾布罩子,我保证每周洗两次。记住,你们不是有待治疗的行走的疾病。你们是引领昌盛的自信的工业专业人士,是不需要自我证明的有价值的生命"[②]。她的深情讲话赢得同事们的阵阵掌声。这一情节设置颇具讽刺意味,当人们因缺少人际关怀走向自闭与孤寂的世界时,只能依靠机器的冰冷拥抱找回些许温情。网络挣脱了时间、地点的局限,其本身固有的便捷性和虚拟性撕下现实社会人际交往的虚伪面具,令人际交往变得更直接和自由。然而,长期沉溺于自我中心和淡化规则的虚拟世界则会使人产生一定的认知和交际障碍。科技的发展是时代进步的推动力,人们在享受科技带来的便利时,更要关注技术对于社会的副作用,现代社会中科技征服世界的狂妄最终把人类束缚在本能的战车上,造成了科技走向异化、人与人的疏离,这一观念贯穿小说始终,引发读者思考。

---

① COUPLAND D. Jpod[M]. London:Bloomsbury,2007:222.
② COUPLAND D. Jpod[M]. London:Bloomsbury,2007:365-366.

库普兰德并不直接表现全球化和科技发展等重大历史性命题的宏伟叙事，而是有意从侧面关注那些可笑的凡人琐事，以幽默诙谐的语言，人物的趣事和怪癖等细节反映在技术浸染中成长起来的一代人的分裂和疏离状态。

3.3.2 文本迷宫

库普兰德在2007年出版的《口香糖小偷》是其唯一一部书信体小说。库普兰德在这部小说中似乎践行了阿根廷作家豪尔赫·路易斯·博尔赫斯（Jorge Luis Borges）将创作小说类比于建造迷宫的观点，有意将互不衔接的章节和片段编排在一起，并强调各个片段的独立性，使得这部小说成为各种日记、书信、邮件和写作片段的大杂烩。作者采用多重叙事结构，综合运用文本嵌套、片段化、非线性等叙事技巧使文本呈现出断裂化、碎片化和反整体的特征。这种"中断"式的非连续性造成的荒诞不经，给人以世界本就是如此构成的启示[①]。《口香糖小偷》打破传统文本的线性时间秩序，从主人公罗格的书信、小说创作和邮件往来这三个层次上实现文本的空间化结构，使故事的发展呈"增殖"状，意义散发到文本的边缘地带。小说情节虽不复杂，但由于故事的时间跳跃性和碎片化描述，呈现在读者面前的是一堆情节的碎片，需读者自行拼合起来才能得到全面的认识。这部小说以复杂的叙事迷宫展现了作者对后现代社会迷宫化体验的艺术呈现。

《口香糖小偷》以罗格（Roger）和贝瑟尼（Bethany）为主要角色，他们都是史泰博（Staples）文具店的员工，但身份背景完全不同。罗格，发福的中年男子，酗酒，在业余时间创作一部名为《手套池塘》的小说，因正在与妻子办理离婚手续，无法见到自己的孩子；贝瑟尼，二十来岁的年轻女孩，喜欢哥特式装扮，为无前途的工作和成长的烦恼所困扰。这两个人物虽为同事，却没有任何交往。直到贝瑟尼无意中拾到罗格的日记本，才发现身边这个不起眼的中年人内心的故事和压力，从此他们保持书信联系，仅靠文字来沟通，假装互相不了解书信外的对方。他们互相倾诉生活的烦恼，探讨生存的价值，评论罗格自己创作的小说，逐渐在互相安慰和交流中建立了纯真的友谊。然而，从形式上来看，《口香糖小偷》完全打破了传统小说具有情节、人物、故事和结局的线性叙事，似乎只是将日记、书信、邮件和写作片段散乱无章地堆积在一起，只有读者阅读完全书之后才能理出一些头绪。这部小说并非是中断某一主要线索的时间进程后机械地

---

① 王岳川. 后现代主义文化研究[M]. 北京：北京大学出版社，1992：329.

插入其他叙事,而是不断地插入和并置,使文本呈现出杂乱、碎片化的形态。事实上,作者采用的是文本嵌套、片段化、非线性、多重叙事结构并置的写作技巧,将小说的叙事空间分为三个层次:一是罗格和贝瑟尼的书信往来;二是罗格创作的作品《手套池塘》,也就是所谓的"小说中的小说";三是罗格与妻子的邮件交流。这三层并行的叙事结构看似毫不相关,但却存在内在的联系。罗格和贝瑟尼在书信往来中互相倾诉自己的压力,但罗格无法将自己的故事直白地向贝瑟尼倾诉,只能借自己创作的《手套池塘》来表达自己的思想和境况;而《手套池塘》是对美国剧作家爱德华·阿尔比(Edward Ablee)1962年的戏剧《灵欲春宵》(*Who's Afraid of Virginia Woolf?*)的戏仿,该剧聚焦于中年夫妻的婚姻危机,展现婚姻中的无奈和残酷;罗格与妻子的邮件也是对离婚事宜的讨论。这样一来,小说中看似并行不悖的三层叙事结构都在罗格的婚姻纠葛中汇聚。也就是说,小说从表面上来看,罗格和贝瑟尼的书信交往是全书的重点;实际上,罗格婚姻中的情感危机才是贯穿小说的主线。库普兰德经常在文本中介入叙事,就像迷宫中岔路丛生的道路,每次分叉都会引出新的岔路。当今世界被无数的碎片所充塞,逐渐丧失逻辑性和必然性,只有非连续性的叙事才最能反映这个缺乏秩序和理性的时代。非线性的叙述完全打破传统小说由开头、高潮、结尾组成的叙事模式,拒绝连贯性和完整性,而是时常将完整故事分离成许多片断或碎片,以达到作品结构松散零乱,难以辨认的目的。

全书中随处散见的《手套池塘》的片段是作者精心设置的结果,这部小说中的小说是随着罗格婚姻状况的紧张程度来更新和推进的。只有理解了这部文本中嵌套的作品才能体会到罗格真正的无奈和痛苦。罗格在书中明确表示他的小说中包含伊丽莎白·泰勒(Elizabeth Taylor)与理查德·波顿(Richard Burton)这两个电影明星,这两位人物使我们不得不关注美国剧作家爱德华·阿尔比1962年的戏剧《灵欲春宵》。该戏剧于1966年被改编成电影,伊丽莎白·泰勒与理查德·波顿就是这部电影的男女主角饰演者。显然,《手套池塘》是该作品的变体,延续了原话剧的情节:在大学里工作的历史学教授因妻子无意中泄露了他们的秘密而产生矛盾,妻子为了报复丈夫,故意在与丈夫的同事——一对年轻夫妇——共进晚餐时勾引那位年轻的教师,妻子在调情失败后大发雷霆。整个晚餐以神经质的对话开始,故事情节就在争吵、讽刺、挖苦、互揭伤疤中展开,最后一切恢复平静后终结。《灵欲春宵》中教授夫妻之间矛盾的爆发是因为妻子无意间将他们以幻想中的儿子维系他们婚姻生活的秘密泄露了出去,而《手套池塘》最大的危机则源于离婚后孩子的归属问题。我们可以将《手套池塘》视为罗格的寓言叙事,小说中"意此言彼"的双重性和不确定性表现了后现代生存困惑中多重心理的挣扎,以荒诞奇特的艺术方式展现了现代人的荒谬处境和精神困境。《手套池塘》破碎与极具象征性的主题框架鼓励读者以自己的方式进入到深层意义中,去揭开字面意义的面纱。同时,这种文本的开放性使得读者感受到该作品在不同文化及时代中的接受异同,反思现代寓言叙事所遭遇的认识论困境和剧作家本人的超越性努力。

库普兰德笔下的罗格不断分裂为各种角色在文本嵌套构成的叙事迷宫中穿梭,他是不起眼的文具店配货员,贝瑟尼知心的忘年交,更是婚姻不幸的丈夫,失去孩子的父亲。作者通过使罗格在复杂的叙事迷宫中不断转换身份,真实地展现了当今中年人面对家庭和事业的困惑、压力和无奈,以复杂的叙事迷宫展现作者对后现代社会现实迷宫化体验的艺术呈现。多重叙事结构和文本嵌套构成的迷宫折射出了当今都市生活的真实经验,漫无目的、头绪繁多、眩晕,展现了当代人渺小的身躯在生活迷宫的蛛网中苦苦地挣扎。库普兰德用多层次的叙事结构将故事的线性时间粉碎,打破空间限制,走向碎片化,呈现事物的混乱。但不论小说情节或形式何其混乱、破碎或荒诞,小说都植根于冷峻、复杂的社会现实中。正如弗内斯所说,"睁大的双眼应该紧紧盯住自己的内心生活,他的双耳应该常常倾听自己内心需求的声音"[①],再纷繁复杂的叙事迷宫,最终都会指向对外部世界客观真实的感受。库普兰德是一位关注小说文本形式的后现代作家,其苦心经营的"迷宫叙事"揭示了后现代社会中的生活困境和精神危机,也更深刻、更准确地传达出了后现代社会迷宫化的生存体验。

3.3.3 复调结构

库普兰德小说《A 一代》和《一号玩家》一改传统小说的叙事结构,以一种多声部的复调方式来构建。复调结构回应了后现代社会盛行的多元对话活动。他未采用一种全知的视角展现人物和故事,而是尽量弱化作者意识,以小说人物名称为各小章节标题,将他们各自的第一人称独白串联起来构成整个小说的中心事件。小说中,"不是众多性格和命运构成一个统一的客观世界,在作者统一的意识支配下层层展开;这里恰是众多的、地位平等的意识连同他们各自的

---

① R. S. 弗内斯. 表现主义[M]. 艾晓明,译,昆明:昆仑出版社,1989:22.

世界,结合在某个统一的事件之中,而相互间不发生融合"①。由此,作者的主观权威让位于文本,每个人物直接的诉说使文本成为各种思想意识自由生发的沃土。小说通过人物的所见、所感和所思来呈现一幅复调的、立体的、多层面的现实社会景观。在这两部小说中,众多人物对同一事件的不同观察和感受左右着读者的阅读感受,书中具有复调性质的各类人物和多元思维、对话夹杂在人类与未来这个主旨中,由此引发读者对存在的凝思,对意义的追问。

库普兰德2009年出版了小说《A一代》,小说标题与他的第一部小说类似,出自库尔特·冯内古特1994年5月8日在雪城大学毕业典礼上的演讲:"你们这些小傻瓜们想不想为自己这一代人要个新名字?也许不想,你们只想要工作,对吗?好吧,媒体给你们的最大恩惠就是称你们为X一代吧?字母表中的倒数第三个字母。我特此宣布你们是A一代,就像很久以前亚当和夏娃一样成为一系列惊人的胜利和失败的开始。"②冯内古特新创的这个词语与人们已经接受了的X一代和Y一代(1980后出生的人)有很大交叉。在库普兰德小说中,该词指代1975年之后出生,现在处于20—30岁的青年人(即X一代的晚期和Y一代早期),他们既记得无网络时代的过去,也是欣然接受新型技术最早的一代人。

《A一代》以不远的未来为背景,讲述蜜蜂几乎灭绝之时,全球有五个互不相干的人因突然遭到蜜蜂蛰咬而联系在了一起,他们迅速成为名人并被用于科学研究,他们的生活也随之发生了一系列改变。这五个人物分别为:扎克(Zack),美国爱荷华州农民和艺术家,以向网上上传自己的艳照和在玉米地里制造生殖器形状的麦田怪圈谋生;萨曼莎(Samantha),新西兰单身女性,习惯于网络交流;朱利安(Julien),愤世嫉俗的法国男学生,沉迷于网络游戏"魔兽世界",曾创下连续玩114天的记录;戴安娜(Diana),直言不讳的加拿大女孩,患有抽动秽语综合征的原教旨主义基督徒;哈吉(Harj),斯里兰卡人,在阿贝克隆比 & 费奇(Abercrombie & Fitch)服装店做电话客服。此外,对这五个人进行药学研究的蛋白质研究专家瑟致(Serge)在小说最后一部分出场,揭示了对他们五人进行研究的原因和目的。小说中五个主人公的共同之处在于他们都活在自己的封闭世界中,如同行尸走肉般丝毫不在意生存的意义。他们除了在虚拟

---

① [俄]巴赫金. 陀思妥耶夫斯基诗学问题[M]. 白春仁,顾亚铃,译. 北京:生活·读书·新知三联书店,1988:2-3.

② COUPLAND D. Generation A[M]. New York:Scribner,2009:1.

的网络空间或是宗教中与人建立联系外,基本处于疏离的状态。也正因此,他们对全球人都热衷服用的一种新型药物并不感兴趣,成为世上仅存的没有服用该药物的人。这种新型药品具有抵抗未来焦虑症的功效,能够使人们忘记现实的残酷,沉迷于当下。当人们靠药物沉迷于当下享乐时,蜜蜂逐渐消失甚至灭绝,只有未服药的这五个人才能召唤蜜蜂的重现,这也是他们之所以被蛰的原因。这五个人由于蜜蜂蛰人事件联系在一起,最终意识到了自己对人类未来的责任。

《A 一代》无论从书名还是创作风格上都带有《X 一代》的影子,在对未来既抱有希望又有末日偏执症的矛盾状态中探索数字时代讲故事的新方式。从小说总体创作立意来看,这部小说似乎是《X 一代》迷茫青年追寻生存意义之旅和《昏迷的女友》在世界末日到来之际自我救赎的故事的合体。不同的是,《X 一代》是将人物故事置于小说的框架中,他们的故事成为小说的重要部分,《A 一代》中的故事则是为表现人物而服务,重点在于真实展现人物的生活状态;《昏迷的女友》通过小说人物在灾难面前的自我觉醒和救赎,最终实现了时间倒转,完成世界恢复原样的华丽逆转,而《A 一代》以开放性结局收尾,人类未来命运如何没有定论。然而,《A 一代》这部小说从结构上来说颇有新意,全书主要由五个叙述者的独白和回忆组成,分为 45 个部分或者说故事,除此之外并无统摄全局的叙述者,完全依靠这些有限视界的拼合来讲述故事。小说不断转换叙述视角,每一个故事部分都以人物的名字命名,用以说明这部分是以谁的视角叙述的。全书按照人物哈吉、扎克、萨曼莎、朱利安和戴安娜的顺序循环,依照他们的视角讲述自己的所见和所感。布里奇曼(Bridgeman)认为由不同人物视角所展现的空间不但折射了客观世界,还反映了人物的主观心灵,而读者所采用的阅读视角也会影响其看问题的态度[①]。在小说中,每个角色都拥有自己独立的意识或声音,不为作者的意志所限制,个性鲜明的独立自主的声音在平等对话的关系上形成小说叙事由多个独立声部组成的复调结构。在这种复调结构中,小说情节并不是在作者的意识主导下层层展开,而是由这些既代表各社会阶层,又个性鲜明的人物的讲述和回忆构成。他们自己讲述自己的故事,他们的故事被偶然的蜜蜂事件结合在了一起。由小说人物轮流讲述故事产生的多重视角效果,形成了小说角色之间、小说角色和作者之间的平等对话关系,小说创作的领域甚至会突破单纯的文学疆界,触及到人性、社会性、科学性

---

① BRIDGEMAN T. Time and space[M] Cambridge:Cambridge University Press,2007:52 – 65.

等领域,文学创作也不再是简单的表现性写作与再现性的临摹,而是在作者自我意识与小说人物意识的交织中完成。同时,这种多重视角的复调结构很容易给读者提供一个多角度观察的机会,体悟小说的多义性。小说中,蜜蜂象征着整个世界的和谐健康状态,被蜜蜂蛰的意外事件则向世界传达了希望。这部具有科幻性质的小说以隐喻手法指出人们沉迷于享乐和当下终将会走向人类的终结。小说虽然是以蜜蜂灭绝事件引出,但探讨的主题却在于人类面对生活和未来的态度。小说通过各个角色的讲述深刻剖析了现代人的生存面貌和精神状态,库普兰德还借哈吉之口,指出了后现代叙事陷入困境的状态:"在过去,叙述是很容易的事情,但是我们现代以名利驱动的文化却每周7天每天24小时都浸泡在电子信息中,对于现代公民要求更多,遭遇很大的叙事障碍。"①库普兰德是为数不多的承认这些障碍的作家之一,并尽全力将它们纳入作品中,将科技对于叙事的破坏娓娓道来。

小说在专家找到使蜜蜂重回世界的方法之前结束是作者的神来之笔,一方面象征着研究仍在继续,对人类未来命运的探索旅程没有终点;另一方面,小说的开放性结局为读者的创造性解读提供了无限可能性:蜜蜂只是地球上不断消失的物种之一,也许下一个要消失的物种就是人类。小说中研究结果的不确定性也象征性地突显了这部作品结构上的开放与意义上的多元。此外,开放式结尾表达了作者不想让人物终结为客体的愿望,他们的意识具有未完成性和向未来发展的无限潜能。这份独具匠心的叙事策略,使小说的复调意味意蕴悠长,耐人寻味,呈现出独特的美学风格。

紧接着出版的小说《一号玩家》同样延续了《A一代》的复调结构,在一个实时的五小时故事中,讲述五个身份各异的陌生人在全球性灾难中困于机场酒吧的故事。这本小说最初被库普兰德用作2010年梅西讲座的讲稿,还曾作为五段时长一小时的演讲材料于2010年11月8日至12日在加拿大广播电台播出,曾入围2010年加拿大丰业银行吉勒文学奖。全书按小时分为五部分,每部分中,依次以五个人物视角讲述这一小时内发生了什么,并以叙述者的名字命名每一小标题。这五个小说人物分别为:凯伦,等待与网友见面的单身母亲;里克,运气不佳的机场酒吧酒保;卢克,忙个不停的牧师;瑞秋,希区柯克式的金发女郎;以及最后一个被称为一号玩家的神秘声音。每个角色都是具有自我意识的自由的独立体,他们在文本中崛起,成为一种抗衡作者权威的不同声音存在。

---

① COUPLAND D. Generation A[M]. New York:Scribner,2009:193.

但这种复调结构使文本内部的小说人物之间,文本内外即文化与社会之间的不同声音实现了自由的对话,激活了文本与文化、社会之间、不同文本之间以及文本与读者之间的交流,这种万花筒般广博的内容形成了小说独特的复调特征。小说叙事的复调形态不仅体现在多重叙述角度的变更和转移之中,而且还体现在叙事者声音与人物声音的叠合和交织之中,每种声音没有任何阻隔,很自然地溶入叙述流之中,形成叙事声音互相叠合的复调状态。复调结构的本质就在于多种声音的并存甚至对立,这些声音的叠加和冲突透视出人物内心的焦虑、困惑与分裂,在多声部的交汇中真实展现人物的性格,传达对人类生存价值的深刻思考。面对全球性灾难,主人公们多层次的交流展现了关于思想、灵魂、身体、未来、永恒、技术和媒体等问题的困惑和不解,毫无疑问,我们正处在一个新的阶段,没有回头路可走。不同视角的叙述使得故事情节并不完整,时间和空间被切成片断,但却给读者提供了一个多角度观察的机会。就像计算机视窗一样,小说每一部分都可以自成一个文件,每个文件中又可以按叙述者分为五个文档,这样一来,小说文本就成了24个(最后一部分一号玩家与瑞秋的讲述合二为一)独立的电脑视窗。读者可以任意打开并充分探究每个小文档的构成及文档之间的关系,每个视窗的构成,可以按时间顺序或叙述视角重新排列视窗的位置,彻底打破故事情节的连续性,呈现文本的立体性、空间性和多层次性。

与《A一代》不同的是,五人中的一号玩家是个神秘的所在,无影无形,却先于其他人物知道他们所面临的命运,使观众提前了解到小说下一部分的发展,进而引起读者的关注和心理的紧张,起到了"全知式旁白"的作用,似乎是作者本人故意在透露小说的信息。可以说,一号玩家集作者、叙述者和人物于一身,便于作者向读者讲述小说中人物感知范围以外所发生的事情,这种独特的叙述视角使得作者能够以更广阔的视角审视身份认同、社会、宗教和危机等社会现实,增强了小说复调结构的狂欢效果。

小说的复调结构不是灌输一种绝对的思想,而是展示了现实中的多种可能性以及人性深处的矛盾,使得小说既具有辨证色彩,又包含开放的可能。在这两部小说中,作者放弃了全知立场,化身倾听者,让故事中的人物成为真正自由的可以言说的个体。于是,众多的诉说汇集成为一个实实在在的话语世界,从而让读者去真实地接近后现代社会的生存本相。复调思维的对话性和开放性契合了我们所经历的这个世界的多元、暧昧和边界模糊的状态,这就是小说复调结构的艺术魅力之所在。

第4章　后现代历史文本的荒诞性

　　充满碎片化、元叙事的后现代小说并非只是表现玩世不恭、自我嘲讽的态度或是脱离现实和沉溺于创作过程的状态,事实上,后现代小说家从未放弃对历史的关注和书写。后现代小说中,历史依然显示出其顽固的一面和对现实的强大钳制力。历史宏大叙事仍然是一种隐蔽而强大的意识形态,历史话语绝不会轻易在人们身边消隐①。后现代小说仍然将重现历史视为一个美妙的赞誉,但当后现代小说家把目光转向历史时,吃惊地发现历史事实和历史事件之间的因果关系常常是人们虚构的结果,洞悉了历史话语坚硬的骨架背后的秘密。库普兰德充满碎片化和元叙事的后现代小说以后现代荒诞性(absurdity)反讽手法从历史话语、末世情怀和未来寓言三方面讲述过去、理解现实、聚焦未来,在符合历史逻辑的语境中重建虚拟小说与现实和历史的联系,不断探究后现代社会潜在的历史走向。人物、灾难和存在的荒诞性构成了库普兰德小说的主要内容,与之紧密相关的政治、文化和历史往往以荒谬、虚构、模糊、断裂的面目出现,展现那些没有被官方意识形态、主流文化所同化的真实。库普兰德执意用虚构的故事去填充官方历史的空白,暗示可能发生或真实发生的历史,不断以后现代荒诞性反讽揭示历史的文本性和虚构性。《所有家庭都是神经病》并非具体历史事件的重现,但却符合历史、人伦和情感逻辑,在虚构与真实之间找到了切入历史和社会的裂隙,影射和诠释太空探索的本质是资本主义霸权在空间领域不断延伸的残酷现实。库普兰德的创作具有浓郁的末世论色彩,战争话题和灾难意象如幽灵般在小说文本中闪现和穿梭,显露出独特的地理文化和社会心理特征。作者永恒的危机观念将末世情结内化为人类的精神状态,将当下看作末世的一部分。库普兰德的末世情结源于他对历史灾难的感悟、对当代文化价值衰落的体察和对北美地区历史命运的洞见,其历史悲观主义渗透着强烈的救赎意识,充满了凝重的宗教和哲学沉思。此外,库普兰德对当代现实的关注

---

① 王建平.美国后现代小说和历史话语[M].北京:中国人民大学出版社,2011:12.

裹在厚厚的未来色彩里,《A 一代》和《一号玩家》就以虚构的戏剧化手法强化了未来人类世界的危机和矛盾,激发了人们去创造真正富有人性的社会的强烈愿望。《A 一代》是国家利益和公民自由冲突的缩影,预示着隐蔽的极权化统治和个人自由的潜在危机;暗讽现实世界财团势力和政治势力的勾结,回应了人们对以跨国公司为代表的现代大型企业对当代经济和政治格局影响的担忧;同时表达了作者对在世界范围内不断扩展的美国政治、经济和文化霸权的隐忧。《一号玩家》中一再描述的崩溃未来隐含着对当前社会和政治的焦虑和幻想,意在使人们反思人类自身心理和意识形态上所受到的束缚。这两部小说不再是对新技术和新发明的预言,更多的是以虚构的想象展现当代社会问题和人类心理状况,在讲述全球性灾难事件的同时反思了现实世界,具有强烈的现实意义。从这两部作品中可以看到,库普兰德笔下的后现代反讽较之传统意义上的反讽发生了明显的变化,此时的反讽已不再局限于个别语句或符号的表意,而是整部作品,整个社会文化状态,甚至是整个历史阶段的意义行为。大部分反讽丧失了幽默意味,而代之以悲剧色彩,已经超出浅层次的符号表意,进入对人生、对世界的理解[①]。库普兰德的小说如同是对这个充满荒诞和不可知的后现代世界的寓言,触碰到了现代人的本质处境,可以隐隐听到作者反讽的笑声。

4.1 历史话语

历史这个长期以来被认为是唯一的、客观的、本质性的、存在于文学文本之外的宏大叙事,在后现代的话语语境中已经被一种真实和虚构混合而成的具有多话语性和文本特性的历史所代替。历史是一个不断解释和被解释的螺旋[②]体。小说中诉说的故事可能是子虚乌有的,但它却以虚幻甚至变形的形式揭示出实际生活的本质与历史发展的内在逻辑。艺术真实尽管是作家提炼、加工、改造过的真实,但往往比实际生活更集中、更典型、更强烈、更鲜明。这种对权威历史话语的解构意味着后现代小说正在重建与现实和历史的联系,代表了后现代历史小说叙事的完整路线。历史不再是枯燥的记录,小说也不是任意的凭空虚构,文学和历史的界限日趋模糊。历史小说化和小说真实化就是历史真实性的悖论。后现代作家认为,绝对客观反映事实的历史记录是不存在的,所谓

---

① 赵毅衡. 反讽时代:形式论与文化批评[M]. 上海:复旦大学出版社,2011:8.
② 王岳川. 后现代主义文化研究[M]. 北京:北京大学出版社,1992:269.

的历史记载往往掺杂了大量主观因素,甚至可以说,历史记录具有了文学话语的性质,历史最终成为写下来供人阅读的故事,人无法运用理性认识世界,找到历史的真相。后现代小说的重心往往落在对个体生命的关照上,历史被还原为无数人的具体命运,使得真正的历史消隐了,历史符号成为拥有内在整体联系性和空间立体性的碎片。与传统历史小说的宏大、浪漫和逼真效果相比,这种虚构的历史稍显琐碎、苍白甚至荒诞,但小说对历史话语的戏仿又复活了话语背后的种种动机。库普兰德的一系列小说通过反讽的批判性锋芒揭示了历史的文本型和虚构性,唤起人们关注现实问题、重构新的历史意义的情感反应,体现了后现代主义小说在解构之后重构世界的努力,驳斥了后现代主义是关于历史虚无主义和犬儒主义的极端看法,同时触及二十世纪以来美国霸权主义、政治干预和阶级矛盾的深刻根源。

4.1.1 历史小说化

如果说现代主义作家对历史充满了不信任或困惑,后现代作家则质疑传统历史书写与记录的形式和过程[①]。历史是事件亲历者的描述和解释,而后人的再度阐释则成了附加性的文本。在历史的流变中,历史记录丢失了原本,成为阐释性文本或再现,人类无法把握历史的全貌。后现代小说阅读历史的方法恰恰是虚构历史。后现代小说家通过大量史料的搜集、整理和分析来洞见历史事件的内在逻辑,在此基础上建构合乎历史逻辑的语境和事件,用虚构的故事去填充现存历史中尚属空白的空间,历史零乱的、碎片般的堆积在那里,让读者自行想象可能发生或真实发生的历史,捕获另一层面的真实。同其他后现代主义小说家类似,库普兰德也将历史视为一种特殊的文学形式,打破了传统历史小说对历史的忠实和自信,使我们重新思考关于传统文史间虚构和真实的界限。

《所有家庭都是神经病》就是将历史小说化的一个典型例子,库普兰德从历史中抽取人类空间探索的事实,将其作为主要故事线索建构小说情节。库普兰德的叙述中经常探讨旅行空间及其身份内涵的关系,很多小说涉及乘坐飞机的旅行和对太空飞行的幻想。《X 一代》中宇航员巴克的故事、《昏迷的女友》中理查德在万圣节穿的"银色阿波罗宇航服",都使人想起与太空竞赛相关的已经消失的新世界的自信。《所有家庭都是神经病》延续了这一主题,讲述了杜蒙德一家混乱的家庭状况以及他们由加拿大温哥华前往美国佛罗里达州的

---

① 王建平. 美国后现代小说与历史话语[M]. 北京:中国人民大学出版社,2011:97.

肯尼迪航天中心观看宇航员女儿萨拉(Sarah Drummond)航天飞船发射的故事。小说中提到的航天员和载人飞船项目在美国航天史上并无记录,但小说的真实不同于现实的真实,它是一种内在逻辑的真实。《所有家庭都是神经病》拒绝以美国载人飞船发射的真实历史事件来构筑小说的情节,而是执意用虚构的故事去填充现存历史档案记录中那些尚属空白的空间,让读者自己去想象可能发生或真实发生的历史。库普兰德抓住了历史现象背后内在的逻辑,以完全符合当代社会历史逻辑的载人飞船发射为主要线索贯穿全文,唤起人们对于太空探索历史的记忆。1957年前苏联卫星成功发射,掀起了美苏两国的太空争夺战。冷战后,国际地缘政治背景发生深刻变化,越来越多的国家走向太空,太空探索呈现国际化和全球化趋势,而各国太空博弈的实质是国际地缘政治在太空领域的延伸。

  载人飞船与过去任何一种运输工具相比,是最年轻也是发展最快的,载人飞船的出现不过半个世纪,但已作为空间技术的前沿成为世界瞩目的重大成就。萨拉就是一名载人飞船的宇航员,当她母亲珍妮特想到女儿将要进入太空时仍觉得不可思议:"1940年胖乎乎的小孩怎么想得到有一天自己会到佛罗里达州观看女儿发射到外太空呢?可怜的萨拉,她竟然要绕地球转上几百圈。我们在1939年甚至都从没想过外太空这个词。太空根本就不存在。"[①]空间技术发展的辉煌历史也伴着不少科学家、工程技术专家和航天员为之献身的挽歌。载人飞船发射之时,萨拉难掩内心的忐忑,她对于航天事业的热爱和恐惧令她"试图放空大脑,像体验性快感一样享受这一时刻"[②],同时,仍旧难以抑制地想起自己的家人。萨拉由于母亲怀孕时服用大量抗抑郁药剂,导致天生就只有一只胳膊;萨拉虽然身体残疾,却是杜蒙德一家怪异的家庭成员中最为正常的一个,她关心家人,努力调解家人的矛盾;她出于对航天事业的无限热爱,义无返顾的从加拿大来到美国,为最先进的载人飞船实验贡献力量;她丈夫豪伊(Howie)待业在家,却在自己妻子为航天事业卖命之时,和萨拉的女上司鬼混。小说在载人飞船发射之时戛然而止,想必读者都在心里祝愿自强而善良的萨拉平安完成航天任务。但事实上,在载人飞船即将升空之前,萨拉就清楚的知道"如果她在发射过程中死去的话,她会死得很快。她知道这种概率有多大。她知道美国国家航空和宇宙航行局的传说——机身被喷气燃料浸泡变成运动的

---

① COUPLAND D. All fmailies are psychotic[M]. London:Flamingo,2001:10.
② COUPLAND D. All fmailies are psychotic[M]. London:Flamingo,2001:193.

熔岩;停机坪上的技术人员吃着三明治,(载人飞船)却意外地偏离轨道,进入苍白的看不见的燃烧的氢气流中——瞬间就蒸发掉了——当然,那是1986年挑战者号爆炸的情景"①。萨拉脑中不断闪现1986年1月28日美国"挑战者"号载人飞船失事的场景:航天飞机起飞仅73秒就发生爆炸,7名航天员全部遇难。萨拉的恐惧和担忧并非杞人忧天,挑战者号飞船的惨剧并非个例,世界载人飞船航天史上的重大事故一再重演:1967年1月,美国阿波罗4A飞船在联合模拟飞行试验中起火,3名航天员遇难;1967年4月,前苏联联盟1号飞船返回时航天员科马罗夫未能打开主降落伞,当场摔死;1970年4月,美国阿波罗13号飞船发生电源故障,3名航天员死里逃生,乘坐指令舱平安地降落到太平洋洋面上;1971年6月,前苏联联盟11号飞船返回时空气泄漏,3名航天员遇难。先天残疾的萨拉成为宇航员已经是个奇迹,而又被派遣执行载人飞船任务,则不得不让人想到试验品,怀疑她是航天事业发展和太空争夺战的牺牲品。

《所有家庭都是神经病》是库普兰德在美国"9·11"事件发生后创作的第一部小说,受恐怖袭击和美国反恐战争不断升级的影响,其创作风格和主题变得深沉而阴郁,他的文艺视野逐渐由单纯的青年亚文化扩大到对世界经济政治格局的思考。库普兰德笔下萨拉的航天故事虽是虚构,但却触动了千万读者敏感的神经,然而作者对宇航员角色的设置绝不仅仅是为了展现萨拉的个人命运,而是将其视为人类太空探索的一个小小的引子,其真实目的在于引出半个世纪以来国际太空争霸的历史,展现美国资本主义霸权在空间领域的拓展。冷战时期,美苏争霸的两极格局扩展到太空领域,美国甚至制订了详细而庞大的"星球大战"计划。随着航空航天技术的进步,太空成为人类新的地缘空间,空间技术成为21世纪的权力政治。国际太空活动的博弈实际上是现实国际地缘政治在太空领域的延伸。目前,全球卫星发射多数出于军事目的,卫星空间导航、侦查和通信技术在战争中的作用已在海湾战争、科索沃战争、阿富汗反恐战争和伊拉克战争中显示出了惊人的破坏力。美国太空军事化的快速发展使别的国家感到威胁和恐惧,他们也只能以军事思维挺进太空。太空与国家安全、发展的关系越来越密切,建立和平利用太空领域的政治经济新秩序是大多数国家的共同愿望。然而,如果说民用或纯科技性太空实验系统各国尚可以通力合作,而面对军用太空系统,政治立场和战略利益各异的国家则互相排斥。美国在太空领域占据领先地位,其太空计划不仅十分庞大且极具进攻性。显然,建

---

① COUPLAND D. All fmailies are psychotic[M]. London:Flamingo,2001:192.

立太空新秩序的最大障碍就是美国的太空霸权政策。

库普兰德小说内容虽为虚构,但真实的历史本身并没有走远,他将小说中航天飞船发射的事件和航天员的个人命运与太空争霸的历史联系起来,以一种直入堂奥的姿态指向文本外的真实历史,批判了美国资本主义固恋冷战思维和单边外交政策的特定逻辑。空间技术的迅猛发展实际上反映的是现实国际地缘政治在太空领域的延伸。二十一世纪,各国纷纷开展太空科技领域的竞争,空间争夺战愈演愈烈。《所有家庭都是神经病》揭示和平利用太空并未成为现实,空间探索的实质是资本主义霸权在空间领域不断延伸的残酷现实,暗示又一场太空争夺战悄然上演,以唤起读者对未来世界历史走向的思考。

4.1.2 小说政治化

文学是一种政治吁求,与意识形态密不可分。"新历史主义主张并进行了历史—文化"转轨",强调从政治权力、意识形态、文化霸权等角度,对文本实施一种综合性解读,将被形式主义和旧历史主义所颠倒的传统重新颠倒过来,把文学与人生、文本与历史、文学与权力话语的关系作为自己分析的中心问题,打破那种文字游戏的结构策略,而使历史意识的恢复成为文学批评和文学史研究的重要方法论原则。"①库普兰德小说《所有家庭都是神经病》有意识地打破文字游戏的结构策略,试图寻找历史、文化和文学的契合点,将历史事实与虚构故事结合起来,增强对历史意识、政治权力和文化霸权的表现,探究文学与人生、文本与历史、文学与权力话语的关系,使小说政治化,对北美社会和政治生活进行讽刺性评论。

《所有家庭都是神经病》讲述了杜蒙德一家混乱的家庭状况以及他们由加拿大前往美国佛罗里达州的肯尼迪航天中心观看宇航员女儿萨拉航天飞机发射的故事。杜蒙德一家人关系复杂,行为怪异。珍妮特和丈夫泰德(Ted)大学毕业后就结婚,育有三个子女,珍妮特细心体贴,关心三个子女,但泰德是个不太负责任的父亲,对两个儿子毫无感情,却过分溺爱女儿。两人离婚后,泰德娶了第二任妻子尼基(Nickie)。大儿子韦德17岁时与父亲争执后离家出走,三十多年来一直在北美地区过着漂泊的生活,吸毒、滥交并染上艾滋病。小儿子布莱恩(Bryan)患有严重的抑郁症,曾经三次自杀,只能在政治活动和抗议中找到些许慰藉。女儿萨拉是家中的第二个孩子,也是一家人中最正常的成员,但

---

① 陈世丹. 美国后现代小说详解(中文版)[M]. 天津:南开大学出版社,2010:316-317.

由于母亲怀她时服用镇定剂,导致她天生只有一只胳膊。她出于对航天事业的热爱,成为了一名宇航员。这也是为什么全家人会团聚在佛罗里达州的原因。全家人分离多年后首次在佛罗里达州聚会,但该聚会中,泰德意外发现儿子韦德和继母尼基在完全不知情的情况下发生了一夜情,泰德怒不可赦,开枪对准儿子,母亲珍妮特试图保护儿子却不幸被击穿儿子的子弹射中。由于韦德是艾滋病毒携带者,其继母尼基和母亲珍妮特均被传染了艾滋病,该事件成为全家人关系和命运的转折点。这部小说在线性叙述中夹杂大量闪回,在表现混乱复杂的家庭关系的同时展现了艾滋病、抑郁症、持械抢劫、毒品、黑市婴儿交易、自杀等北美社会频现的社会问题。这一小说讲述的不是一个家庭的故事,而是整个社会的缩影,是这个时代的真实写照。库普兰德对于杜蒙德一家人混乱的关系和纷争进行了细致刻画,其目的在于让读者在非凡和平凡的杂处纷陈中感受时代的脉搏。作者在虚拟小说中影射了现实的真实,并在这种虚拟和真实之间找到了切入历史和社会的裂隙,体现另一层次上的真实,可以说,《所有家庭都是神经病》描写了现实,诠释了现实。

载人飞船发射是科技进步和现代化指向的象征,昭示着经济发展和国家蒸蒸日上的大好形势,然而库普兰德书写的却是与现代化进程相左,或者被这种指向忽视甚至是无视的东西。在这个直接命名为"神经病"的家庭里,亲情和爱情触礁,暴力和死亡危机频现,库普兰德笔下的所有人物均游走在社会的边缘:萨拉虽是航天员,却天生残疾;韦德离家出走,独自流浪三十余年,酗酒、吸毒,并意外使母亲珍妮特和继母尼基染上艾滋病;布莱恩患有重度抑郁症,多次自杀;泰德这个暴躁的父亲拿枪对准自己的儿子;豪伊无业却擅长婚外情;肖(Shw)特立独行,急于在黑市卖掉腹中的孩子。从小说表面看来似乎没有比这个家庭更为混乱和特殊的了,继子在酒吧勾搭上继母,母亲从儿子那里传染上艾滋病,女友为了钱要卖掉尚未出生的孩子,但是书名却明确地写着"所有家庭都是神经病",暗示小说中混乱的家庭状况并非特殊,恰恰是千千万万现代家庭的缩影。杜蒙德一家不同于西方典型的"核心家庭",而是由前夫妻和继子女构成的"后现代家庭",成员关系复杂。正如母亲珍妮特面对儿子韦德对家庭的抱怨所说的那样,"所有家庭都是神经病","每个人都有基本相同的家庭,只不过每家的配置略有差异而已。"[1]这一点其实从库普兰德第一部小说开始就有所体现,《X 一代》虽未用大量篇幅描述家庭,但仅从克莱尔父亲每年都要上

---

[1] COUPLAND D. All fmailies are psychotic[M]. London:Flamingo,2001:43.

演两次心脏病突发以获得家人的关注,安迪似乎有一大群给他生活支招的亲戚,但却没有人真正理解他来看,现代家庭状况就可见一斑了。虽然库普兰德在《所有家庭都是神经病》中的写作视角过于边缘化,作品人物的生存状况较为特殊,但他们的人际关系却是普遍的,他们与家庭、朋友、同事、爱人之间的关系并没有脱离眼下主流的生活现实,甚至可以说这反而是主流现实的真实体现。《所有家庭都是神经病》中混乱的家庭状况折射出的社会问题越是与主流指向相左,愈会引人关注与警醒,库普兰德的现实书写给读者带来一种反差感和震撼感。

《所有家庭都是神经病》没有紧紧围绕萨拉载人飞船发射这一主要事件建构一个连贯的线性历史序列,而是不断运用闪回手段,夹杂众多人物不相关的行为和大量偶发性事件。小说开篇便是母亲珍妮特与子女、前夫的电话通话,通话的中心意思就是要求大家按时参加萨拉航天飞船发射前的家庭聚会并为之做准备。这是杜蒙德一家十几年来的第一次聚会,然而,欢乐祥和的气氛很快就因为泰德发现韦德与继母尼基有染而被打破,泰德开枪击中了韦德和前妻珍妮特。等误会解除之后新的问题又出现了,韦德是艾滋病携带者,也就是说尼基和珍妮特都通过韦德染上了艾滋病。随后,布莱恩女友怀孕执意要在黑市卖掉腹中的孩子,萨拉丈夫出轨一系列事情接踵而至,载人航天飞船发射这一主要事件迅速淹没在突发的家庭状况中。航天发展和家庭危机的并置成为小说的主导模式,在复杂琐碎的情节中展现人物生活内在的混乱和无逻辑,以繁复的变化表征美国文化的不同侧面。航天飞船发射事件和美国社会潜伏的暴力、毒品、自杀、离婚、贫富差距等各种社会问题并置,共同编织一幅复杂的美国社会世纪之交的全景图。现代美国以快速科技进步和工业化著称,在空间技术领域处于领先地位,但这种所谓进步时代的平静表面下,则暗自涌动着贫富差距不断扩大、毒品泛滥、自杀率飙升、性别歧视、伦理道德底线下滑等社会危机的潜流。库普兰德对社会边缘人及其生活境况的关注与所谓的进步时代形成了鲜明对照,对于社会问题的犀利观察打破了主流宣传的美好假象,表达了作者对社会现状和未来的焦虑和反思。

《所有家庭都是神经病》并不局限于反映个人生活,而是力图展现一个社会的历史横断面。纷繁复杂的矛盾和危机贯穿整部小说,所有的人物都在试图从他们的经历、从他们所面临的挑战以及他们改变自己的方式中寻找人生的意义。这部小说充满了偶然性、非逻辑性或反逻辑特征,情节多以人物生活中的偶然事件来构思,以普通家庭的冲突与烦扰洞悉社会的状态,社会发展的庞大叙事变成了一个无处不在的隐喻,使那些散漫无序的凡人琐事具有了某种思想底蕴。这些支离破碎的形式构成了社会发展的谱系和脉络,在一个开放的时间进程和多种不确定的空间里,展现了偶然性的社会历史进程。只有透过某种主导性文化逻辑或者支配性价值规范的观念,才能切入晚期资本主义社会的实质。作者通过这种书写方式准确把握了时代的脉搏以及人物和事件所反映出的时代精神。同时,小说中虚构的情节与已知历史或科学的事件紧密联系起来,为人们探知美国社会问题的历史根源提供了另类视角,从而开拓了后现代主义小说的研究议题。

4.2 末世情怀

末世说源于西方人渴望结局的心理需求,永恒的危机观念将末世情结内化为人类的精神状态,将当下看作末世的一部分。克默德(Frank Kermode)指出,"早期那种具有强烈预言性的启示的鲜明特征已被弄得模糊不清;末世论已被扩展到能囊括全部历史的程度,世界末日出现于每时每刻,一切预示总是具有重大意义"①。世界末日是西方文化中一个根深蒂固的原型意象,关于末日的想象与基督教和《圣经》有着千丝万缕的联系,末日论是基督教一脉相传的正统教训,认为人类生存与繁衍的社会无法永远延续,人类的罪恶终将触怒上帝,使其对尘世的人们进行末日审判,那时,将会有一个全新的世界代替终结的现存世界。诺亚方舟和审判日便是《圣经》中有关世界末日的经典表述。库普兰德的创作具有浓郁的末世论色彩,末世和危机的观念伴随他左右,显露出独特的地理文化和社会心理特征。库普兰德认为天启和末世蕴含着重生的希望,是个人对未来做出抉择的重大时刻,其作品渗透着强烈的救赎意识,充满了凝重的宗教和哲学沉思。战争话题在库普兰德小说中若隐若现,像个幽灵一般在文本间穿梭,拷问着生命价值和人性尊严;末日意象作为一个社会或时代人的精神、心理的投射,展现了看似幸福、安定的消费社会表象下的种种危机倾向。库普兰德对于现实和历史的末日书写以反讽的口吻暗示:任何人都无法逃离历史的伤痕,尤其是拥有一切,却唯独缺乏精神支柱的一代人。

---

① [英]弗兰克·克默德. 结尾的意义:虚构理论研究[M]. 刘建华,译. 沈阳:辽宁教育出版社,2000:24.

4.2.1 战争幽灵

战争是对生命价值和人性尊严的践踏，对人的命运、生存状态、精神走向等会产生深刻的影响。然而，当今社会，主流媒体和政府的合谋使得战争沦为一种戏剧性的景观，人们对真实发生的战争的感受和体验随时都有可能被好莱坞灾难大片和其他文化产业创造的宏大景观所淹没。这种社会语境下，美国青年一代对于美国对外霸权政策和对外战争给世界各国带来的深重灾难不关心、不了解、不清楚，被动接受主流媒体和官方叙事。库普兰德则对战争话题寄予了极大关注，唤起人们对于战争的记忆，呼吁人们正视不应忘却的战争。库普兰德的作品渗透着浓郁的末世论色彩，他永恒的危机观念将末世情结内化为人类的精神状态，将当下看作末世的一部分。《X一代》中安迪对于越战的零散记忆无法展现完整的图景，迫使安迪不断探寻关于越战的痕迹；《香波星球》中泰勒偶然在酒吧瞥见第一次海湾战争的视频，勾起他对全球范围内战争与死亡的回忆；《所有家庭都是神经病》将美国航天事业的发展与美苏争霸的历史链接起来；《J氏游戏设计师》中的网络游戏一次次将地球摧毁，关于战争的恐怖场景历历在目；《一号玩家》戏仿"9·11"恐怖袭击事件，展现了未来世界战争的荒诞不经和人们对自身的绝望与无奈。战争话题在库普兰德小说中若隐若现，像个幽灵一般在文本间穿梭。库普兰德对于战争的痴迷和探寻展示了对生命价值的关怀和对文化价值衰落的隐忧。

《X一代》中的人物都生活在技术和战争的阴影之下，充满了对现实的恐惧、对未来的担忧和对命运的无力。霍夫斯塔特（Richard Hofstadter）在论及冷战期间美国外交政策中的意识形态因素时指出，人类精神上的极度恐慌往往产生于特殊的社会背景①。《X一代》中普遍存在的忧患意识和末世情怀也是如此。1974年石油危机造成能源恐慌，残酷的越战给青年一代留下无法抹去的阴影，冷战时期核试验的数字更是触目惊心：自1945年7月16日美国进行世界上首次核试验到1989年年底，全球共进行了1800多次核试验。在政府的欺骗下，人们放松了对核辐射的恐惧，核污染物质在第一个核试验基地阿拉莫戈多竟然被当作纪念品售卖。戴戈将核废料钚当作礼物送给克莱尔，顿时引起轩然大波。当安迪为了缓和紧张的气氛，解释说"爆炸都快过去五十年了，这些东

---

① HOFSTADTER R. The paranoid style in American politics and other essay. Cambridge, Massachusett: Harvard University Press, 1996: 29.

西现在是无害的"时,克莱尔勃然大怒,大骂安迪是"糊涂鬼,死脑筋,傻瓜,笨蛋","没人会相信政府的那套鬼话","这种东西至少要经过四十五亿年才能丧失毒性。"①库普兰行用"怪物一直存在"作为这个小故事的标题意在说明人们对辐射的恐惧感难以去除。战争是技术理性发展到极致的产物,"揭露了现代社会的另一面,而这个社会的我们更为熟悉的那一面是非常受我们崇拜的。现在这两面都很好地、协调地依附在同一实体之上。或许我们最害怕的就是,它们不仅是一枚硬币的两面,而且每一面都不能离开另外一面而单独存在"②。战争带给人们的不仅是是饥荒、贫困、支离破碎的家庭、身体与心灵的创伤,甚至是信仰与价值观的瓦解。残酷的战争不仅毁了柯蒂斯的青春,更是使他变成了"一个麻木冷漠的畸形儿"③。亲密战友尸体的惨状在他脑海中挥之不去,比起自己身体的残缺,精神的创伤更难愈合。技术带来的伤痛,不能由更大的技术来医治,技术宏大叙事已悄无声息地把人们带向死亡的绝望挣扎。

《香波星球》中,痴迷于消费文化的泰勒偶然在酒吧瞥见第一次海湾战争的画面。当杀戮和死亡的真实画面暴露在眼前时,他竟然不敢相信自己看到的真实画面。手握遥控器的人们可以在各个频道间自由切换,当残酷的战争画面一闪而过,似乎战争瞬间远去,一切又恢复了和平,现实和虚构的界限几乎难以分辨,真实的战争画面似乎成了供人消遣的好莱坞影片。泰勒对海湾战争的质疑充满了反讽意味。事实上,泰勒的质疑并不意味着战争的非真实性,而在于它的超真实性。远距离传送技术的成熟使得现代媒体上仿真的虚拟战争和实际发生的现实战争之间的差异逐渐消失,电视和主流媒体以无尽的政治游戏、战地录像和死伤画面的展示控制了战争的开始和结束。远距离传送的战争没有固定的地域和时间限制,没有外在的参照点,没有真假,或者说它们是对事件完美的虚构,以致完成荒诞的逆转变成超真实的现实。主流媒体成为替政府操纵公众的载体,从媒体对战争的再现及影响的角度来分析战争话语,电视和主流媒体显然都是统治阶级的宣传武器。在大众传媒的操纵下,战争成为一个纯粹的事件,不占据事件的空间,像场无以名状的反讽的大灾难,仿真的技术使失去历史成为一个真正的假设。真实的战争景观被事件的仿真所颠覆,在家里接通电视,人们可以同时在巴格达的领空和沙特沙漠的指挥和通讯掩体中,体

---

① COUPLAND D. Generation X:tales for an accelerated culture[M]. London:Abacus,1996:87.
② [英]鲍曼. 现代性与大屠杀[M]. 杨渝东,史建华,译. 南京:译林出版社,2002:10.
③ COUPLAND D. Generation X:tales for an accelerated culture[M]. London:Abacus,1996:118.

验到纯战争的狂喜,它那荒诞的透明且无限的恐怖使得最精细制作的批评也失去效力。

《所有家庭都是神经病》不论是背景还是人物都是作者的虚构,但小说将美国航天事业的发展与美苏争霸的历史加以链接,暗示空间技术的迅猛发展实际上反映的是现实国际地缘政治在太空领域的延伸,同时揭示战争阴影和霸权主义从未远去,批判了美国资本主义固恋冷战思维和单边外交政策的特定逻辑。《J氏游戏设计师》中,虽然真实的战争没有出现,但网络游戏中的仿真战争已经一次次将地球摧毁。战争具有如此强大的潜在破坏性,却只能在虚拟的网络维度中进行。或许当真正的战争在某个时刻某个地点爆发时,它是否会在另一个媒介和仿真构筑的失落的维度中再现,我们不得而知。《一号玩家》的故事发生在不远的未来,那是一个令人焦虑的时代,无止境的消费伴随着战争阴影,社会物质繁荣背后回旋着一种无声的绝望感和一种对世界末日的恐慌。作者以荒诞手法戏仿了"9·11"恐怖袭击事件,展现了未来世界战争的荒诞不经和人们对自身的绝望与无奈。小说对末日战争的想象具有永恒性,使人被迫面对自身的人性罪恶,体验对自身和世界的绝望与无奈。

4.2.2 灾难意象

自启蒙时代以来,人们逐渐摆脱自然和宗教的束缚,渴望建立一个自由、平等和博爱的现世天堂。然而,历史的演变充满了悖谬和荒诞,人们失望地发现,一味追求以理性摧毁千百年来宗教虚幻桎梏的结果与人类预期的目标相去甚远:战争频发、环境污染、气候恶化、人们精神萎靡、灵魂颓废。残酷的战争摧毁了西方文明的神话,所谓自由、民主、科学和理性在战争的炮火中化为灰烬,理想主义更难觅立足之地。现实世界与宗教的预言出现了令人难以置信的吻合,现代人被世界末日般的炼狱想象所笼罩,苦于寻找不到精神的依靠和灵魂的出口。尼采甚至在十九世纪末大声宣布"上帝死了"。因此,如何重塑世界的意义成为西方哲人探讨的重点,与此同时,末日和灾难意象逐渐在文学作品中自然回归。世界末日主题并不是偶然的,它正是现代人对世界末日的恐惧心理的真实反映。库普兰德小说中关于末日和灾难的想象成为展现其末世情怀的另一个方面。库普兰德小说中的末日意象是一个社会、一个时代人的精神、心理的投射,描绘出了处在一种幸福的、安定的消费社会的意识形态表象下的种种危机倾向。

小说《X一代》中,多次提到"1974年""地狱""废墟""橙色落叶剂""越战""核""原子弹""蘑菇云"等词语,世界末日就是戴戈讲睡前故事的主题,关于危机、灾难、死亡的言说在X一代们的交谈中占据大量篇幅,揭示了这一代人心中隐藏着对未来深深的恐慌和焦虑。实际上,死亡言说的背后是压抑不住的忧患意识和末世情怀。小说第一部分最后一个故事标题为《1999年12月31》日,戴戈讲述了世界末日降临时,在一个超市里看到的场景,故事昭示的技术灾难与现实生活有着惊人的一致。实际上,这部小说出版于1991年,故事的时间并不是确指,暗含了X一代们对世纪末的恐慌与忧虑。那时,环境已经极度恶化,鹿和鸟等动物早已消失不见,就连沙滩上的贝壳都被游人捡光了。超市毁灭的意义是深刻的,超市作为最常见的消费场所,与每个人息息相关,同时也代表着一个流动的、不确定的以及破碎的现实。现代科技的发展帮助人类成功消除物质贵乏的威胁,使得人们可以在琳琅满目的货物中选择所需,同时也播下了可能毁灭人类的种子,灾难随时都可能降临。伴随着黑暗、警铃和通向地狱的声音,整个世界将毁于一旦。"胖男人"却出奇的平静,镇定地等待结账,他说"当这一时刻到来,无论还剩下多少时间,我都要保持自尊"①,代表着X一代的特有精神和尊严,他们早就把世界末日看成了人类无法避免的灾难,冷静地等待世界末日的到来。这种末世情怀带有鲜明的存在主义色彩。存在主义实质上是一种存在与死亡的哲学,认为死亡内在于生命,是人存在的一部分。"不应仅仅在最后一刻才有我的死亡,而是从我有生时起就有死亡,而且是在生命的深处和内层中。因此,死亡可说是生存的组成部分,它是靠生命而活着,在生命的最内层。"②海德格尔指出,"死亡只存在于一种生存上的向死亡存在"③,对死亡的言说提供了一种生存论上的死亡分析模式。"9·11"恐怖袭击事件发生之后,关于死亡与危机的末日想象似乎成了人们生活的常态。《A一代》和《一号玩家》就是对这个荒诞的、不可知的现代世界的寓言,将危机和末世景象作为人类世界的本质呈现出来。库普兰德为了真实呈现现代人有关世界末日的焦虑和恐惧心理,凸显当代美国社会普遍存在的迷茫,以荒诞和隐喻等艺术手法折射当今社会及现代人所面临的生存危机。《A一代》这部具有科幻性质的小说以蜜蜂象征着整个世界的生存健康状态,以蜜蜂的灭绝和偶然出现引出

---

① COUPLAND D. Generation X:tales for an accelerated culture[M]. London:Abacus,1996:71.
② [法]莫里斯·布朗肖. 文学空间[M]. 顾嘉琛,译. 北京:商务印书馆,2003:117-118.
③ [德]海德格尔. 存在与时间(修订译本)[M]. 陈嘉映,王庆节,译. 北京:生活·读书·新知三联书店,1999:269.

西方药品文化和基因工程给人类社会带来的巨大灾难,指出人们沉迷于享乐和当下终将会走向人类的终结。小说中,蜜蜂作为地球上不断消失的物种之一,警示人们也许下一个要消失的物种就是人类。后现代社会,人物面对的是一个意义失落的世界,现代化生活的异化,宗教信仰的缺失和理想主义的破灭带给人们的是对未来的挥之不去的迷茫、焦虑和恐惧。因此,人们热衷于服用一种具有抵抗未来焦虑症的新型药物,这种新型药品能够使人们暂时忘记现实的残酷,不去思考未来的景象,沉迷于当下的物质享受。这种自我欺骗的生活方法仅仅是对未来的逃避。更可怕的是,药品的副作用很快显现出来,该药品改变了人类的基因,加速了全球生物的灭绝。蜜蜂灭绝事件仅仅是给人类的一个预警,暗示人类同样正在走向灭亡,药学专家们能否从全球仅存的未服药的五个人身上找到解决的办法就不得而知了。小说虽然是以蜜蜂灭绝事件引出,但探讨的主题却在于人类面对生活和未来的态度。紧接着出版的小说《一号玩家》同样延续了《A 一代》对于人类未来走向的探讨,讲述五个身份各异的陌生人在全球性灾难中困于机场酒吧的故事。面对全球性灾难,主人公们多层次的交流展现了关于思想、灵魂、身体、未来、永恒、技术和媒体等问题的困惑和不解,毫无疑问,我们已没有回头路可走。《A 一代》和《一号玩家》中,库普兰德的目光超出当今世界的暂时和孤立的困境与灾难本身,而是将其视为一个整体来反思人类生存状况和西方文明的衰落,小说中的灾难意象体现了一种对文明的哀悼。

　　库普兰德对世界末日的描述,已从灵魂深处展露出对这个世界、对生命存在的思考。对他而言,死亡只是人类存在的一种基本境遇,并非苦难。他的主人公都把时代的灾难性结局视为正面的事件,象征着精神的再生。库普兰德通过小说人物对世界末日假想的描述,血淋淋地展现了现代人生存环境的窘迫、压抑和焦虑,突出了对后现代社会人生的理解:无序无奈无可把握,这种对人的生命本身的关注平实和朴素地表达出一种悲悯的人道主义情怀。

4.3　未来寓言

　　库普兰德早期小说虽然不时出现末日和灾难的意象,但结局却多被乐观主义所主导,都带有一丝希望和温情;其后期小说却与之相反,浸润着悲观主义的忧虑和恐惧,开始深思人类社会进步的悖论,虚构了一幅政治霸权、经济垄断和技术滥用造成的地狱般恐怖的未来图景。同很多以想象和科幻因素展现未来世界的后现代作家一样,库普兰德也十分钟情于这种形式,《A一代》和《一号玩家》就具有浓重的科幻色彩与警世寓言般的魔幻氛围,这两部小说以不确定的未来时间为背景,以虚构的戏剧化手法强化了未来人类世界的危机和矛盾。库普兰德就像是航船桅杆上的瞭望者,看到了风暴将至的迹象,他奋力呼号,向人们发出预警。《A一代》是国家利益和公民自由冲突的缩影,预示着隐蔽的极权化统治和个人自由的潜在危机;暗讽现实世界财团势力和政治势力的勾结,回应了人们对以跨国公司为代表的现代大型企业对当代经济和政治格局的担忧;同时表达了作者对在世界范围内不断扩展的美国政治、经济和文化霸权的隐忧。《一号玩家》描述了人类社会遭遇全球性灾难时人们的心理变化和对希望的渴求,透视出人物内心的焦虑、困惑与分裂,在多声部的交汇中真实传达对人类生存价值的深刻思考。虽然库普兰德将小说视角转向未来世界,但他真正关注的并非遥远的未来,而是当下现实生活碎片的拼贴。他作品中一再描述的充满极权统治和末日迹象的未来社会隐含着对当下社会现状的焦虑和担忧,其目的在于激发人们对现实社会的反思。在库普兰德作品虚构的世界里,过去、现在和未来具有一种历史性的张力,使我们在现在和未来的对照比较中深思和鞭挞现在;同时,又将现在视为过去或者历史,在对未来世界的设想中修正现在。由此,库普兰德小说在过去、现在与未来的时空转换中,为人们提供了一幅观察当下现实的认知图景。后现代小说对于未来的想象其实是关注现实的,只不过是将其对当代现实的关注裹在厚厚的未来色彩里。

4.3.1 美学化政治与自由幻象

库普兰德通常将政治性批判融入文学创作的审美维度中,以揭示北美社会对个人自由的控制。其作品《A一代》具有科幻小说的特征,以不远的未来为背景,讲述蜜蜂几乎灭绝之时,全球有五个互不相干的人却突然遭到蜜蜂蜇咬,他们立即被当为医学研究对象送往加拿大人类和动物健康科研中心进行完全封闭式的科学观察,医学专家们试图在他们身上找到蜜蜂灭绝的原因以及对策,他们的生活随之发生了一系列改变。随着小说情节的发展,读者逐渐了解到五个主人公的共同之处在于他们对全球人都热衷服用的抵抗未来焦虑症的新型药物并不感兴趣,成为世上仅存的没有服用该药物的人。在全球化背景下,跨国医药公司针对后现代人对未来生活的无望和焦虑研发出了新型的控制情绪药物,该药品使人们忘却对残酷现实的悲观和对无望未来的焦虑,甘愿沉迷于当下的物质消费和享乐。对未来的焦虑似乎成了非正常的行为,成了需要靠药物控制的病症。人们为了保持欢快的心情和无虑的生活,不得不持续购买并服用该公司的药品。医学技术侵入人体,一方面展示科学技术所产生的奇迹——战胜疾病甚至控制情绪,另一方面医学技术不加控制的滥用也可能将人类引向世界末日。这些本应肩负着研发、生产有用药物和维护人类健康使命的医药公司逐渐蜕变成为巨型的市场营销机器,在全球范围内打着抗抑郁的幌子大发横财。然而,任何事物都有其两面性,这种药既能让人无忧无虑,又有其副作用,长期服用会使人产生身体和心理上的双重依赖,甚至改变人类的基因,对其他物种的存在构成威胁,蜜蜂的灭绝只是给人类的一个警醒。这部作品因运用艺术手段再现和探讨了现代高科技社会面临的矛盾和问题而受到读者的普遍欢迎。

《A一代》将政治性批判融入文学创作中,政治以审美的特殊形态出现,探讨美学化政治与自由的关系,试图揭示北美社会对个体的控制。当人们连自己的情绪都受控于药品,受控于跨国医药公司的时候,自由何在？这部小说对现代医学对人类身心的入侵和现代媒介技术对人类的监控进行了症候式批评。通过媒体实现对个体和公众的规训与"全景敞开"是后现代社会最为有效的权力机制。现代传媒技术可以无孔不入的侵入人们的闲暇时间和私人空间,政府的监控和规制几乎蔓延到了公共生活的每一个角落。《A一代》中,主人公们在不知情的情况下被强制集中起来,进行全方位的封闭式监视观察,他们立刻成为电视媒体的名人,他们的生活空间处处都是监视器和摄像头,就像现在流行的真人秀节目一样将个人生活实时播放,毫无隐私可言。主人公们被监视和研究的过程实际上揭露了当代社会个体时刻都有可能成为被监视对象的现实。《A一代》的寓言式叙事耐人寻味,这部小说实际上就是一个媒介时代的操纵隐喻。互联网一类的新数字技术作用于人类活动的各个方面,使人们在不同领域之间无限联系的同时,也受到无处不在的控制,因此也被称为"信息资本主义"(informational capitalism)[1]。互联网数字技术的普及导致个人数据的获取和控制更加便捷,使现代媒体的控制力和范围逐渐扩展到全球,加大了政府对公众的监控力度。媒体与权力是一对共生体,现代媒介作为主流意识形态的神经网络牢牢掌控着整个社会,而公民身处这个庞杂的权力网络中,个人自由必然会在不知不觉中遭到侵蚀。《A一代》暗示现代社会的发展和文明的进步并没有促进个体的自由,而是将个体规训发挥到极致,同时极权主义统治不仅

---

[1] CASTELLS M. The rise of the network society[M]. 2nd ed. Oxford:Blackwell,2000:78.

没有消失,而且呈现出愈演愈烈之势。为政府所操控的无所不在的现代传媒技术成为"权力的眼睛",与权力技术和规训手段一起将美国社会建构为一个思想的囚笼。

《A 一代》以个人视角展现了控制型社会如何利用媒体操控个体,生产快感,制造共识,以一种全新的方式潜入个体的意识领域,甚至使人们满足于眼前的物质需要,随遇而安,丧失了寻求自由的欲望。当主人公们得知真相后,积极配合医学研究,有人甚至开始享受公众的关注和成为名人的生活状态。然而,被进行监视研究的主人公不只是活在虚拟的小说世界,他们同时就是生活在这个弥漫着媒介和科技硝烟的世界里的你和我。在这个媒介的时代,任何人都难逃被监视的命运。物质的极大丰富和科技的迅猛发展,究竟是把人推向了理想的自由国度,还是更加远离真实的世界和自由的人生?社会发展的吊诡性正在于其往往走向自身的反面,科技的进步甚至会成为剥夺人类自由的凶器。面对经济利益驱动一切,商业逻辑泛滥的社会现实,人们不得不依靠药品获得刹那的狂欢,甚至不惜付出金钱、隐私、自由乃至生命的代价。库普兰德将对现实社会的批判和质疑融入小说对蜜蜂灭绝和重现的虚构情节中,展现美国社会权力控制的真实状况以及日益加剧的信心危机,因此,从意识形态的角度来看,《A 一代》是一个充满高度的矛盾性和模糊性的文本。小说中,利用医学手段控制人们的情绪,改变人类基因的情节设置,引发人们对当代社会流行的阴谋论和妄想症话语的兴趣,表达了美国公众对政府的批评和高科技的担忧,同时加深了人们对政府的不信任,对科学技术发展失去控制的担忧,以及对天灾人祸和世界末日的恐惧。阴谋论的思维方式成为独特的美国式体验,使美国政治、经济、大众传媒和日常生活沾染了些许多疑和忧虑,似乎人类已经无法描述和理解全球社会政治、经济与文化的复杂结构和运作。20 世纪 60 年代,约翰·费茨杰拉德·肯尼迪(John Fitzgerald Kennedy)、马尔克姆·艾克斯(Malcolm X)、马丁·路德·金(Martin Luther King Jr.)、鲍比·哈顿(Bobby Hutton)等政治人物先后遭到暗杀,自那时起,坊间关于政治阴谋的讨论便从未停息。水门事件的曝光和越战的惨败使得主流媒体的目光逐渐转向美国政府在国内和国际事务中的种种劣迹,政府与大财团合谋的丑闻更是加深了公众对美国社会机制和行为的怀疑。媒体紧密配合政府制造"威胁论",引起民众恐慌,使公民为了国家安全牺牲某些个人自由,成为维持政府权威的良策。"9·11"事件为加强监控手段提供了绝佳的机会,推动了极端的监视手段的普遍应用,自由和民主的理念受到重创,摧毁个人自由的噩梦真正开始。《A 一代》中,当五个主人公意识到自己肩负着改写人类未来世界的使命时,甘愿放弃个人自由,接受药学专家的全方位研究,小说结尾他们一同前往蜜蜂最后出现的地方,加拿大海达瓜依岛(Haida Gwaii),等待奇迹的发生。在海岛上,他们开始讲述各自的故事,通过他们的讲述,读者才得知五个主人公生活在自己封闭的世界里从不在乎世界的变化,对世界熟视无睹,药品研究员也只是一心工作,甚至都不清楚自己做的这个东西的整体情况,只是完成自己的那部分工作而已,直到恶性结局出现,才意识到该药品的危害。然而盲目生活和工作的人不只是他们,事实上,大多数人都无暇跳出自己的小世界看看真正的世界正在走向何方。从这种意义上说,每个人都既是建设者也是受害者,这个故事隐喻了极权社会的形成,预示着极权化统治和个人自由的潜在危机。小说中,跨国医药公司和政府联手制造和研发的抗抑郁药品竟然和毒品类似,能够使服用者产生依赖性,必须持续不断地购买和服用,而跨国公司则在全球范围内垄断该类药品的市场,谋取巨额利益。库普兰德正是借助这一小说中的虚拟故事暗讽现实世界财团势力和政治势力的勾结,企图全面控制全球经济体系的阴谋,回应了人们对以跨国公司为代表的现代大型企业对当代经济和政治格局影响的担忧。此外,库普兰德以跨国医药公司对全球药品的控制和垄断暗指全球化的本质是新的帝国主义的扩张。从这个角度来看,这部小说表达了对在世界范围内不断扩展的美国政治、经济和文化霸权的隐忧。

《A一代》之所以引起热烈反响,是因为它反映了公众对统治集团权威与日俱增的恐惧和不信任,描述了后"9·11"时代某种潜在的社会秩序,暗示了一幅未来的社会场景,一个现代传媒时代的监狱牢笼。遗憾的是,库普兰德虽然在作品中充分暴露了现存制度中那些亟待修复和弥补的裂痕,指出了北美政治和社会中存在的问题,引发了读者对现存社会体制的质疑,但却没有为这些问题提供具体的解决方案。同时,其后期作品对历史问题的思考也是浅尝辄止,似乎缺乏历史的厚重感,其作品还需不断从历史和传统中汲取营养。

4.3.2 灾难性未来与现实观照

库普兰德早期小说虽然不时出现末日和灾难的意象,但结局却多被乐观主义所主导,都带有一丝希望和温情,其后期小说却与之相反,浸润着悲观主义的忧虑和恐惧,开始深思人类社会进步的悖论,虚构了一幅政治霸权、经济垄断和技术滥用造成的地狱般恐怖的未来图景。后现代小说对于未来的想象同样是关注现实的,只不过是将其对当代现实的关注裹在厚厚的未来色彩里,《A一代》和《一号玩家》这两部小说不再是对新技术和新发明的预言,更多的是以虚构的想象介入当代社会问题和人类心理状况,在讲述全球性灾难事件的同时反思了现实世界,具有强烈的现实指向。

库普兰德小说对于未来的崩溃想象源于乌托邦梦想的失落。他的第一部小说《X一代》中多次出现的"蘑菇云"暗示技术在改变这个世界的同时也将人们对于世界的幻觉展现得淋漓尽致。小说结尾,年轻的主人公们想在美墨边境开小旅馆的设想就是对失去的乌托邦的讽刺,其旅社经营管理模式类似于早期乌托邦社团模式:只招待思想诡异的朋友,以有趣的笑话抵扣费用,彻夜狂欢,客人将钱和名片贴在墙上。小说结尾安迪在前往墨西哥的路上,途经一个山顶看到加利福尼亚异常繁茂的帝王山谷里升腾起一个巨大的黑色蘑菇云。该场景讽刺性地重新改写了约翰·斯坦贝克(John Steinbeck)小说《愤怒的葡萄》中的一个场景。乔德(Joad)一家到达一个山顶,停下卡车驻足远眺,"面对巨大的山谷,沉默、肃然起敬、尴尬"[1]。山谷的富饶象征着美国的希望,饱含着历史的启蒙梦想,一切都会自由,一切都会繁荣昌盛。而库普兰德笔下的山谷虽然同样富饶,却已经被现代化农业生产模式转变成了食品工厂;依靠化学性手段促进了山谷的农业产量和经济效益,却无法给民众带来任何希望。后工业、后历史和晚期资本主义世界的生存现实已经侵蚀了对国家实体和组织原则的信仰。尽管《X一代》考虑到了人物的个人经历,但小说利用组合技术和大量文化影射将这些个人经历都纳入小说唤起的更大的公共事件中。利奥塔曾说过:"抵制极简主义和极简化口号,抵制呼唤纯净和坦率,抵制回归坚实的价值。"[2] 无法回归天真时代就只能适应这个从前人手中得来的社会,学会在复杂的世界中生存,无论自己是否参与了世界的创造。这个先锋文本有助于塑造读者欣赏复杂性的感觉意识,而不是一味的在封闭的现代主义幻想中逃避。

由于西方社会矛盾日益尖锐,社会问题日趋严重,现代主义必胜的信念逐渐被"太空旅行、末世战争、永生不朽、全球流行病、虚拟社区、生态崩溃、科学乌托邦和赛博化带来的恐惧和希望"击碎,这种"恐惧和希望"取代了人们对"时空和生死局限性的接受"[3]。人类想要长期的理性生活,就必须对将来状况做

---

[1] STEINBECK J. The grapes of wrath[M]. New York:Viking,1939:236.
[2] LYOTARD J F. The postmodern explained:correspondence, 1982—1985 [M] // DONB, MAHER B, PEFANIS J,et al., trans. Minneapolis:University of Minnesota Press,1992:84.
[3] GRAY C H. Cyborg citizen:politics in the posthuman age[M]. New York & London:Routledge,2001:13.

些期盼。《A 一代》不只是预见未来生存危机的科幻小说,而是将重心放在科技进步与人类社会发展的矛盾以及由此带来的政治冲突上。库普兰德以虚构的戏剧化手法强化了未来人类世界的危机和矛盾,设想:在不久的未来,人们沉溺于科技进步带来的方便快捷,虚拟的网络给人们提供了交流、发泄和展现自我的空间,而源于宗教信仰缺失和残酷现实世界的痛苦则完全由抗抑郁药物来买单,人类由于长期服用此种药物带来了严重的生态危机,加速了全球范围内物种的灭绝。蜜蜂的消失只是对人类世界即将终结的预警。库普兰德小说对未来崩溃世界的关注正是源于对主流文化和政治霸权的反抗。虽然库普兰德将小说视角转向未来世界,但他真正关注的并非遥远的未来,而是当下现实生活碎片的拼贴。作品中一再描述的充满极权统治和末日迹象的未来社会隐含着对当下社会现状的焦虑和担忧,其目的在于激发人们对现实社会的反思。在库普兰德作品虚构的世界里,过去、现在和未来具有一种历史性的张力,使我们在现在和未来的对照比较中深思和鞭挞现在,同时又将现在视为过去或者历史,在对未来世界的设想中修正现在。由此,库普兰德小说在过去、现在与未来的时空转换中,为人们提供了一幅观察当下现实的认知图景。

《一号玩家》同样具有科幻小说的性质,描述了人类社会遭遇全球性灾难时人们的心理变化和对希望的渴求,透视出人物内心的焦虑、困惑与分裂,在多声部的交汇中真实传达对人类生存价值的深刻思考。"未来总有事情发生,而现在则感到陈腐和死亡。我们恐惧未来却不得不面对"[1],"整个世界都变成了双子塔,再也不会恢复正常"[2]。面对全球性灾难,主人公们多层次的交流展现了关于思想、灵魂、身体、未来、永恒、技术和媒体等问题的困惑和不解,毫无疑问,我们正处在一个新的阶段,作为一个物种存在,没有回头路可走。库普兰德以社会现实为背景,以悲观末世的未来想象尖锐地揭示人们的理想、希望、恐惧以及对时代的内心压抑和紧张感。虽然末世场景常常表现为人类在矛盾的枷锁中呻吟,但它总是告诉人们,只要坚持努力,这种枷锁就可以打破。

正如杰姆逊所说的那样,科幻的创作形式实际上是对社会结构和日常生活的间接干预,在对未来的想象中,现在成了历史,使得我们可以从未来的视角反

---

[1] COUPLAND D. Player one:what is to become of us[M]. London:Windmill Books,2011:129.
[2] COUPLAND D. Player one:what is to become of us[M]. London:Windmill Books,2011:168.

思现在的局限性①。库普兰德对于未来危机的想象给读者提供了一种反思现世的新的思维方式和视角,以一种更加疏离和陌生化的方式来解读当今的社会和文化现象,成功地表达了他对后工业社会所带来的隐形灾难的忧思和对一个更适合人类生活的世界的渴望。对未来世界危险景象的描述旨在对人类生存状况和未来趋向提出批判性反思,即:批判现实,探索未知的可能性,促进人类自我更新和改善。对人类未来生存模式与生存状况的关注体现了作家对于人类命运的悲悯情怀和人文关怀。

库普兰德小说创作也存在一些缺憾,他为了迎合读者市场和追求作品的商业价值,在揭示现代社会对人们心灵的摧残和现代人生存困境的同时,过度追求文本形式的怪异和语言的破碎,对作品的社会批判主题有所削弱。然而,值得肯定的是,他在创作中始终坚持以平凡普通的生命个体的视角记录、审视和思考当代社会人类生存困境的各种问题,不断探索现代人走出困境的出路,对后现代社会困境的敏锐洞察和独到的感悟具有很强的警示作用。

---

① JAMESON F. Progress versus Utopia; or, can we imagine the future[J]. Science Fiction Studies, 1982, 9(2):147-158.

结　语

　　道格拉斯·库普兰德自 20 世纪 90 年代初开始文学创作,至今已出版小说 14 部,目前仍处于创作盛期,其作品广受读者和评论界的好评。有趣的是,库普兰德虽然是一位加拿大籍作家,但却成名于美国文学界,其小说创作并非遵循加拿大文学传统,而是源自当代文化本身,他认为称自己为"西海岸"的人更为恰当。同时由于其作品大多以美国为背景并在美国出版发行,加拿大文学评论界对其关注度远不如美国,以至于大多数评论家将其列为美国后现代主义小说家。其作品没有被收录到加拿大小说选集,反而被收录进了《诺顿美国后现代小说选集》,与品钦、德里罗和莫里森一起被列为美国后现代主义小说家。库普兰德凭借其在文学创作领域取得的成就,成为美国后现代文学创作的新生力量——"X 一代"作家群的代表人物之一。"X 一代"作家群被称为"品钦、加迪斯和德里罗新一代的接班人"[1],预示着美国后现代小说发展的良好势头。

　　库普兰德成长于现代主义退却、后现代主义大行其道之时,他从老一辈后现代主义小说家身上汲取营养的同时又在艺术技巧上不断创新,在主题挖掘上进行不懈的努力,使得其作品语言诙谐幽默、讽刺入木三分、内容包罗万象,具有鲜明的时代特色。库普兰德的作品主要聚焦当代北美社会的青年体验,内容涉及电视传媒、新型互联网、消费文化、现代宗教、战争、恐怖主义、核威胁、艾滋病、性关系,以及青年亚文化的方方面面,为读者描绘了一幅世纪之交的北美社会全景图。库普兰德深受后现代主义思潮的影响,其作品充满了黑色幽默、尖刻的反讽和奇特的文字游戏,反讽甚至成为其小说创作的主导模式。库普兰德的后现代主义反讽较之传统意义上的反讽发生了明显的变化,此时的反讽已不再局限于个别语句或符号的表意,而是整部作品,整个社会文化状态,甚至是整个历史阶段的意义行为。大部分反讽丧失了幽默意味,而代之以悲剧色彩,已经超出浅层次的符号表意,进入对人生、对世界的理解。后现代反讽是一种充

---

[1] 甘文平. 美国文坛新崛起的"X 一代"作家群:杨仁敬教授访谈录[J]. 外国文学研究,2007(1):6.

结语

斥着多重性、散漫性、或然性甚至是荒诞性特征的暧昧态度,潜含着对世界和人生根本易变性的后现代式宽容,藉此遮掩自我对世界和人生悬而未决的荒谬感。然而,库普兰德的创作主旨并不是对后现代反讽这种叙事技巧和策略的展示,而是将其作为深入反思和批判后现代社会现实的工具,因为反讽叙事背后挺立的是他的后现代文化哲学意识。库普兰德小说植根于这个时代,以及对这个时代的批判,通过后现代主义反讽视角真实地展现了北美后现代社会的状况:杂陈并置的文化景观、走向返魅的后现代宗教信仰、层次错综的空间体验和后现代历史书写,触及世纪之交北美社会文化、政治、经济、宗教背后的意识形态,展现了对人类命运和当代社会的深切关注。库普兰德对后现代社会状况之所以有如此敏锐的观察力,其根源在于他已经将后现代反讽这种后现代状况的独特产物内化为一种看待世界的思维方式,不露痕迹地融入其全部文学创作中,展现的是一种独具魅力的后现代反讽,使得其作品充满了后现代气质,抓住了后现代社会状况的关键。归根结底,后现代状况决定了库普兰德具有后现代反讽性思维方式,他将后现代反讽内化后,又将其充分融入自己的小说创作中,准确把握了后现代社会状况的本质。修辞手段会不断随着社会阶段的发展而变化,而从描述世界的修辞手段入手,探究文学语言的现实意义才是作家的最终目标。如果后现代主义要想推动这个世界向前发展,就必须面对文学语言和社会、政治、经济、文化之间的关系,这才是后现代主义批评想要达到的目的。因此,对库普兰德小说四种后现代反讽模式及其表现对象探讨的最终目的在于揭示文本背后隐藏的晚期资本主义文化逻辑和现实意义。

在过去的二十年里,库普兰德凭借后现代主义反讽思维方式和对时代的敏锐洞察力不断创作令人印象深刻的作品,紧握时代的脉搏,从不同视角呈现北美后现代社会的状态。此外,其小说关注现实问题,以后现代反讽写作手法揭示了后现代社会的本真面貌,体现了后现代主义小说在解构之后重构世界的努力,这也正是马克思主义意识反作用于物质观的应有之义。库普兰德创作的主题与北美二十世纪中叶以来的历史和现实息息相关,虚构的情节与已知历史或科学的事件紧密联系,为人们探知北美社会现状和问题的历史根源提供了另类视角,丰富了后现代主义小说研究的思想主题,拓宽了后现代主义小说研究的议题。库普兰德作品的不仅以后现代反讽性思维阐释了后现代背景下个体的命运和后现代社会的现状,而且对晚期资本主义时代消费主义、现代媒介、人性异化、自由幻象、极权主义提出了质疑和抨击,试图回答当前世界存在的诸多问题,超越了由无建设性的或过度反讽所导致的犬儒主义和虚无主义。库普兰德作品的多重维度展现了他惊人的创造力。

　　库普兰德以后现代反讽视角反观晚期资本主义社会的现实和历史状况,为北美后现代小说甚至世界文学的未来发展指明了方向,同时也为当下的文学评论提出了挑战,那些只注重作品形式和技巧的单维度文学研究显然已经不合时宜。中青年作家库普兰德的新作不断涌现,为美国后现代小说的发展注入了新鲜血液,预示了后现代小说创作的顽强生命力;同时他作为美国后现代小说创作生力军中的重要一员,代表着美国后现代文学的未来,值得学界的进一步关注和研究。

参考文献

英文书目

［1］Coupland D. Generation X: tales for an accelerated culture[M]. London: Abacus, 1996.

［2］Coupland D. Shampoo planet[M]. London: Simon & Schuster, 1993.

［3］Coupland D. Microserfs[M]. London: Harper Perennial, 2004.

［4］Coupland D. Girlfriend in a coma[M]. London: Flamingo, 1998.

［5］Coupland D. All fmailies are psychotic[M]. London: Flamingo, 2001.

［6］Coupland D. Life after God[M]. London: Simon and Schuster, 1994.

［7］Coupland D. Miss Wyoming[M]. London: Harper Perennial, 2004.

［8］Coupland D. Hey Nostradamus![M] London: Harper Perennial, 2004.

［9］Coupland D. Eleanor Rigby[M]. London: Harper Perennial, 2005.

［10］Coupland D. Jpod[M]. London: Bloomsbury, 2007.

［11］Coupland D. The gum thief[M]. London: Bloomsbury, 2008.

［12］Coupland D. Generation A[M]. New York: Scribner, 2009.

［13］Coupland D. Player one: what is to become of us[M]. London: Windmill Books, 2011.

［14］Coupland D. Polaroids from the dead[M]. London: Flamingo, 1997.

［15］Coupland D. Souvenir of Canada[M]. Vancouver: Douglas & McIntyre, 2002.

［16］Coupland D. City of glass: Douglas Coupland's Vancouver[M]. Vancouver: Douglas & McIntyre, 2000.

［17］Baudrillard J. Simulations[M]. FOsS P., Patton P., Beitchman P., trans. New York: Semiotext(e), 1983.

［18］Baudrillard J. Selected writings[M]. Stanford: Stanford University Press, 1988: 166-184.

［19］Bauman Z. Intimations of postmodernity[M]. London: Routledge, 1992.

［20］Bauman Z. Globalization: the human consequences[M]. New york:

Columbia university Press,1998.

[21] Behler E. Irony and the discourse of modernity[M]. Seattle:University of Washington Press,1990.

[22] Bibby R. W. Fragmented Gods:the poverty and potential of religion in Canada[M]. Toronto:Stoddart,1987.

[23] Brent BJ. Loneliness virus[J]. Christian Century,2000,117(31).

[24] Bilton, A. An introduction to contemorary American fiction [M]. Edinburgh:Edinburgh University Press,2002.

[25] Bblincoe N. "A modern master":review of All Families Are Psychotic[J]. New Statesman,2001,130(4554).

[26] Booth W. C. A rhetoric of irony[M]. Chicago & London:The University of Chicago Press,1974.

[27] Brian J. N. Postmodernism and the contemporary novel:a reader [M]. Edinburgh:Edinburgh University Press,2002.

[28] Bridgeman T. Time and space[C]. Herman D. The Cambridge companion to narrative. Cambridge:Cambridge University Press,2007.

[29] Brockington M. Five short years:half a decade of Douglas Coupland[J]. The Vancouver Review. http://www. minusblue. ca/writing/couplog. html.

[30] Brough A. M. A generation called "X":Douglas Coupland's vision and reworking of postmodern society[M]. Logan:Utah State University,1998.

[31] Bryant G. A. , Tree J E. Recognizing verbal irony in spontaneous speech [J]. Metaphor and Symbol,2002,17(2).

[32] Buechner F. Listening to your life[M]. San Francisco:Harper Collins,1992.

[33] Caputo D. On religion[M]. New York:Routledge,2001.

[34] Castells M. The rise of the network society[M]. Oxford:Blackwell,2000.

[35] Chidley, J. Life after irony:the guru of GenX spins a tale of visionary yearning[J]. Macleans. 1998,111(16).

[36] Colebrook,C. Irony[M]. London & New York:Routledge,2004.

[37] Colebroock C. Irony in the work of philosophy[M]. Lincoln & London:University of Nebraska Press,2002.

[38] Cupitt, D. Post-Christianity [C]. HEELAS P. Religion, modernity and postmodernity[M]. Massachusetts:Blackwell Publishers Ltd. ,1998:218 – 232.

[39] Elek J. When Ronald McDonald did dirty deeds[N]. The Guardian 2006-05-21.

[40] FAYE, J. Review essay: Canada in a coma[J]. American Review of Canadian Studies,2001,31(3).

[41] Foster,T. A kingdom of a thousand princes but no kings:the postsuburban network in Douglas Coupland's Microserfs[J]. Western American Literature,2011,46(3).

[42] Foucault,M. Of other space[J]. Diacritics,1986,16(1).

[43] Frye, N. Words with power [M]. Florida: Harcourt Brace Jovanovich Publisher,1990.

[44] Gans,E. Signs of paradox, irony, resentment and other mimetic structures [M]. Stanford:Stanford University Press,1997.

[45] Giroux, C. Contemporary literary criticism: Volume 85[M]. Detroit: Gale Research Inc.,1995.

[46] Grassian,D. S. Hybrid fictions:American literature in the information Age [M]. Chapel Hill:University of North Carolina,2002.

[47] Gray, C. H. Cyborg citizen: politics in the posthuman age[M]. New York & London:Routledge,2001.

[48] Hassan, I. The postmodern turn: essays in postmodern theory and culture [M]. Columbus:Ohio State University Press,1987.

[49] Hassan, I. Paracriticisms: seven speculations of the times [M]. Illinois: University of Illinois Press,1975.

[50] Hassan, I. Towards aconcept of postmodernism [C]. A Postmodern American fiction:a norton anthology. New York:Norton[M]. 1998.

[51] Herman, D., Jahn M., Ryan M. L. Routledge encyclopedia of narrative theory[M]. London & New York:Routledge,2005.

[52] Hofstadter, R. The paranoid style in American politics and other essay [M]. Cambridge,Massachusett:Harvard University Press,1996.

[53] Hunter, J. W. Contemporary literary criticism: Volume 133. Farmington Hills,MI:Gale Group,2001.

[54] Hutcheon, L. A poetics of postmodernism [M]. London & New York: Routledge,1988.

[55] Hutcheon L. Irony's edge: the theory and politics of irony[M]. London & New York: Routledge, 1995.

[56] Hutcheon L. The politics of postmodernism[M]. London & New York: Routledge, 2002.

[57] Itzkoff, D. Insert: headline/Jpod-Coupland. Rvw[J]. New York Times Book Review, 2006-05-21.

[58] Jameson, F. Progress versus Utopia; or, can we imagine the future[J]. Science Fiction Studies, 1982, 9(2).

[59] Jay, M. Force fields: between intellectual history and cultural critique[M]. London: Routledge, 1993.

[60] Jeffares, A. N. Horizons of assent: modernism, postmodernism and the ironic imagination (Review)[J]. Western Humanities Review 1982, 36(1).

[61] Jensen, M. Miss(ed) generation: Douglas Coupland's Miss Wyoming[J]. Culture Unbound, 2011(3).

[62] Jillson, C. Pursuing the American dream: opportunity and exclusion over four centuries[M]. Kansas: Kansas University Press, 2004.

[63] Johnson, K. Numbness, apocalypse, and ecstasy: religious re-enchantment in the works of Douglas Coupland[M]. Halifax: Dalhouise University, 2007.

[64] Kierkegard, S. On the concept of irony with continual reference to socrates[M]. Princeton: Princeton University Press, 1992.

[65] King, E. Generation A by Douglas Coupland: review[N]. The Daily Telegraph(London), 2009-09-20.

[66] Klein, N. No logo: taking aim at the brand bullies[M]. London: Flamingo, 2000.

[67] Kunstler, H. The geography of nowhere: the rise and decline of America's man-made landscape[M]. New York: Touchstone, 1993.

[68] Lainsbury, G. P. Generation X and the end of history[J]. Essays on Canadian Writing, 1996, 58.

[69] Lee, C. J, Katz, A. N. The differential role of ridicule in sarcasm and irony[J]. Metaphor and Symbol, 1998, 13(1).

[70] Leggitt, J, Gibbs R. W. Emotional reactions to verbal Irony[J]. Discourse Processes, 2000, 29(1).

[71] Lefebvere, H. The production of space[M]. Oxford: Blackwell Publisher, 1992.

[72] Lesk, A. Alienations[J]. Canadian Literature, 2004, 183.

[73] Lyon D. Postmodernity[M]. Buckingham: Open UP, 1994.

[74] Lyotard, J. F. The postmodern explained: correspondence, 1982—1985[M]. Minneapolis: University of Minnesota Press, 1992.

[75] Mellencamp, P. Logics of television: essays in cultural criticism[M]. Bloomington and Indianapolis: Indiana University Press; London: BFI Publishing, 1990.

[76] Miller, D. Q. DeeperBlues, or the posthuman Prometheus: cybernetic renewal and the late Twentieth-Century American novel[J]. American Literature, 2005, 77(2).

[77] MILLS, K. "Await lightning": how Generation X remap the road story[C]. GenXegesis: essays on alternative youth (sub) culture[M]. Madison: University of Wisconsin Press, 2003.

[78] Moretti, F. Atlas of the European novel, 1800 – 1900[M]. London: Verso, 1998.

[79] Mount F. The downfall of a pessimist[C]. (2008 – 03 – 05). http://www.spectator.co.uk/books/539756/the-downfall-of-a-pessimist/.

[80] Muecke D., C. The compass of irony[M]. London: Methuen, 1969.

[81] Perkins, R. International Kierkegaard commentary: the concept of irony[M]. Macon, Georgia: Mercer University Press, 2001.

[82] Porush, D. The soft machine[M]. New York: Methuen, 1985.

[83] Prickett, S. Narrative, religion and science fundamentalism versus irony, 1700—1999[M]. Cambridge: Cambridge University Press, 2002.

[84] Reece, G. L. Irony and religious belief[M]. Tübingen: Mohr Siebeck, 2002.

[85] Sadowski, M. The dystopian novel: a theory of mass culture[D]. Connecticut: University of Connecticut, 1997.

[86] Sartain, J. A. Discourses of the digital age: representations of computer technology in popular narratives[Z]. Indiana: Indiana University, 2010.

[87] Shone, T. Return Romance[J]. New York Times Book Review, 2000 – 01 – 16(12).

[88] Snider, M. "The X-man Douglas Coupland: from "Generation X" to

spiritual regeneration: ironic voice softened by need for faith[N]. USA Today, 1994 – 03 – 07 (D1 – D2).

[89] Soja, E. W. Postmodern geographies: the reassertion of space in critical social theory[M]. London: Verso, 1989.

[90] Star, T. Irony and satire: a bibliography[M]. South Carolina: University of South Carolina, 1987: 183 – 209.

[91] Steinbeck, J. The grapes of wrath[M]. New York: Viking, 1939.

[92] Tate, A. Contemporary American and Canadian novelists: Douglas Coupland[M]. Manchester: Manchester University Press, 2007.

[93] Tate, A. "Now—here is my secret": ritual and epiphany in Douglas Coupland's fiction[J]. Literature & Theology, 2002, 16(3).

[94] Tartt, D. The spirit and writing in a secular world[M]. Cardiff: University of Wales, 2000.

[95] Theroux, M. Some assembly required[N]. New York Times Book Review, 2007 – 10 – 14): 7.

[96] Ulrich J. M. Introduction: Generation X: a (sub) cultural genealogy[M]. Madison: University of Wisconsin Press, 2003: 3 – 37.

[97] Veeser, H. The new historicism[M]. New York: Routledge, 1989.

[98] Wasson, R. Horizons of Assent: Modernism, Postmodernism and the Ironic Imaginationby Alan Wilde[J]. Criticism: a Quarterly for Literature and the Art, 1982, 24(2).

[99] Wilde, A. Horizons of assent: modernism, postmodernism and the ironic imagination[M]. Philadelphia: University of Pennsylvania Press, 1987.

[100] Wilkes, J. A. Byting commentary: depictions of postmodern society in the early novels of Douglas Coupland[M]. Nova Scotia: Acadia University, 2007.

[101] Zurbigg, T. S. X = what? Douglas Coupland, Generation X, and the politics of irony[M]. Montreal: McGill University, 2005.

中文书目

[1][法]阿芒·马特拉. 世界传播与文化霸权:思想与战略的历史[M]. 陈卫星,译. 北京:中央编译出版社,2005.

[2][美]爱德华·S. 赫尔曼,诺姆·乔姆斯基. 制造共识:大众传媒的政治

经济学[M].邵红松,译.北京:北京大学出版社,2011.

[3][英]安迪·班尼特,基思·哈恩—哈里斯.亚文化之后:对于当代青年文化的批判研究[M].中国青年政治学院青年文化译介小组,译.北京:中国青年出版社,2012.

[4][英]安吉拉·默克罗比.后现代主义与大众文化[M].田晓菲,译.北京:中央编译出版社,2000.

[5][西]奥尔特加·伊·加塞特.艺术的去人性化[M].莫娅妮,译.南京:译林出版社,2010.

[6][苏]巴赫金.陀思妥耶夫斯基诗学问题[M].白春仁,顾亚铃,译.北京:三联书店出版社,1988.

[7][英]鲍曼.现代性与大屠杀[M].杨渝东,史建华,译.南京:译林出版社,2002.

[8]包亚明.后现代性与地理学的政治[M].上海:上海教育出版社,2001.

[9]陈世丹.美国后现代小说详解(中文版)[M].天津:南开大学出版社,2010.

[10]陈志良.虚拟:人类中介系统的革命[J].中国人民大学学报,2000(4).

[11][美]大卫·哈维.希望的空间[M].胡大平,译.南京:南京大学出版社,2008.

[12][美]大卫·哈维.新帝国主义[M].初立忠,沈晓雷,译.北京:社会科学文献出版社,2009.

[13][美]戴维·哈维.后现代的状况:对文化变迁之缘起的探究[M].阎嘉,译.北京:商务印书馆,2003.

[14][英]戴维·洛奇.小说的艺术[M].卢丽安,译.上海:上海译文出版社,2010.

[15][美]道格拉斯·凯尔纳,斯蒂文·贝斯特.后现代理论:批判性的质疑[M].张志斌,译.北京:中央编译出版社,2011.

[16][加]道格拉斯·库普兰德.X一代:在加速文化中失重的故事[M].张颖,译.北京:作家出版社,2009.

[17][美]丹尼尔·贝尔.意识形态的终结:50年代政治观念衰微之考察[M].张国清,译.北京:中国社会科学出版社,2013.

[18][美]丹尼尔·贝尔.资本主义文化矛盾[M].严蓓雯,译.南京:江苏人民出版社,2012.

[19][美]E.弗洛姆.健全的社会[M].孙恺详,译.贵阳:贵州人民出版社,1994.

[20][荷]佛克马·博顿斯.走向后现代主义[M].王宁等译.北京:北京大学出版社,1991.

[21][英]弗兰克·克默德.结尾的意义:虚构理论研究[M].刘建华,译.沈阳:辽宁教育出版社,2000.

[22][美]弗雷德里克·詹姆逊.单一的现代性[M].王逢振,王丽亚,译.天津:天津人民出版社,2004.

[23][美]弗雷德里克·詹姆逊.政治无意识:作为社会象征行为的叙事[M].王逢振,陈永国,译.北京:中国社会科学出版社,1999.

[24]甘文平.美国文坛新崛起的"X一代"作家群:杨仁敬教授访谈录[J].外国文学研究,2007(1).

[25][德]霍克海默,阿道尔诺.启蒙辩证法[M].渠敬东,曹卫东,译.上海:上海人民出版社,2006.

[26][德]海德格尔.存在与时间(修订译本)[M].陈嘉映,王庆节,译.北京:生活·读书·新知三联书店,1999.

[27][美]杰姆逊.后现代主义与文化理论[M].唐小兵,译.北京:北京大学出版社,1997.

[28][英]克里斯托夫·霍洛克斯.鲍德里亚和千禧年[M].王文华,译.北京:北京大学出版社,2005.

[29][美]克林思·布鲁克斯.反讽——一种结构原则[M]//赵毅衡."新批评"文集.北京:中国社会科学出版社,1988.

[30][美]理查德·罗蒂.偶然、反讽与团结[M].徐文瑞,译.北京:商务印书馆,2003.

[31][加]琳达·哈琴.反讽之锋芒:反讽的理论与政见[M].徐晓雯,译.开封:河南大学出版社,2010.

[32][加]琳达·哈琴.后现代主义诗学:历史·理论·小说[M].李杨,李锋,译.南京:南京大学出版社,2009.

[33]柳鸣九.从现代主义到后现代主义[M].北京:中国社会科学出版社,1994.

[34][美]罗纳德·L.约翰斯通.社会中的宗教[M].尹今黎,张蕾,译.成都:四川人民出版社,1991.

[35][英]玛格丽特·A.罗斯.后现代与后工业[M].张月,译.沈阳:辽宁教育出版社,2002.

[36][德]马克斯·韦伯.新教伦理与资本主义精神[M].于晓,陈维纲,译.西安:陕西师范大学出版社,2005.

[37][德]马克斯·韦伯.中国的宗教;宗教与世界(韦伯作品集5)[M].康乐,简惠美,译.桂林:广西师范大学出版社,2004.

[38][英]迈克·费瑟斯通.后现代主义与消费文化[M].刘精明,译.南京:译林出版社,2000.

[39][罗]米尔恰·伊利亚德.神圣与世俗[M].王建光,译.北京:华夏出版社,2003.

[40][法]莫里斯·布朗肖.文学空间[M].顾嘉琛,译.北京:商务印书馆,2003.

[41][美]尼古拉·尼葛洛庞帝.数字化生存[M].胡泳,范海燕,译.海口:海南出版社,1997.

[42]R.S.弗内斯.表现主义[M].艾晓明,译.昆明:昆仑出版社,1989.

[43][法]让·鲍德里亚.消费社会[M].刘成富,全志钢,译.南京:南京大学出版社,2000.

[44]盛宁.二十世纪美国文论[M].北京:北京大学出版社,1994.

[45]盛宁.人文困惑与反思[M].北京:生活·读书·新知三联书店,1997.

[46][英]史蒂文·康纳.后现代主义文化:当代理论导引[M].严忠志,译.北京:商务印书馆,2002.

[47][丹]索伦·奥碧·克尔凯郭尔.论反讽概念[M].汤晨溪,译.北京:中国社会科学出版社,2005.

[48]陶东风,胡疆锋.亚文化读本[M].北京:北京大学出版社,2011.

[49][美]W.C.布斯.小说修辞学[M].华明,胡苏晓,周宪,译.北京:北京大学出版社,1987.

[50]汪民安.感官技术[M].北京:北京大学出版社,2011.

[51]王建平.美国后现代历史小说与历史话语[M].北京:中国人民大学出版社,2011.

[52]王倩倩.从"垮掉的一代"到嬉皮士的全球化[M].成都:四川大学出版社,2009.

[53]王岳川.后现代主义文化研究[M].北京:北京大学出版社,1992.

[54] 王岳川. 后殖民主义与新历史主义文论[M]. 济南:山东教育出版社,1999.

[55] [加]文森特·莫斯可. 数字化崇拜:迷思、权力与赛博空间[M]. 黄典林,译. 北京:北京大学出版社,2010.

[56] 吴治平. 空间理论与文学的再现[M]. 兰州:甘肃人民出版社,2008.

[57] [英]乌苏拉·胡斯. 高科技无产阶级的形成:真实世界里的虚拟工作[M]. 任海龙译. 北京:北京大学出版社,2011.

[58] 炎冰. "祛魅"与"返魅":科学现代性的历史建构及后现代转向[M]. 北京:社会科学文献出版社,2009.

[59] 杨大春. 语言,身体,他者:当代法国哲学的三大主题[M]. 北京:生活·读书·新知三联书店,2007.

[60] 赵毅衡. 反讽时代:形式论与文化批评[M]. 上海:复旦大学出版社,2011.

[61] 赵毅衡. "新批评"文集[M]. 北京:中国社会科学出版社,1988.

[62] [美]詹明信. 晚期资本主义的文化逻辑:詹明信批评理论文选[M]. 张旭东,陈清侨,译. 北京:生活·读书·新知三联书店,2003.

[63] 张世君. 《红楼梦》的空间叙事[M]. 北京:中国社会科学出版社,1999.

[64] 张天勇:社会符号化:马克思主义视域中的鲍德里亚后期思想研究[M]. 北京:人民出版社,2008.

[65] 郑腾川. 《数字化生存》导读[M]. 长沙:湖南科学技术出版社,2007.

[66] 郑天星. 马克思恩格斯论无神论、宗教和教会[M]. 北京:华文出版社,1991.

引用网站

[1] http://archive.is/0WVc.

[2] http://www.telegraph.co.uk/culture/books/6201326/Generation-A-by-Douglas-Coupland-review.html.

[3] http://www.spectator.co.uk/books/539756/the-downfall-of-a-pessimist/.

[4] http://en.wikipedia.org/wiki/Randomness.